내가 예뻐진 그 여름 3

WE'LL ALWAYS HAVE SUMMER

Copyright © 2011 by Jenny Han

Korean-language edition copyright © 2025 by Book 21 Publishing Group
Published by agreement with Folio Literary Management, LLC and Danny Hong Agency
이 책의 한국어판 저작권은 대니홍 에이전시를 통한 저작권사와의 독점 계약으로 ㈜북이십일에 있습니다. 저작권법에 의해 한국 내에서 보호를 받는 저작물이므로 무단전재와 복제를 금합니다.

뉴욕 타임스 베스트 셀러 『내가 사랑했던 모든 남자들에게』 제니 한 소설

우리에게 여름은 언제나 찾아올 거야

JENNY HAN 제니 한 지음
이나경 번역

arte

두 명의 에밀리에게 바칩니다.
에밀리 반 비크, 당신은 내게 온전한 삶을 허락해 줬어요.
에밀리 토머스 미헌, 우리 영원히 함께해요.

감사의 글

우선, 이 책을 끝까지 마치게 해 준 에밀리 미헌에게 진심으로 감사드립니다. 하나도 놓치지 않고 꼼꼼히 챙겨 준 줄리아 매과이어에게, 또 한 장의 아름다운 표지를 완성해 준 루시 루스 커민스에게, 변함없이 지지해 준 저스틴 챈더와 앤 재피언에게, (솔직히 말해 굉장한 능력자만 모인) S&S 팀 모두에게 큰 감사를 전합니다. 판매부터 생산, 마케팅, 홍보까지 여러분이 내 책의 완성을 이뤄 냈습니다. 에밀리 반 비크와 폴리오, 피핀 가족, 가장 먼저 내 책을 읽어 주는 훌륭한 독자 시오반 비비언에게 항상 감사드립니다.

— 제니 한

어린 시절 수요일 밤이면 엄마와 나는 옛날 뮤지컬 영화를 보곤 했다. 우리만의 전통이었다. 아빠나 스티븐 오빠도 들어와서 잠시 함께 보기도 했지만, 보통은 엄마와 내가 담요를 덮고서 짭짤하고 달콤한 팝콘을 먹으며 소파에 앉아 뮤지컬 영화를 보는 것이 우리의 수요일 일과였다. 우리는 〈더 뮤직 맨(The Music Man)〉, 〈웨스트사이드 스토리(West Side Story)〉, 〈세인트루이스에서 나를 만나요(Meet Me in St. Louis)〉를 봤고, 모두 좋았다. 〈사랑은 비를 타고(Singin' in the Rain)〉도 정말 좋아했다. 하지만 〈바이 바이 버디(Bye Bye Birdie)〉만큼 좋아한 뮤지컬 영화는 없었다. 내게는 모든 뮤지컬 영화 중에서도 〈바이 바이 버디〉가 최고였다. 이 뮤지컬 영화를 보고 또 보고, 엄마가 그만 보자고 할 때까지 반복해서 봤다. 내 눈앞의 킴 맥아피처럼, 나도 마스카라를 하고, 립스틱을 바르고, 하이힐을 신고 '멋진 여성이 된 기분'을 느끼며 남자들이 휘파람을 불면 나를 향한 것이라고 여기고 싶었다. 나는 커서 킴처럼 되고 싶었다. 킴은 그 모든 것을 갖추고 있었으니까.

영화를 다 보고 잘 시간이 되면, 입에 치약 거품을 가득 물고서 욕실 거울을 들여다보며 "나는 당신을 사랑해요, 콘래드, 그렇고말고. 나는 당신을 사랑해요, 콘래드, 진심으로."라고 노래하곤 했다. 여덟 살, 아홉 살, 열 살의 내 마음을 다 바쳐 노래하곤 했다. 하지만 '그냥' 콘래드에게 부른 노래가 아니었다. '나의' 콘래드에게 바치는 노래였다. 콘래드 벡 피셔, 내 어린 시절 꿈속의 왕자님.

내가 사랑한 남자는 단 두 사람이었고, 둘 다 성이 피셔였다.

첫사랑 콘래드에 대한 마음은 사실 사랑을 처음 할 때만 가질 수 있는 것이었다. 어리석은 사랑이었고, 현명해지고 싶은 마음도 없었다. 이것저것 따지지 않고 앞만 보며 돌진하는 맹렬한 사랑이었다. 그런 사랑은 사실 일생에 딱 한 번뿐이다.

그리고 제러마이아. 제러마이아를 보면 과거와 현재, 미래가 보였다. 그는 단순히 예전의 나를 아는 사람에 불과한 것이 아니었다. 그는 현재의 나를 알았고, 그런데도 나를 사랑했다.

내 두 번의 사랑. 그 둘 때문에 나는 늘 언젠가는 벨리 피셔가 될 것으로 생각했다. 단지, 이런 식으로 전개될 줄은 몰랐을 뿐.

　기말고사 주간에 다섯 시간 연속으로 공부하려면 밤사이 필요한 세 가지를 준비해야 한다. 체리 맛 콜라 맛 반반 슬러시를 가장 큰 컵으로 살 것. 아주 많이 빨아서 티슈처럼 얇아진 파자마 바지를 입을 것. 마지막으로 막춤 휴식 시간을 가질 것. 눈이 감기고 눕고 싶어 죽겠을 땐 막춤만이 살아남을 길이다.

　오전 4시, 나는 핀치대학교 1학년 마지막 기말고사를 앞두고 공부하고 있었다. 새로 사귄 가장 친한 친구 애니카 존슨, 예전부터 가장 친한 친구 테일러 주엘과 함께 기숙사 도서관에서 밤샘을 했다. 여름 방학이 코앞이었다. 닷새 남았다. 4월부터 하루하루 손꼽아 기다려 온 날이었다.

　"문제 좀 내 봐." 테일러가 쉰 목소리로 말했다.

　나는 노트를 아무 데나 펼쳤다. "아니마와 아니무스를 정의하시오."

　테일러는 아랫입술을 깨물었다. "힌트 줘."

　"으음······. 라틴어를 생각해." 내가 말했다.

"나, 라틴어 수업 안 들었어! 이 시험에 라틴어가 나와?"

"아니, 그냥 힌트를 줬을 뿐이야. 라틴어로 남자 이름은 '우스(-us)'로 끝나고 여자 이름은 '아(-a)'로 끝나니까. '아니마'는 여성형이고 '아니무스'는 남성형이잖아. 알겠어?"

테일러는 한숨을 푹 쉬었다. "아니, 모르겠어. 난 F를 받을 거야."

애니카가 노트에서 고개를 들더니 말했다. "휴대전화 그만 내려놓고 공부 시작하면 F 안 받을지도 모르지."

테일러가 애니카를 노려봤다. "내 동생이 학년말 기념으로 아침 식사 계획하는 걸 도와줘야 해. 그래서 오늘 밤엔 나 당직이야."

"당직?" 애니카가 흥미롭다는 표정을 지었다. "의사 같은 거야?"

"그래, 의사 같은 거다." 테일러가 쏘아붙였다.

"그럼 팬케이크로 해, 와플로 해?"

"프렌치토스트란다."

우리 셋은 모두 1학년 심리학 수업을 들었고 테일러와 나는 다음 날, 애니카는 그다음 날 시험이었다. 테일러를 빼면 애니카는 학교에서 가장 친한 친구였다. 매사에 경쟁적인 테일러는 애니카와 나의 우정을 꽤 질투했지만, 그 사실을 절대 인정하지 않았다.

애니카와 나 사이의 우정은 테일러와의 우정과는 달랐다. 애니카는 느긋했고 함께하기 편했다. 애니카는 남을 쉽게 비난하지 않았다. 무엇보다도, 애니카는 내게 달라도 괜찮다는 느낌을 줬다. 애니카는 나를 평생 알고 지낸 사람이 아니라서 기대도 선입견도 없었다. 그런 면에서 자유로웠다. 게다가 그녀는 고향에 있는 내 친구들과도 달랐다. 뉴욕 출신인 애니카는 아버지가 재즈 음악가, 어머니가 작가였다.

두 시간 뒤, 해가 뜨면서 실내에 푸르스름한 빛을 던졌다. 테일러는 엎드려 있었고 애니카는 좀비처럼 넋이 나간 얼굴로 앉아 있었다.

나는 종이 두 장을 동그랗게 뭉쳐 두 친구에게 던졌다. "막춤 시간." 내가 컴퓨터에서 음악 재생 버튼을 누르면서 외쳤다. 그러고는 의자에 앉은 채로 어깨와 엉덩이를 흔들었다.

애니카가 나를 노려봤다. "왜 그렇게 신이 났지?"

"왜냐면." 나는 손뼉을 짝 치며 말했다. "몇 시간만 있으면 다 끝나니까." 시험 시간이 오후 1시니까 내 방으로 가서 두어 시간 자고 일어나 시험공부를 조금 더 할 계획이었다.

계획한 것보다 더 잤지만 그래도 한 시간쯤 공부할 수 있었다. 아침 먹으러 식당에 가기엔 시간이 빠듯해서 자판기에서 체리 콜라를 뽑아 마셨다.

시험은 예상만큼 어려웠지만, 적어도 B는 받을 것이라고 확신했다. 테일러도 F는 받지 않을 것 같다고 해서 다행이었다. 시험이 끝나자 둘 다 너무 지친 나머지 축하할 기운이 없어서 하이 파이브만 하고 헤어졌.

나는 기숙사 방으로 가서 적어도 저녁때까지는 기절할 생각이었는데, 문을 여니 제러마이아가 내 침대에서 잠들어 있었다. 제러마이아는 잘 때 어린아이처럼 보였다. 수염이 자라 있어도 마찬가지였다. 그는 내 이불 위에 몸을 쭉 뻗고서 침대 가장자리로 발을 내민 채 북극곰 인형 주니어 민트를 품에 안고 있었다.

나는 신발을 벗고 침대로 올라가 그 옆에 누웠다. 제러마이아가 뒤척이다 눈을 뜨더니 "안녕." 하고 인사했다.

"안녕." 내가 말했다.

"어땠어?"

"잘했어."

"다행이다." 제러마이아는 주니어 민트를 내려놓고 나를 안았다. "점심때 먹은 샌드위치 반쪽 남겨 왔어."

"넌 정말 다정해." 내가 그의 어깨에 머리를 묻으며 말했다.

제러마이아가 내 머리에 키스했다. "내 여자 친구가 점심을 거르게 할 순 없지."

"아침만 걸렀어." 내가 말했다. 그리고 다시 생각해 보고는 덧붙였다. "점심도."

"지금 먹을래? 내 가방 안에 있어."

생각해 보니 배가 고팠지만, 졸리기도 했다. "있다가." 나는 눈을 감으면서 말했다.

그런 다음 제러마이아가 다시 잠들었고, 나도 잠들었다. 내가 눈을 떴을 때 어느덧 밖은 어두웠고, 주니어 민트는 바닥에 떨어져 있었으며, 제러마이아는 두 팔로 나를 감싸 안고 있었다. 그는 아직 자고 있었다.

우리는 내가 고등학교 3학년에 올라가기 직전 사귀기 시작했다. '사귄다'라는 표현은 적당하지 않은 것 같다. 우리는 그저 함께 있었다. 모든 일이 너무나 쉽게, 너무나 빠르게 일어나서 늘 그래 왔던 느낌이었다. 우리는 한때 친구였다가, 키스를 했고, 정신 차리고 보니 나는 그와 같은 대학에 지원하고 있었다. 나는 나 자신을 비롯해 다른 모든 사람에게(제러마이아에게도, 특히 엄마에게도) 그 대학은 좋은 학교라고, 집에서 몇 시간밖에 안 걸리니 지원하는 것이 합리적이라고, 늘 그곳도 염두에 두고 있었다고 말했다. 전부 사실이었다. 하지만 가장 솔직한 이유는 그와 가까이 있고 싶었다는 것이다. 여름만이 아니라 모든 계절 그와 함께 있고 싶었다.

그렇게 우리는 내 기숙사 방에서 나란히 누워 있는 사이가 됐다. 그는 2학년이었고, 나는 1학년을 마치고 있었다. 우리가 어쩌다 그런 사이가 되었는지, 믿을 수 없었다. 우리는 평생 알고 지냈지만, 어떻게 보면 굉장히 뜻밖의 일이었고, 어떻게 보면 필연 같았다.

    제러마이아의 사교 클럽에서 학년말 파티를 열었다. 방학 시작이 일주일도 채 남지 않았다. 우리는 모두 집으로 돌아가 방학을 보내고, 8월 말이 돼서야 다시 핀치로 돌아올 예정이었다. 나는 늘 여름을 가장 좋아했지만, 드디어 집에 돌아간다니 어쩐지 좋으면서도 아쉬웠다. 매일 아침이면 식당에서 제러마이아를 만나고 밤늦게 그의 기숙사에서 빨래하는 것이 익숙했다. 그는 내 티셔츠를 잘 개 주었다.

    그해 여름, 제러마이아는 아빠인 피셔 씨 회사에서 다시 인턴으로 일할 예정이었고, 나는 지난여름과 마찬가지로 베어스라는 패밀리 레스토랑에서 아르바이트를 할 생각이었다. 커즌스의 여름 별장에서 될 수 있는 대로 자주 만나는 것이 우리 계획이었다. 지난여름에는 그곳에 한 번도 가지 못했다. 우리 둘 다 일이 너무 바빴다. 나는 학비를 모으려고 최대한 많이 일했다. 그러는 사이, 처음으로 커즌스에 가지 못하는 여름을 보내며 마음이 조금 허전했다.

반딧불이 몇 마리가 날아다녔다. 어두워지고 있었고, 밤이라 그렇게 덥지 않았다. 나는 하이힐을 신고 있었는데, 어리석은 선택이었다. 왜냐면 마지막 순간에 충동적으로 버스를 타는 대신 걷기로 했기 때문이다. 이렇게 상쾌한 밤에 캠퍼스를 가로지르는 산책을 오랫동안 하지 못하겠다는 생각이 문득 들었다.

애니카와 친구 셰이에게 함께 가자고 했지만, 애니카는 댄스 동아리 파티가 있었고, 셰이는 이미 기말고사를 마치고 텍사스의 집으로 돌아간 뒤였다. 테일러도 클럽에서 모임이 있어서 함께 가지 못했다. 나만 아픈 발을 질질 끌며 걷고 있었다.

제러마이아에게 "가는 길인데 걸어가고 있어서 시간이 조금 걸릴 것"이라고 메시지를 보냈다. 구두 때문에 뒤꿈치가 벗겨져서 자꾸 걸음을 멈춰야 했다. 하이힐은 바보 같은 물건이었다.

반쯤 갔을 때, 내가 좋아하는 벤치에 앉아 있는 그가 보였다. 나를 보더니 그가 일어났다. "놀랐지!"

"마중 나올 것까진 없는데." 나는 반가운 마음으로 말했다. 그리고 벤치에 앉았다.

"멋지다." 제러마이아가 말했다.

2년 내내 사귀었음에도, 나는 그가 그런 말을 할 때면 얼굴이 조금 붉어졌다. "고마워." 나는 애니카에게서 빌린 원피스를 입고 있었다. 흰색 바탕에 파란색 작은 꽃무늬와 러플 끈이 달린 원피스였다.

"그 원피스를 보니까 〈사운드 오브 뮤직(The Sound of Music)〉이 생각나. 섹시 버전으로."

"고마워." 나는 다시 말했다. 그 원피스를 입은 내가 마리아 선생처럼 보이나? 칭찬처럼 들리지 않았다. 나는 끈을 조금 눌렀다.

내가 알지 못하는 남자 둘이 걸음을 멈추고서 제러마이아에게 인사를 건넸지만, 나는 발이 아파서 벤치에 계속 앉아 있었다.

그들이 가고 나자, 제러마이아가 말했다. "갈까?"

나는 끙 소리를 냈다. "발이 너무 아파. 하이힐은 바보 같아."

제러마이아가 몸을 낮추더니 말했다. "타세요, 꼬마 아가씨."

나는 키득거리며 그에게 업혔다. 나는 그가 "꼬마 아가씨."라고 부를 때마다 키득거렸다. 참을 수가 없었다. 우스웠다.

제러마이아가 나를 업었고 나는 그의 목에 팔을 감았다. "월요일에 아빠 오셔?" 중앙 잔디밭을 가로지르면서 제러마이아가 물었다.

"응. 도와줄 거지?"

"너무하네. 널 업고 캠퍼스 안을 돌아다니고 있는데, 이사까지 도와 달라고?"

내가 그의 뒤통수를 톡 치자 제러마이아가 고개를 숙였다. "알았어, 알았다고."

나는 그의 목덜미에 입을 가져다 대고 바람을 후 불었다. 그러자 그는 어린아이처럼 소리를 질렀다. 나는 그곳까지 가는 동안 내내 웃어 댔다.

사교 클럽 건물 문이 활짝 열려 있고 사람들이 잔디밭에서 어울리고 있었다. 알록달록한 크리스마스 장식 등이 우편함, 앞쪽 테라스, 심지어 옥외 통로에까지 여기저기 무작위로 걸려 있었다. 어린이용 튜브 풀 세 개를 설치해 욕조처럼 사람들이 들어가서 즐길 수 있게 해 놓았다. 남자들은 물총을 들고 뛰어다니며 서로의 입에 맥주를 쏘아 댔다. 비키니를 입은 여자도 있었다.

나는 제러마이아의 등에서 내려와 풀밭에 들어가 구두를 벗었다.

"이거 잘해 놨네." 제러마이아가 튜브 풀을 향해 마음에 든다는 듯 고개를 끄덕이며 말했다. "수영복 가져왔어?"

나는 고개를 저었다.

"여자애들한테 남는 수영복 있는지 알아볼까?" 제러마이아가 내 의견을 물었다.

나는 재빨리 말했다. "아니, 괜찮아."

클럽에 와서 놀다가 클럽 회원인 제러마이아의 남자 친구들을 본 적은 있었지만, 여자들은 잘 몰랐다. 여자들 대부분은 제러마이아의 클럽과 자매결연을 한 여학생 사교 클럽인 제타 파이의 회원이었다. 다시 말해, 함께 모임이나 파티 등을 한다는 뜻이었다. 제러마이아는 내게 제타 파이에 가입하라고 졸랐지만, 나는 싫다고 했다. 가입비와 사교 클럽 기숙사에 필요한 비용을 낼 수 없기 때문이라고 둘러댔는데, 사실은 여학생 사교 클럽에서 만나는 회원뿐만 아니라 다양한 친구들을 사귀고 싶었기 때문이다. 엄마가 늘 말하듯이, 대학 생활을 더 폭넓게 경험하길 바랐다. 테일러의 말에 따르면, 제타 파이는 파티 좋아하고 남자 좋아하는 여학생을 위한 곳이라, 더욱 격조 있고 폐쇄적인 자기네 사교 클럽과는 성격이 전혀 다르다고 했다. 그리고 자기네 클럽은 지역 봉사에 훨씬 더 중점을 둔다고, 테일러는 나중에 생각났는지 한 박자 늦게 덧붙였다.

여자들이 자꾸 다가와 제러마이아를 끌어안았다. 그들은 내게도 인사했다. 나도 인사하고서 위층으로 올라가 제러마이아의 방에 가방을 뒀다. 내려오는 길에 그 여자들을 봤다.

레이시 배런이 꼭 맞는 청바지에 실크 탱크톱을 입고, 기껏해야 키를 162센티미터로 높여 주는 붉은 에나멜가죽 하이힐을 신고서 제러마이아와 이야기를 나누고 있었다. 레이시는 제타 파이의 사교 부장으로 3학년이었다. 제러마이아보다는 한 살, 나보다는 두 살 위였다. 짙은 갈색 머리카락을 세련되게 자른 레이시는 아담하고 가녀린 체형이었다. 어느 모로 보나 섹시한 여자였다. 테일러는 레이시가 제러마이아에게 호감이 있다고 말했다. 나는 전혀 신경 쓰이지 않는다고 답했고, 진심이었다. 내가 신경 쓸 이유가 무엇이란 말인가?

물론 여자들이 제러마이아를 좋아할 수 있었다. 그는 여자들이 좋아할 만한 남자였다. 하지만 우리는 레이시처럼 예쁜 여자도 신경 쓰지 않았다. 우리는 아주 오래 알고 지내다가 사귀게 된 커플이었다. 나는 그를 누구보다 잘 알고, 그도 나를 잘 알았으며, 제러마이아가 다른 여자에게 눈길도 주지 않을 것임을 알았다.

그때 제러마이아가 나를 보더니 오라고 손짓했다. 내가 다가가 말했다. "안녕, 레이시."

"안녕." 레이시도 인사했다.

제러마이아가 자기 쪽으로 나를 끌어당기며 말했다. "이번 가을에 레이시가 파리에 교환 학생으로 간대." 제러마이아가 이번에는 레이시에게 말했다. "우린 내년 여름에 유럽 배낭여행을 가고 싶어."

레이시는 맥주를 홀짝이며 말했다. "멋지다. 어느 나라에 가고 싶어?"

"프랑스엔 확실히 갈 거야." 제러마이아가 말했다. "벨리가 프랑스어를 진짜 잘하거든."

"그렇진 않아." 내가 당황해서 말했다. "고등학교 때 프랑스어 수업을 들었을 뿐인걸."

레이시가 말했다. "아, 나도 되게 못해. 실은 치즈랑 초콜릿을 많이 먹고 싶어서 가는 것뿐이야."

레이시는 몸집이 그렇게 작은 사람치고는 목소리가 놀랍도록 허스키했다. 담배를 피우나 싶었다. 레이시가 지어 주는 미소에, 나는 테일러 생각이 틀렸다고, 레이시는 좋은 사람이라고 생각했다.

몇 분 뒤, 레이시가 술을 가지러 갔을 때 내가 말했다. "좋은 사람이네."

제러마이아는 어깨를 으쓱이더니 말했다. "응, 멋지지. 마실 것 갖다

줄까?"

"응." 내가 말했다.

제러마이아는 내 어깨를 잡아 이끌어 소파에 앉혔다. "여기 앉아 있어. 꼼짝도 하지 마. 금방 올게."

제러마이아가 사람들 사이를 뚫고 지나가는 모습을 보면서 내 남자 친구라고 부를 수 있는 것이 자랑스러웠다. 내 남자 친구, 나의 제러마이아. 내가 곁에서 잠든 첫 남자, 내가 여덟 살 때 우연히 부모님이 그걸 하는 걸 봤다는 이야기를 한 첫 남자, 생리통이 너무 심할 때 진통제를 사다 준 첫 남자, 내 엄지발톱에 매니큐어를 칠해 준 첫 남자, 내가 너무 취해 토할 때 친구들 앞에서 머리카락을 잡아 준 남자, 내 기숙사 방문 앞에 걸어 둔 화이트보드에 이렇게 적어 준 첫 남자.

넌 내 셰이크의 우유 같은 존재야.
영원히 영원히 사랑해, J.

그는 내 첫 키스 상대였다. 그는 내 가장 친한 친구였다. 나는 점점 더 이해하게 됐다. 이것이 인연이었다고. 그가 내 상대였다고. 단 하나뿐인.

그날 밤이었다.

우리는 춤을 췄다. 나는 제러마이아의 목에 팔을 감았고 음악이 우리 주위에서 쿵쿵 울렸다. 춤과 술 때문에 몸이 뜨겁고 어지러웠다. 실내에 사람이 가득했지만, 제러마이아가 나를 보면 다른 사람의 존재는 느껴지지 않았다. 나와 그뿐이었다.

제러마이아가 팔을 내리더니 내 머리카락 한 가닥을 귀 뒤로 넘겨 줬다. 그리고 뭐라고 말했는데 들리지 않았다.

"뭐라고?" 내가 소리치듯 말했다.

제러마이아가 소리치듯 말했다. "머리 자르지 마, 응?"

"잘라야 해! 안 그러면 마녀 같을걸."

제러마이아가 귀를 두드리며 말했다. "안 들려!"

"마녀!" 나는 강조하기 위해 얼굴 쪽 머리카락을 획획 흔들며 마녀의 솥을 젓는 시늉을 하면서 킥킥 웃었다.

"난 마녀 같은 게 좋아." 제러마이아가 내 귀에 대고 말했다. "다듬기만 하는 게 어때?"

내가 소리 질렀다. "네가 수염 기른다는 꿈을 포기하면, 나도 머리를 짧게 자르지 않겠다고 약속할게."

추수 감사절 때, 그의 고등학교 친구들이 누가 수염을 가장 오래 기를지 시합하자고 한 뒤부터 제러마이아는 턱수염 이야기를 했다. 나는 절대 안 된다고, 턱수염을 보면 아빠가 생각난다고 했다.

"생각해 볼게." 제러마이아가 내게 키스하며 말했다.

제러마이아에게서 맥주 맛이 났고, 아마 나도 마찬가지였을 것이다.

그때 제러마이아의 클럽 친구 톰이 우리를 보더니 황소처럼 돌진해 왔다. 나는 이유를 모르지만, 레드버드라는 별명을 가진 친구였다. 그는 속옷만 입고서 물병을 들고 있었다. 게다가 그 속옷은 사각팬티가 아니라, 조그만 흰색 삼각팬티였다. "떨어져, 떨어지라고!" 톰이 외쳤다.

두 사람은 장난을 치기 시작했고 제러마이아가 톰에게 헤드록을 걸자, 톰의 물병에 든 맥주가 애니카가 빌려준 원피스에 쏟아졌다.

"미안, 미안." 톰이 웅얼거렸다. 톰은 정말 취하면 말을 할 때마다 두 번씩 반복했다.

"괜찮아." 나는 치맛자락을 매만지며 그의 하체에서 눈을 피했다.

화장실에서 원피스를 닦으려고 했지만 줄이 길어서 주방으로 갔다. 사람들이 식탁 위에서 보디 샷(상대의 몸 여러 곳에 술을 따르고 마시는 음주 게임 - 옮긴이)을 즐기고 있었다. 또 다른 클럽 친구 루크는 붉은 머리 여자의 배꼽에서 테킬라 소금을 핥고 있었다.

"안녕, 이사벨." 그가 고개를 들어 인사했다.

"음, 안녕, 루크."라고 말하고 나서 어떤 여자가 싱크대에 토하는 것을 보고 나는 그곳에서도 달아났다.

나는 위층 화장실로 향했다. 계단에 앉아 키스하는 남녀를 겨우 피해 가며 올라가다가 실수로 남자의 손을 밟았다. "정말 미안해요." 내가 말했지만, 남자는 다른 한 손을 여자 셔츠 위에 올리고 있느라 알아차리지 못한 것 같았다.

가까스로 화장실에 도착한 뒤, 문을 잠그고 작게 한도의 한숨을 내쉬었다. 그날의 파티는 평소보다 더 난장판이었다. 학년말이 다가오고 기말고사가 끝나자 모두 자유를 즐기는 모양이었다. 애니카가 오지 못해서 다행이라는 생각이 들었다. 애니카가 좋아할 분위기가 아니었다. 나 역시 마찬가지였다.

원피스의 젖은 부분에 액체비누를 발라 문지르며 얼룩이 남지 않기를 빌었다. 누군가 문을 열려고 해서 큰 소리로 말했다. "잠깐만요."

원피스를 툭툭 털고 있는데, 문밖에서 여자들 말소리가 들려왔다. 나는 신경 쓰지 않았다. 레이시의 목소리를 듣기 전까진. 레이시가 이렇게 말했다. "그 남자, 오늘 섹시하더라, 안 그래?"

또 다른 목소리가 말했다. "걘 늘 섹시하지."

레이시는 혀 꼬부라진 소리로 말했다. "섹시하고말고."

다른 여자가 말했다. "질투 나니까 네가 가서 꾀어 봐."

레이시가 노래하듯 말했다. "카보에서 생긴 일은 카보에서 끝나야지."

순간 현기증이 났다. 나는 화장실 문에 등을 기대고서 마음을 가라앉혔다. 그럴 리가 없었다.

그때 누군가 문을 쾅쾅 두드려서 나는 소스라치게 놀랐다.

나는 무의식적으로 문을 열었다. 레이시는 나를 보더니 손으로 입을 막았다. 그 표정이 내 배에 주먹을 날리는 것 같았다. 물리적인 충격이 느껴졌다. 다른 여자들이 깜짝 놀라는 소리가 들렸지만, 모든 것이 아득하게 느껴졌다. 레이시와 다른 여자들을 지나쳐 복도를 걸어가면서 몽유병에라도 걸린 기분이었다.

믿을 수가 없었다. 사실일 리 없었다. 나의 제러는 그렇지 않다.

나는 그의 방으로 가서 문을 잠갔다. 그의 침대에 앉아 무릎을 감싸 안고서 머릿속으로 그 말을 되새겼다. '카보에서 생긴 일은 카보에서 끝나야지.' 레이시의 표정, 다른 여자들이 놀라던 소리. 그 광경이 영화처럼 내 머릿속에서 끝없이 반복됐다. 오늘 밤 이야기하던 두 사람. 내가 좋은 사람이라고 하니 어깨를 으쓱이던 제러마이아.

나는 확실히 알고 싶었다. 제러마이아에게 직접 들어 봐야 했다.

방에서 나와 그를 찾으러 갔다. 그를 찾아다니는 동안 충격이 분노로 바뀌는 것을 느꼈다. 사람들 무리를 밀치고 나아가다가 술에 취한 여자의 발을 밟았다. 그 여자가 혀 꼬부라진 소리로 "야!"라고 소리쳤지만 나는 사과하지 않았다.

밖에 서서 클럽 친구들과 맥주를 마시고 있는 그를 마침내 찾았다. 열린 문 앞에 서서 내가 말했다. "이야기 좀 해."

"잠깐만, 벨리." 그가 말했다.

"아니, 지금."

거기 있던 남자들이 전부 키득거리며 "이런, 누구는 큰일 났네.", "피셔 오늘 죽었다."라고 놀리기 시작했다.

나는 제러마이아의 방으로 가서 기다렸다.

제러마이아도 내 눈빛에서 뭔가를 느꼈는지 방으로 왔다. 나는 문을 닫았다.

"왜 그래?" 제러마이아가 염려스러운 표정으로 물었다.

나는 내뱉듯이 말했다. "봄 방학 때 레이시 배런이랑 사귀었어?"

제러마이아의 얼굴이 하얗게 질렸다. "뭐?"

"걔랑 잤어?"

"벨리……."

"그럴 줄 알았어." 내가 중얼거렸다. "그럴 줄 알았어."

하지만 나는 알지 못했다. 전혀 짐작도 못 했다. 아무것도 모르고 있었다.

"잠깐만, 일단 잠깐만."

"잠깐만이라고?" 나는 악을 썼다. "어쩜, 제러마이아. 어쩜."

그러고는 바닥에 털썩 주저앉았다. 다리에 힘이 풀려서 서 있을 수가 없었다.

제러마이아가 내 옆에 무릎을 꿇더니 나를 일으켜 세우려고 했다. 나는 그의 손을 쳐 냈다. "내 몸에 손대지 마!"

제러마이아는 그대로 바닥에 주저앉아 무릎 사이에 머리를 파묻었다. "벨리, 그건 우리가 헤어졌을 때였어. 깨졌을 때라고." 나는 그를 노려봤다.

우리의 이른바 '이별'은 고작 일주일뿐이었다. 사실 정말로 헤어진 것도 아니었다. 내 입장에서는. 나는 내내 우리가 화해할 것이라고 믿었다. 그 일주일 동안 나는 울면서 지냈다. 그가 카보에서 레이시 배런과 키스하는 동안 말이다.

"우리가 정말 깨진 게 아니라는 걸 너도 알았잖아! 진짜 헤어진 게 아니란 걸!"

제러마이아가 괴로운 표정으로 말했다. "그걸 내가 어떻게 알아?"

"내가 알았으면, 너도 아는 게 당연하지!"

제러마이아가 침을 삼키자 목의 울대뼈가 오르내렸다. "레이시가 일주일 내내 나를 따라다녔어. 날 내버려 두질 않았다고. 맹세하는데, 걔랑 자고 싶지 않았어. 어쩌다 보니 그렇게 된 거였어." 제러마이아의 목소리가 잦아들었다.

그 말을 들으니 너무나 지저분한 느낌이 들었다. 정말 혐오스러웠다. 그들 둘을 생각하고 싶지도, 떠올리고 싶지도 않았다. "조용히 해." 내가 말했다. "그 얘기 듣고 싶지 않아."

"실수였어."

"실수? 그걸 실수라고 해? 실수란 샤워실에 욕실 슬리퍼를 두고 나왔다가 곰팡이가 생겨서 버려야 할 때나 쓰는 말이야. 그게 실수라고, 이 멍청아." 나는 울음을 터뜨렸다.

제러마이아는 아무 말도 하지 않았다. 그 자리에 앉아서 고개를 푹 숙이고 내 말을 듣기만 했다.

"이제는 네가 어떤 사람인지도 모르겠다." 속이 울렁거렸다. "토할 것 같아."

제러마이아는 침대 옆에 있던 휴지통을 갖다줬고 나는 들썩거리며 울고 토했다. 제러마이아가 내 등을 문지르려 했지만, 나는 몸을 돌려 피했다. "만지지 마." 손등으로 입을 닦으며 웅얼거렸다.

이해할 수 없었다. 아무것도 이해할 수 없었다. 내가 알던 제러마이아가 아니었다. 나의 제러마이아는 나에게 그렇게 상처를 줄 리 없었다. 그는 다른 여자에게 눈길 한번 줄 사람이 아니었다. 나의 제러마이아는 진실하고 강하고 흔들림 없었다. 그런데 이젠 그가 누군지 알 수 없었다.

"미안해." 제러마이아가 말했다. "정말 미안해."

제러마이아도 울고 있었다. 잘됐네. 내가 생각했다. 내게 상처 준 만큼 아파 봐.

"벨리, 네게 완전히 솔직해지고 싶어. 더 이상 비밀은 싫어." 그러더니 제러마이아는 완전히 무너져 엉엉 울었다.

나는 가만히 들었다.

"우린 섹스했어."

나도 모르게 손이 그의 얼굴을 때렸다. 있는 힘껏 뺨을 쳤다. 나는 미처 생각할 겨를도 없이 행동하고 있었다. 내 손이 그의 오른쪽 뺨에 붉게 부어오른 자국을 남겼다.

우리는 멍하니 서로를 마주 봤다. 내가 제러마이아를 때렸다는 사실을 믿을 수 없었고, 제러마이아도 마찬가지였다. 그 사실의 충격이 제러마이아의 얼굴에 떠오르기 시작했고, 아마 나도 같은 표정을 지었을 것이다. 사람을 때린 것은 그때가 처음이었다.

제러마이아가 뺨을 문지르며 말했다. "정말 미안해."

나는 더 크게 울었다. 두 사람이 서로 만지고 키스하는 것만 상상했었다. 섹스는 생각도 하지 않았다. 나는 너무 어리석었다.

제러마이아가 말했다. "아무 의미도 없는 일이었어. 맹세해, 아무것도 아니었다고."

제러마이아가 내 팔을 건드리려 하자 나는 흠칫했다. 나는 뺨을 닦으며 말했다. "너한테는 섹스가 아무 의미도 없을지 모르겠지만, 나한테는 중요해. 너도 그걸 알았고. 네가 모든 걸 망쳤어. 다시는 널 믿지 못할 거야."

제러마이아가 나를 끌어당겨 안으려고 했지만, 내가 밀어 냈다. 그가 필사적으로 말했다. "정말이라고. 레이시랑 한 건 아무 의미도 없었어."

"내게는 의미가 있어. 그리고 걔한테도 의미가 있었던 게 분명해."

"난 걔를 사랑하는 게 아니라고!" 제러마이아가 외쳤다. "너를 사랑하지!"

제러마이아가 기어서 내게로 다가왔다. 내 무릎을 끌어안았다. "가지 마." 그가 애원했다. "부탁이야, 가지 마."

그를 떨쳐 내려고 했지만, 제러마이아는 힘이 셌다. 바다에 빠진 사람이 나무판자를 붙잡듯 나를 놓지 않았다.

"널 정말 많이 사랑해." 제러마이아는 온몸을 떨고 있었다. "항상 너뿐이었어, 벨리."

계속 고함치고 울면서 어떻게든 거기서 빠져나오고 싶었다. 하지만 방법이 없었다. 그를 내려다보고 있으니 내 마음이 돌처럼 굳었다. 그는 나를 실망시켰던 적이 없었다. 그런데 이런 식으로 실망시키다니, 훨씬 더 힘들었다. 예상하지 못한 일이었으니까. 몇 시간 전만 해도 그가 나를 등에 업고서 캠퍼스를 가로질렀고, 나는 그 어느 때보다 더 그를 사랑했었다는 사실을 믿기 어려웠다.

"돌이킬 수 없어." 내가 말했다. 그에게 상처를 주려고 한 말이었다. "예전의 우리 사이는 사라졌어. 오늘 밤에 사라졌어."

그는 필사적으로 말했다. "아냐, 돌이킬 수 있어. 틀림없이 그럴 수 있어."

나는 고개를 저었다. 눈물이 다시 흐르기 시작했지만 더 이상 울고 싶지 않았다. 특히 그 앞에서는. 그와 함께 있을 때는. 슬퍼하고 싶지 않았다. 아무것도 느끼고 싶지 않았다. 다시 얼굴을 닦고 일어났다. "갈래."

제러마이아가 비틀거리며 일어났다. "잠깐만!"

나는 그를 밀치고 침대에서 가방을 집어 들었다. 그러고는 문을 열고 나가 계단을 내달려 밖으로 나갔다. 버스 정류장까지 내쳐 달렸다. 가방이 어깨에 부딪히고 하이힐이 보도를 울렸다. 발을 헛디뎌 넘어질 뻔했지만, 해냈다. 마지막 사람이 버스에 타기 전에 버스 앞에 이르렀고, 내가 올라탄 뒤 버스는 출발했다. 제러마이아가 따라오는지 뒤돌아 확인하지 않았다.

내 룸메이트 질리언이 집으로 돌아간 덕분에 나는 방을 혼자 차지하고 울 수 있었다. 제러마이아가 계속 전화하고 메시지를 보내서 휴대전화를 꺼 버렸다. 하지만 잠들기 전, 전화기를 다시 켜고 그가 보낸 메시지를 읽었다.

나 자신이 너무 부끄럽다.
부탁이니 답장해 줘.
너를 사랑해. 언제까지나 널 사랑할 거야.

나는 더 크게 울었다.

　4월에 우리가 헤어진 것은 정말 갑작스러운 일이었다. 그렇다. 이따금 사소한 다툼이 있었지만, 그런 것은 다툼이라고 부를 수도 없었다.
　예를 들어, 셰이가 할머니 별장에서 파티를 열었을 때도 그랬다. 셰이는 친구들을 잔뜩 초대했고, 내게 제러마이아를 데려와도 된다고 했다. 우리는 옷을 차려입고 밤새 밖에서 춤을 출 생각이었다. 주말 동안 다 같이 모여 미친 듯이 놀아도 된다고, 굉장한 파티가 될 것이라고 했다. 나는 파티에 불러 준 것이 그저 반가웠다. 제러마이아에게 말했더니 교내 축구 경기가 있다며 나더러 가서 놀고 오라고 했다. 내가 말했다. "축구에 빠지면 안 될까? 진짜 경기도 아니잖아." 듣기 좋은 말은 아니었지만, 나는 그렇게 말했고, 그게 내 진심이었다.
　그것이 우리의 첫 다툼이었다. 고함을 치거나 하는 진짜 싸움은 아니었다. 하지만 그도 나도 화가 났다.
　나와 제러마이아는 늘 그의 친구들과 어울렸다. 어떻게 보면 그럴 수 있었다. 제러마이아는 이미 사귄 친구들이 있었고 나는 아직 친구들을 사귀는 중이었다. 사람들과 가까워지는 데는 시간이 걸렸고, 내가 늘 그의 기숙사에서 지내다 보니 기숙사 여자애들은 나를 빼고 서로 가까워졌다. 나는 알지도 못하는 사이에 무엇인가를 포기한 느낌이 들었다. 그렇기에 셰이의 초대는 내게 큰 의미가 있었고 제러마이아에게도 소중한 일이기를 바랐다.

그리고 다른 일들에도 신경이 쓰였다. 제러마이아에 대해 내가 알지 못하는 일들, 여름 별장에서만 그를 만나서는 알 수 없는 일들이. 그가 기숙사 친구들과 마리화나를 피운다거나, 그들이 파인애플 햄 피자를 먹고 쿨리오의 〈갱스터스 파라다이스(Gangsta's Paradise)〉를 들으며 끝없이 웃어 댄다는 것 등이었다.

그의 계절성 알레르기도 마찬가지였다. 나는 봄에 그를 본 적 없어서 알레르기가 있는지도 몰랐다.

제러마이아는 미친 듯이 재채기를 해 대면서 코가 잔뜩 막힌 측은한 목소리로 나에게 전화를 걸어왔다. "이리 와서 나랑 놀아 줄래?" 그가 코를 풀면서 물었다. "그리고 티슈 좀 가져다줄 수 있을까? 오렌지 주스도?"

나는 "넌 알레르기가 있는 거지, 돼지독감에 걸린 게 아니잖아."라고 말하지 않으려고 입술을 꽉 깨물었다.

그 전날 그의 기숙사에 갔었다. 내가 과제를 하는 동안 그와 룸메이트는 비디오 게임을 했다. 그리고 우리는 쿵후 영화를 보고 인도 음식을 시켰다. 사실 나는 인도 음식을 먹으면 속이 쓰려서 좋아하지 않았다. 제러마이아는 알레르기가 정말 심해지면 기운 차릴 방법이 인도 음식밖에 없다고 했다. 나는 고작 난과 밥을 깨작거렸는데, 치킨티카마살라 커리를 먹어 치우며 영화를 보는 제러마이아의 모습에 짜증이 났다. 그는 가끔 정말 무신경해져서 나는 그가 알고도 그러는 것인지 궁금했다.

"정말 가고 싶지만, 내일까지 내야 하는 과제가 있어." 나는 고민하는 척 말했다. "그러니까 안 될 것 같아. 미안."

"음, 그럼 내가 거기로 갈게." 제러마이아가 말했다. "네가 과제를 하는 동안 난 알레르기 약을 잔뜩 먹고 잘게. 그리고 저녁에 또 인도 음식 시켜 먹자."

"그래." 나는 부루퉁하게 말했다. "그래도 되겠네." 적어도 버스는 안 타도 되니까. 하지만 제러마이아가 또 티슈를 다 써 버리면 질리언이 화를 낼지도 모르니 기숙사 화장실에 가서 두루마리 화장지를 하나 가져와야 했다.

그때는 그 모든 것이 우리가 처음으로 진짜 싸우게 되는 과정인 줄 몰랐다. 우리는 울며불며 싸웠다. 다시는 그렇게 싸우지 않기로 스스로 다짐했다. 나는 나와 같은 기숙사에서 지내는 여자애들이나 테일러가 싸우는 소리를 들은 적이 있다. 하지만 내가 그럴 줄은 몰랐다. 제러마이아와 나는 서로를 잘 이해했고 오래 알아 왔으니 그렇게 싸우지 않을 줄 알았다.

싸움은 불과 같다. 통제할 수 있으리라고, 원하면 언제든 멈출 수 있으리라고 생각하지만, 정신을 차리고 보면 그것은 살아 숨 쉬는 것이 되어 내 의지에서 벗어난다. 싸움을 통제할 수 있다고 여기는 것은 어리석다.

제러마이아와 사교 클럽 친구들이 갑자기 봄 방학 때 카보에 가기로 했다. 인터넷에서 말도 안 되게 싼 여행 상품을 발견했다는 것이다.

나는 이미 봄 방학에 집에서 할 일을 계획 중이었다. 엄마와 함께 시내에 가서 발레를 볼 생각이었고, 스티븐 오빠도 집에 올 예정이었다. 그래서 집에 꼭 가고 싶었다. 그런데도 제러마이아가 여행 예약을 하는 것을 보며 점점 더 화가 났다. 그도 집에 갈 계획이었었다. 콘래드가 캘리포니아에 있어서 피셔 아저씨는 거의 혼자 지냈다. 제러마이아는 피셔 아저씨와 함께 지내고 싶다고 했고, 수재나 아줌마의 묘지에도 가겠다고 했다. 우리는 이틀 정도 커즌스에 가자는 이야기도 나눴다. 제러마이아는 내가 커즌스에 얼마나 가고 싶어 하는지, 그곳이 내게 얼마나 큰 의미인지 잘 알았다. 나는 우리 집보다 그 집에서 더 많이 성장했다. 그리고 수재나 아줌마가 돌아가시자, 그곳에 가는 것이 더욱 소중하게 느껴졌다.

그런데 그는 지금 카보에 가겠다고 했다. 나 없이 친구들과.

"꼭 가야 해?" 내가 물었다. 제러마이아는 책상 앞에 앉아 고개를 숙이고서 컴퓨터 키보드를 두드리고 있었다. 나는 그의 침대에 앉아 있었다.

제러마이아가 놀란 표정으로 고개를 들었다. "포기하기엔 가격이 너무 싸. 게다가 다른 친구들도 간다는데, 나만 빠질 수는 없잖아."

"그래. 하지만 난 네가 집에 가서 너희 아빠랑 지낼 줄 알았어."

"여름 방학에 그러면 돼."

"여름이 되려면 아직 몇 달 남았잖아." 나는 팔짱을 꼈다가 풀었다.

제러마이아가 이마를 찌푸렸다. "왜 그래? 너 없이 봄 방학에 놀러 간다니까 걱정돼?"

나는 뺨이 붉어지는 것을 느꼈다. "아냐! 난 신경 안 쓰니까, 너 가고 싶은 곳은 어디든지 가. 난 그저 네가 너희 아빠랑 함께 지내면 좋을 것 같아서. 그리고 수재나 아줌마 묘비석도 완성됐잖아. 가서 보고 싶을 줄 알았어."

"응, 보고 싶어. 하지만 그건 학년 끝나고 해도 돼. 너도 함께 가도 되고." 제러마이아가 나를 슬쩍 봤다. "질투하는 거야?"

"아냐!"

제러마이아는 씩 웃고 있었다. "젖은 티셔츠 콘테스트가 걱정되는 거 아냐?"

"아냐!" 나는 그가 그 상황을 웃음거리로 만드는 것이 싫었다. 나만 화가 난 것이 짜증스러웠다.

"그렇게 걱정된다면, 같이 가자. 재미있을 거야."

그는 "걱정된다면, 그러지 않아도 돼."라고 말하지 않았다. 그는 "걱정된다면, 같이 가자."라고 말했다. 그가 그러려고 했던 게 아니라는 건 알지만, 나는 영 석연치 않았다.

"나 돈 없는 거 알잖아. 게다가 너의 클럽 '형제들'이랑 카보에 가고 싶지도 않고, 여자 친구는 나 혼자일 텐데 따라가서 방해하고 싶지도 않아."

"그렇지 않을걸? 조시 여자 친구 앨리슨도 함께 가거든." 제러마이아가 말했다.

그렇다면 앨리슨은 초대받았는데 나는 빠졌다고? 나는 똑바로 앉았다. "앨리슨이 너희랑 함께 간다고?"

"그런 건 아니야. 앨리슨은 여학생 사교 클럽에서 가는 거니까. 그쪽도 우리랑 같은 리조트에 방을 몇 개 빌릴 거야. 그 여행 상품이 그런 거거든. 그렇다고 걔들이랑 계속 놀지는 않을 거야. 남자들끼리만 사막 오프로드 레이스 같은 걸 해. 에이티브이(ATV: 도로 이외의 어떤 지형에서도 탈 수 있는 소형 사륜차―옮긴이)를 빌리고, 암벽 등반하고, 그런 거."

나는 제러마이아를 노려봤다. "그럼 네가 친구들이랑 사막에서 차를 몰고 다니는 동안 나는 모르는 여자애들이랑 놀라고?"

제러마이아가 어이없다는 표정을 지었다. "너, 앨리슨 알잖아. 우리 기숙사 대회 때 너랑 같은 비어퐁(맥주 또는 물을 채운 컵에 탁자 양쪽에서 탁구공을 던져 넣는 술자리 게임 - 옮긴이) 팀이었는데."

"어쨌든. 난 카보에는 안 가. 집에 갈 거야. 엄마가 날 보고 싶어 해." 네 아빠도 널 보고 싶어 한다는 말은 하지 않았다.

제러마이아가 '마음대로 해.'라는 식으로 어깨를 으쓱이기에 나는 '까짓것, 말해 버리자.' 싶었다. "네 아빠도 널 보고 싶어 하셔."

"맙소사, 벨리. 우리 아빠하고는 아무런 상관도 없다는 걸 인정해라. 내가 너 빼고 봄 방학에 놀러 가는 게 신경 쓰이는 거잖아."

"그럼, 애초에 나 없이 혼자 가고 싶다는 건 왜 인정 안 했어?"

제러마이아는 머뭇거렸다. 나는 그가 머뭇거리는 것을 봤다. "좋아. 그래, 남자들끼리 가는 여행이었다면 나도 신경 안 썼겠지."

일어서며 내가 말했다. "뭐, 여자들도 많을 것 같은데. 제타 파이 애들이랑 재미있게 지내."

그러자 제러마이아의 목덜미가 벌게졌다. "아직도 날 못 믿겠다면, 내가 뭐라고 해야 할지 모르겠다. 난 네가 의심할 짓 한 적 없어. 그리고 벨리, 솔직히 아빠를 들먹여서까지 내 발목 잡을 필요도 없다고."

나는 신발을 신기 시작했고, 너무 화가 나서 운동화 끈을 묶는 손가락이 떨렸다. "어쩜 그렇게 이기적인지 믿을 수가 없다."

"내가? 이젠 내가 이기적이라고?" 제러마이아는 입을 꾹 다물고 고개를 저었다. 그는 뭐라고 말하려다가 입을 다물었다.

"그래, 우리 둘 사이에선 확실히 네가 이기적이야. 넌 항상 너, 네 친구들, 멍청한 클럽 이야기뿐이잖아. 네 클럽이 멍청하다는 말, 내가 했던가? 난 그렇게 생각하거든."

제러마이아가 목소리를 깔고 말했다. "뭐가 그렇게 멍청한데?"

"돈만 많은 남자애들이 모여서 부모 돈 쓰면서 기출문제 나눠 보고 부정행위나 하고, 술에 취해 수업 들으러 가는 모임이니까."

제러마이아는 상처받은 표정으로 말했다. "전부 그런 건 아니야."

"네가 그렇다곤 안 했어."

"아니, 그랬어. 내가 의대 준비생이 아니라고 게으른 대학생 취급하는 거야?"

"네 자격지심은 좀 넣어 둬라." 내가 말했다. 미처 생각도 하기 전에 말이 먼저 튀어나와 버렸다. 전에 그런 생각을 한 적은 있지만, 입 밖에 낸 적은 없었다. 콘래드는 의대 준비생이었다. 콘래드는 스탠퍼드대학교 실험실에서 아르바이트를 했다. 제러마이아는 맥주학을 전공했다고 사람들에게 말하는 학생이었다.

제러마이아가 노려봤다. "'자격지심'이라니, 무슨 뜻이야?"

"잊어버려." 내가 말했다. 하지만 너무 늦었다. 선을 넘어 버린 것이다. 나는 내가 한 말을 전부 취소하고 싶었다.

"내가 그렇게 멍청하고 이기적이고 게으르다고 생각하면서, 대체 나랑 왜 사귀는 거야?"

내가 미처 대답하기도 전에, 넌 멍청하고 이기적이고 게으르지 않다고 말하기도 전에, 내가 싸움을 끝내기도 전에 제러마이아가 말했다. "집어치워. 더 이상 네 시간 낭비 안 할 테니. 지금 끝내자."

그래서 내가 말했다. "좋아."

나는 가방을 들었지만, 바로 나오지는 않았다. 그가 붙잡기를 기다렸다. 하지만 그는 붙잡지 않았다.

집까지 가는 내내 울었다. 우리가 헤어졌다는 것을 믿을 수 없었다. 실감이 나지 않았다. 나는 그날 밤 제러마이아의 전화를 기다렸다. 금요일이었다. 그는 일요일 아침 카보로 떠났지만, 그날까지도 내게 전화하지 않았다.

나는 부루퉁한 표정으로 온 집 안을 서성거리고, 감자칩을 먹고, 울면서 봄 방학을 보냈다. 스티븐 오빠가 말했다. "진정해. 걔가 전화 못 하는 건, 멕시코에서 전화하려면 요금이 너무 비싸서야. 너희, 다음 주면 화해할걸? 내가 장담한다."

오빠 말이 옳다고 생각했다. 제러마이아는 혼자만의 시간이 필요할 뿐이라고. 그래, 그건 괜찮았다. 그가 돌아오면 내가 찾아가서 미안하다고 말하고 화해하고, 그러면 다 없었던 일처럼 될 것이었다.

오빠의 예상대로 우리는 한 주 뒤, 다시 사귀는 사이가 됐다. 나는 그를 찾아가 사과했고 그도 사과했다. 카보에서 무슨 일이 있었는지는 묻지 않았다. 궁금해할 생각도 하지 못했다. 그는 나를 평생 사랑했고 나는 그 사랑을 믿었다. 그를 믿었다.

제러마이아는 조개껍데기 팔찌를 내 선물로 사 왔다. 하얗고 작은 조개껍데기였다. 그 팔찌를 받고 나는 너무 행복했다. 그가 나를 생각했고, 내가 보고 싶어 한 만큼 그도 나를 보고 싶어 했다는 뜻이니까. 제러마이아도 나처럼 우리 사이가 끝난 것이 아니며, 끝나지 않으리라고 생각했다는 뜻이니까.

봄 방학이 끝난 뒤 그는 일주일 내내 내 방에서 지내며, 클럽 친구들보다는 나와 어울렸다. 내 룸메이트 질리언은 미칠 지경이 되었지만, 나는 신경 쓰지 않았다. 나는 그 어느 때보다도 제러마이아와 가까워진 느낌이었다.

하지만 이제 나는 진실을 알게 됐다. 그가 죄책감 때문에 그 싸구려 팔찌를 사 온 것임을. 그리고 나는 너무 간절히 화해하고 싶은 나머지, 그 사실을 직시하지 못한 것임을.

　눈을 감으면 함께 있는 그 둘이 떠올랐다. 뜨거운 물을 받은 욕조에서 키스하는 모습이. 바닷가에서. 어느 클럽에서. 레이시 배런은 아마 내가 들어 보지도 못한 기술과 요령을 알고 있었을 것이다. 레이시라면 당연했다.
　나는 그때까지도 경험이 없었다. 나는 섹스를 해 본 적이 없었다. 제러마이아와도, 그 누구와도. 어릴 적에는 내 첫 상대가 콘래드일 것이라고 상상하곤 했다. 그렇다고 아직도 그를 기다리고 있었던 것은 아니었다. 전혀 그렇지 않았다. 나는 완벽한 순간을 기다리고 있었을 뿐이다. 그 순간이 특별하기를, 무엇 하나 아쉽지 않기를 바랐다.
　드디어 우리가 여름 별장에서, 내가 부끄럽지 않도록 전등을 끄고 여기저기 촛불을 켜고 하는 모습을 상상했었다. 제러마이아가 얼마나 상냥할지, 얼마나 다정할지 상상했었다. 그리고 점점 마음의 준비가 되었다고 느꼈다. 그해 여름, 우리 둘이 커즌스에 돌아가면, 그때가 바로 그 순간이 되리라 생각했었다.

그리고 돌이켜 생각하니, 내가 얼마나 순진했었는지 생각하니 창피했다. 내가 마음의 준비를 하는 데 아무리 오래 걸려도 제러마이아는 기다려 줄 것으로 생각했다. 정말로 그렇게 믿었다.

하지만 이제 우리가 함께할 수 있을까? 적어도 내 머릿속에서 나보다 나이도 많고, 섹시하고, 세속적인 레이시와 제러마이아가 함께했다고 생각하면, 너무 속상해서 숨쉬기가 힘들었다. 레이시가 나는 모르는 제러마이아의 모습을 안다는 사실이, 나는 해 보지 못한 경험을 그와 했다는 사실이 가장 큰 배신처럼 느껴졌다.

한 달 전, 수재나 아줌마의 1주기 무렵, 우리는 제러마이아의 침대에 누워 있었다. 그가 모로 누워 나를 바라볼 때 그 눈이 수재나 아줌마와 너무 닮아서 손을 뻗어 눈을 가렸다.

"널 보면 마음 아플 때가 있어." 내가 말했다. 그렇게 말하면 제러마이아는 곧바로 알아들었다. 나는 그게 좋았다.

"눈 감아." 그가 말했다.

내가 눈을 감자 제러마이아가 다가와 얼굴을 마주했고, 그의 숨결이 뺨에 느껴졌다. 우리는 다리로 서로의 다리를 감았다. 나는 늘, 문득 그를 끌어당기고 싶은 충동에 휩싸였다. "우리 사이가 언제나 이렇게 변함없을까?" 내가 물었다.

"어떻게 변하겠어?" 제러마이아가 되물었다.

우리는 그렇게 잠들었다. 아이들처럼. 너무나 순수하게.

우리는 그때로 돌아갈 수 없었다. 어떻게 돌아갈 수 있을까? 모든 것이 오염됐다. 3월부터 지금에 이르기까지, 모든 순간이 더럽혀졌다.

　이튿날 아침, 잠에서 깼는데 눈이 너무 부어서 뜰 수가 없었다. 찬물로 세수를 했지만 별로 도움이 되지 않았다. 이를 닦고, 다시 침대에 누웠다. 잠에서 깨면 사람들이 기숙사 방을 나와 돌아다니는 소리가 들렸지만, 그냥 다시 잠들었다. 짐을 싸야 했지만 자고 싶은 마음뿐이었다. 온종일 잤다. 다시 깨어 보니 밖이 어두워져 있었지만 불을 켜지 않았다. 그저 다시 잠들 때까지 누워 있었다.

　나는 이튿날 늦은 오후, 마침내 일어났다. '일어났다.'라는 말은 '일어나 앉았다.'라는 뜻이다. 드디어 침대에서 일어나 앉았다. 목이 말랐다. 계속 우느라 비틀어 짠 빨래처럼 말라 버린 느낌이었다. 침대에서 일어나 냉장고까지 다섯 발짝 걸어가서 질리언이 남기고 간 생수 한 병을 꺼냈다.
　질리언의 빈 침대와 빈 벽을 보니 더 우울했다. 지난밤에는 혼자 있고 싶었다. 그런데 그날은 다른 사람에게 말하지 않고는 미칠 것만 같았다.

복도를 걸어가 애니카의 방으로 갔다. 나를 보고 애니카가 처음 한 말은 "무슨 일이야?"였다.

나는 그 애 침대에 앉아 베개를 끌어안았다. 이야기가 하고 싶어서, 속마음을 털어놓고 싶어서 애니카를 찾아갔는데, 말을 꺼내기가 어려웠다. 부끄러웠다. 제러마이아가 부끄러웠고, 제러마이아 때문에 부끄러웠다. 내 친구들은 전부 제러마이아를 좋아했다. 현실적으로 그를 완벽한 남자친구라고 생각했다. 애니카에게 말하는 순간, 그런 평가는 사라지고 말 것이 분명했다. 그리고 그 상황은 현실이 될 것이 분명했다. 무슨 까닭인지, 그를 지키고 싶었다.

"이사벨, 무슨 일 있어?"

정말로 눈물이 다 마른 줄 알았는데 그래도 몇 방울이 흘러나왔다. 나는 그냥 말해 버렸다. "제러마이아가 바람피웠어."

애니카가 침대에 털썩 앉았다. "이런 개나리." 애니카가 조그맣게 말했다. "누구랑? 언제?"

"레이시 배런이랑. 제러마이아네 자매 클럽의 그 여자. 봄 방학에. 우리가 헤어졌을 때."

애니카는 고개를 끄덕이며 잠자코 그 이야기를 들었다.

"너무 화가 나." 내가 말했다. "다른 여자랑 놀아 놓고는 여태 나한테 말 안 한 게. 말 안 한 건 거짓말이랑 마찬가지잖아. 내가 너무 바보처럼 느껴졌어."

애니카가 책상 위의 티슈 상자를 건넸다. "뭐든지 네가 원하는 대로 느껴." 애니카가 말했다.

나는 코를 풀었다. "나는……, 내 생각만큼 제러마이아를 잘 알지 못

했나 봐. 다시는 그를 믿을 수 없을 것 같아."

"사랑하는 사람에게 그런 비밀을 숨기고 있었다는 건 아무래도 최악이지." 애니카가 말했다.

"바람을 피운 행동이 최악이 아니고?"

"응. 아니, 그것도 나쁘지. 하지만 너한테 말하기만 했으면 됐잖아. 그것을 비밀로 삼아서 큰일이 된 거지."

나는 입을 다물고 있었다. 내게도 비밀이 있었다. 아무에게도, 애니카나 테일러에게도 말하지 않은 일이었다. 중요하지 않은 일이라서 말하지 않는 것이라고 혼자 생각하고, 잊어버렸다.

지난 두 해 동안 나는 가끔 콘래드에 대한 기억을 꺼내 보며 오래전 모아 뒀던 조개껍데기를 보듯이 감상했다. 조개껍데기의 선들을 하나씩 매만지고, 차갑고 매끄러운 감촉을 느끼는 것만으로도 즐거웠다. 제러마이아와 사귀기 시작한 뒤에도 이따금, 강의를 듣거나 버스를 기다리거나 잠을 청할 때 예전 기억을 꺼내 보곤 했다. 처음 수영 시합에서 콘래드를 이겼을 때를. 그가 춤추는 법을 가르쳐 줬을 때를. 아침마다 머리에 물을 적셔 빗던 그의 모습을.

하지만 특히 한 가지 추억은 건드리지 않았다. 그것을 꺼내는 것은 금기였다.

크리스마스 다음 날이었다. 엄마는 터키로 일주일간 여행을 떠났다. 수재나 아줌마의 암 재발로, 그리고 수재나 아줌마가 돌아가셔서, 두 차례 미룬 여행이었다. 아빠는 여자 친구 린다의 가족과 워싱턴 DC에서 지냈다. 스티븐 오빠는 학교 친구들과 스키 여행을 갔다. 제러마이아와 피셔 아저씨는 친척을 만나러 뉴욕에 갔다.

그리고 나는? 집에서 티브이로 〈크리스마스 스토리(A Christmas Story)〉를 세 번째 봤다. 나는 2년 전에 수재나 아줌마가 보내 준 크리스마스 파자마를 입고 있었다. 겨우살이가 귀엽게 프린트된 빨간색 플란넬 파자마였는데, 바지가 너무 길었다. 그 옷을 입으면 소매와 바지 자락을 걷어 올리는 것도 재미있었다. 저녁으로 냉동 페퍼로니 피자와 엄마가 가르치는 학생이 직접 구워 선물한 설탕 쿠키 남은 것을 먹고 난 뒤였다.

〈나 홀로 집에(Home Alone)〉에 나오는 케빈이 된 느낌이 들기 시작했다. 토요일 오후 8시, 거실에서 〈로킹 어라운드 더 크리스마스트리

〈Rockin' Around the Christmas Tree〉에 맞춰 춤을 추는데 나 자신이 안쓰러웠다. 가을 학기 성적은 별로였던 데다 가족들도 모두 여행을 가고 없었다. 혼자서 냉동 피자를 먹고 있었다. 게다가 집에 돌아간 첫날, 스티븐 오빠는 나를 보자마자 이렇게 말했다. "헉, 살찐 것 좀 봐. 신입생 살(freshman fifteen: 보통 대학교 1학년 때 몸무게가 15파운드, 즉 7킬로그램 정도 증가하는 것을 말한다-옮긴이)이 널 피해 갈 리 없지." 나는 오빠 팔을 쳤다. 오빠는 농담이라고 했지만, 농담이 아니었다. 나는 넉 달 만에 5킬로그램 가까이 늘었다. 새벽에 남자들과 어울려 핫 윙과 라면, 도미노피자를 먹으면 그렇게 되는 모양이었다. 하지만 어쩌라고? 신입생 살도 통과 의례였다.

아래층 욕실로 가서 영화 속 케빈처럼 내 뺨을 쳤다. "어쩌라고!" 나는 소리를 질렀다.

그것 때문에 우울해지지 않을 생각이었다. 문득 한 가지 아이디어가 떠올랐다. 위층으로 달려가 배낭에 이것저것 던져 넣기 시작했다. 엄마가 크리스마스 선물로 사 준 소설책, 레깅스, 두꺼운 양말. 세상에서 가장 좋아하는 곳에 갈 수 있는데, 집에 틀어박혀 있을 이유가 없었다.

15분 뒤, 저녁 먹은 접시를 헹구고 전등을 다 끈 뒤 스티븐 오빠 차에 탔다. 오빠 차가 내 차보다 좋았고, 오빠는 모를 테니 속상해할 일도 없었다. 게다가 '신입생 살' 이야기를 꺼낸 데 대한 복수였다.

나는 〈플리즈 컴 홈 포 크리스마스(Please Come Home for Christmas)〉(물론 본 조비 버전이다.)에 맞추어 몸을 흔들면서 빨간색과 초록색 스프링클을 뿌린 초콜릿 프레첼(이것도 엄마가 선물 받은 것이다.)을 먹으며 커즌스로 향했다. 옳은 선택이라고 확신했다. 곧 커즌스의 별장에 도착할 수 있었다. 불을 피우고 프레첼과 함께 마실 핫초코를 만들고, 아침에 일어나면 겨울 해변을 즐길 수 있었다. 물론 여름 해변이 더 좋았지만, 겨울 해변도 그 나름의 매력이 있었다. 거기 간 것은 아무에게도 이야기하지 않기로 마음먹었다. 모두 저마다의 여행에서 돌아오면, 그 일은 나만의 작은 비밀로 간직하기로 했다.

정말로 커즌스에 순식간에 도착했다. 고속 도로에 차가 없어서 날듯이 달렸다. 별장에 차를 세우며 환호성을 질렀다. 돌아오니 좋았다. 1년여 만이었다.

여분의 열쇠를 늘 두는 곳, 테라스의 헐거워진 마룻바닥 밑에서 찾았다. 안에 들어가 불을 켜니 현기증이 났다.

실내는 몹시 추웠고 불 피우기는 생각보다 훨씬 어려웠다. 나는 빠르게 포기하고 히터가 작동하기를 기다리며 핫초코를 만들었다. 그리고 벽장에서 담요를 잔뜩 가져와서는 소파에 누워 포근하게 덮은 채 초콜릿 프레첼을 먹고 핫초코를 마셨다. 티브이에서 방영하는 〈그린치(How the Grinch Stole Christmas)〉를 보면서 후빌의 주인공들이 〈웰컴 크리스마스(Welcome Christmas)〉를 부르는 소리를 들으며 깜빡 잠들었다.

누군가가 집에 침입하는 소리에 잠에서 깼다. 문을 쾅쾅 두드리는 소리와 문손잡이를 덜컥거리는 소리가 들렸다. 처음에는 무서워서 어찌할 바를 모르고 담요 아래 숨어 숨소리를 죽였다. '맙소사, 맙소사, 〈나 홀로 집에〉랑 똑같잖아. 케빈이라면 어떻게 할까? 케빈이라면?' 케빈이라면 아마 현관에 덫을 놓았겠지만, 그럴 시간이 없었다.

그때 도둑이 외쳤다. "스티븐? 안에 있냐?"

그 말을 듣고 나는 생각했다. '이런, 다른 도둑이 벌써 집 안에 들어왔는데 이름이 스티븐인가 봐!'

나는 담요 아래에 숨어 있다가 케빈이라면 여기엔 숨지 않을 것이라는 생각이 들었다. 자기 집을 지킬 것이다.

나는 벽난로에서 불쏘시개를 꺼내 들고 휴대전화를 챙겨서 현관 쪽으로 살그머니 다가갔다. 너무 무서워서 차마 창밖을 내다보지는 못하고, 도둑이 나를 못 보게끔 몸을 문에 바싹 붙이고서 귀를 기울이며 휴대전화 숫자판 9에 손가락을 대고 있었다.

"스티븐, 문 열어. 나야."

심장이 거의 멎을 뻔했다. 아는 목소리였다. 도둑 목소리가 아니었다. 콘래드였다.

문을 활짝 열었다. 정말로 콘래드였다. 그를 멍하니 바라봤고 그도 마주 봤다. 그를 보면 그런 느낌일 줄 몰랐다. 심장이 튀어나올 것만 같았고, 숨을 쉬기가 어려웠다. 그 순간, 나는 모든 것을 잊었다. 오직 눈앞에 그가 있을 뿐이었다.

콘래드는 내가 처음 보는 황갈색 겨울 코트를 입고서 작은 지팡이 사탕을 물고 있었다. 사탕이 입에서 툭 떨어졌다. "대체 이게 무슨?" 콘래드는 입을 다물지 못했다.

콘래드를 끌어안으니 페퍼민트와 크리스마스 같은 냄새가 났다.

내게 닿은 그의 뺨이 차가웠다. "불쏘시개는 왜 들고 있어?"

나는 뒤로 물러섰다. "도둑인 줄 알았어."

"그러셨겠지."

콘래드는 나를 따라 거실로 들어와 소파 맞은편 의자에 앉았다. 여전히 깜짝 놀란 표정이었다. "여기서 뭐 해?"

나는 어깨를 으쓱이고는 불쏘시개를 커피 탁자 위에 내려놓았다. 아드레날린 분출이 잦아들자 바보가 된 느낌이 들기 시작했다. "집에 혼자 남게 돼서 그냥 오고 싶었어. 오빠야말로 여기서 뭐 해? 난 오빠가 돌아올 줄 몰랐는데."

콘래드는 캘리포니아에 살았다. 그 전해에 학교를 옮긴 뒤로 만나지 못했다. 이틀쯤 면도를 못 했는지 얼굴이 거뭇거뭇했다. 하지만 따갑지 않고 부드러워 보였다. 피부도 황갈색이었다. 그때가 겨울이니 이상하다 싶었지만, 그가 늘 화창한 캘리포니아의 학교에 다닌다는 사실이 떠올랐다.

"아빠가 마지막 순간에 비행기 표를 보냈어. 눈 때문에 착륙하는 데 오래 걸려서 늦게 도착했고. 제러와 아빠는 아직 뉴욕에 있으니까 여기로 오기로 했지." 콘래드가 나를 빤히 봤다.

"뭐?" 나는 문득 어색해져 물었다. 자느라 부스스해진 머리카락을 손으로 눌렀다. 그리고 조심스레 입가를 문질렀다. 혹시 자면서 침을 흘렸을까?

"얼굴에 초콜릿이 잔뜩 묻었네."

나는 손등으로 입을 닦았다. "초콜릿 아냐." 거짓말이었다. "아마 먼지일 거야."

콘래드는 흥미롭다는 표정으로 거의 빈 초콜릿 프레첼 통을 보면서 눈썹을 치켜올렸다. "뭐, 시간 아끼느라 아예 머리를 프레첼 통에 넣은 거야?"

"시끄러워." 나는 이렇게 말하면서도 웃음을 참을 수 없었다.

실내를 비추는 것이라곤 깜빡이는 티브이에서 흘러나오는 불빛뿐이었다. 그렇게 그와 함께 있다니 너무나 비현실적이었다. 정말이지 운명의 장난 같았다. 나는 몸을 떨며 담요를 끌어당겼다.

콘래드가 코트를 벗으며 말했다. "불 피울까?"

나는 당장 대답했다. "응! 나는 못 피우겠더라."

"요령이 필요하지." 콘래드 특유의 거만한 말투였다. 그 무렵 나는 그 말투가 허세일 뿐이라는 것을 알고 있었다.

모든 것이 너무 익숙했다. 겨우 두 해 전 크리스마스에, 우리는 바로 지금처럼 이곳에 함께 있었다. 그 후로 너무나 많은 일이 있었다. 콘래드는 완전히 새로운 삶을 시작했고, 나도 마찬가지였다. 그런데도 우리 사이에 시간도 전혀 흐르지 않고 거리도 벌어지지 않은 것 같았다. 어떤 면에서는 똑같이 느껴졌다.

그도 아마 같은 생각을 한 모양이었다. 그가 이렇게 말했으니까. "불 피우기는 너무 늦은 거 같다. 그냥 자는 게 좋겠어." 콘래드는 벌떡 일어나더니 계단으로 향했다. 그리고 돌아서서 물었다. "넌 여기서 잘래?"

"응." 내가 말했다. "소파가 아늑해서 기분 좋아."

콘래드는 계단 앞에 이르러 걸음을 멈추고는 말했다. "메리 크리스마스, 벨리. 만나서 정말 반갑다."

"오빠도 메리 크리스마스."

이튿날 아침, 잠에서 깨자마자 콘래드가 이미 떠났을 것이라는 이상한 느낌이 들었다. 이유는 모르겠다. 확인하려고 계단으로 달려가 난간을 도는데, 파자마 바지에 발이 걸려 뒤로 자빠지면서 머리를 부딪쳤다.

나는 눈물을 글썽이며 천장을 올려다보고 있었다. 상상을 초월하게 아팠다. 그때 콘래드의 머리가 불쑥 나타났다. "괜찮아?" 콘래드가 아마도 시리얼인 듯한 뭔가를 입 안 가득 우물거리며 물었다. 그가 나를 부축하려고 했지만, 나는 손사래를 쳤다.

"괜찮아." 나는 눈물이 마르기를 바라며 눈을 빨리 깜빡이면서 웅얼거렸다.

"아파? 움직일 수 있겠어?"

"떠난 줄 알았어." 내가 말했다.

"아니. 아직 여기 있어." 콘래드가 내 옆에 무릎을 꿇었다. "내가 일으켜 줄게."

나는 싫다고 고개를 저었다.

콘래드가 내 옆에 누웠다. 우리는 눈 위에 천사 모양을 만드는 아이들처럼 마룻바닥에 나란히 누워 있었다. "얼마나 아픈지 1에서 10까지 숫자로 표현하면? 어디 삐끗한 것 같아?"

"1에서 10 중에…… 11이야."

"넌 아플 때면 아기가 되더라." 콘래드는 그렇게 말하면서도 염려스러운 목소리였다.

"아냐." 나는 아니라는 것을 증명할 생각이었다. 비록 울먹이는 목소리일지언정.

"너, 방금 구른 거, 장난 아니었어. 만화 영화에서 바나나 껍질 밟고 발라당 미끄러지는 동물 같았다고."

문득 더는 울고 싶지 않았다. "나더러 동물이라고?" 나는 고개를 돌려 콘래드를 보고 따지려고 했다. 그는 심각한 표정을 유지하려고 했지만,

입꼬리가 자꾸만 올라갔다. 그러다가 고개를 돌려 나를 봤고 우리는 둘 다 웃기 시작했다. 너무 웃어서 허리가 더 아팠다.

웃다가 뚝 멈추며 내가 말했다. "아야."

콘래드가 일어나 앉더니 "내가 소파로 옮겨 줄게."라고 말했다.

"싫어." 나는 기운 없는 소리로 마다했다. "나 너무 무거워. 조금 있다가 일어날 테니까 지금은 그냥 놔둬."

콘래드는 이맛살을 찌푸렸다. 내 말에 기분이 상한 모양이었다. "제러처럼 내 몸무게랑 같은 역기는 못 들어도 너 정도는 들 수 있어, 벨리."

나는 눈을 깜빡였다. "그런 게 아니야. 생각보다 나 엄청 무거워. 알잖아, 신입생 살 어쩌고 하는 거." 얼굴이 뜨거워졌다. 허리가 얼마나 아픈지, 콘래드가 제러 이야기를 꺼내는 것이 얼마나 이상한지, 잠시 다 잊었다. 그저 부끄러울 뿐이었다.

콘래드가 낮은 목소리로 말했다. "음, 똑같아 보이는데." 그러더니 아주 가뿐하게 나를 바닥에서 들어 올려 안았다. 내가 한 팔을 그의 목에 감으며 말했다. "5킬로그램쯤 늘었어. 7킬로그램은 절대 아냐."

콘래드가 말했다. "걱정 마. 내가 들었잖아."

콘래드는 소파로 가서 나를 내려놓았다. "진통제 좀 갖다줄게. 먹으면 조금 나을 거야."

콘래드를 올려다보는데, 문득 이런 생각이 들었다.

'어쩜 좋아. 아직도 널 사랑해.'

콘래드에 대한 감정을 안전하게 치워 둔 줄 알았다. 어릴 적 타고 놀던 롤러블레이드나 시계 보는 법을 처음 배우고서 아빠가 사 준 작은 금시계처럼.

하지만 묻었다고 해서 존재하지 않는 것은 아니다. 그 감정은 거기 내내 존재했다. 그동안 내내. 콘래드를 마주 보기만 하면 살아났다. 그는 내 유전자의 일부였다. 나는 갈색 머리에 주근깨가 있고 언제나 마음속에 콘래드를 품고 있는 사람이었다. 그는 내 마음의 작은 조각 속에, 뮤지컬 이야기가 진짜라고 믿는 어린 여자아이 마음속에 영영 존재할 것이었다. 하지만 그것이 전부였다. 콘래드의 몫은 거기까지였다. 나머지는 모두 제러마이아의 몫이었다. 현재의 나와 미래의 나는 제러마이아의 것이었다. 그것이 중요했다. 과거가 아니라.

아마 첫사랑은 다 그런 모양이다. 첫사랑은 언제까지나 내 마음 한 조각을 소유한다. 열두 살, 열세 살, 열네 살, 열다섯 살, 열여섯 살, 심지어 열일곱 살의 콘래드가. 나는 평생 그에게 애정을 느낄 것이다. 첫 반려동물이, 첫 차가 그렇듯이. 처음이 중요했다. 하지만 나는 마지막은 더욱 중요하다고 확신했다. 그리고 제러마이아가 내 마지막 사랑이 될 것이라고, 나의 모든, 언제나의 사랑이 될 것이라고 확신했다.

콘래드와 나는 그날 하루를 함께, 그러나 따로 보냈다. 콘래드는 불을 피우고 식탁에서 책을 읽었고, 나는 〈멋진 인생(It's a Wonderful Life)〉을 봤다. 점심으로 우리는 토마토수프 캔과 내가 남긴 초콜릿 프레첼을 먹었다. 그리고 콘래드는 조깅하러 해변으로 나갔고 나는 집에서 〈카사블랑카(Casablanca)〉를 봤다. 티셔츠 소맷자락으로 눈물을 닦고 있는데 콘래드가 돌아왔다. "이 영화 보면 마음이 아파." 내가 울먹이며 말했다.

콘래드는 플리스 점퍼를 벗으며 말했다. "왜? 해피 엔딩이잖아. 여주인공은 라즐로랑 더 행복했어."

나는 놀란 표정으로 콘래드를 봤다. "〈카사블랑카〉를 봤어?"

"당연하지. 명작인데."

"음, 자세히 안 본 모양이네. 릭이랑 일사가 맺어질 인연이거든."

콘래드가 코웃음을 쳤다. "그들의 러브 스토리는 라즐로가 레지스탕스를 위해 한 일에 비하면 아무것도 아니야."

나는 냅킨으로 코를 풀며 말했다. "하여간 오빠는 젊은 남자가 참 냉소적이야."

콘래드가 어이없다는 표정을 지었다. "너는 다 큰 여자치고 참 감정적이지." 그러고는 계단으로 걸어갔다.

"로봇!" 내가 그의 등에 대고 외쳤다. "양철 인간!"

콘래드가 욕실 문을 닫으며 웃는 소리가 들렸다.

이튿날 아침, 콘래드는 떠나고 없었다. 내 예상대로 그냥 가 버렸다. 작별 인사도, 아무것도 없이. 유령처럼 사라졌다. 콘래드, 크리스마스 과거의 유령.

커즌스에서 집으로 돌아가는 길에 제러마이아에게서 전화가 왔다. 뭐 하는지 물어서 집으로 가는 중이라고 했지만, 어디서 가는 길인지는 말하지 않았다. 순간적으로 내린 결정이었다. 그때는 왜 거짓말을 했는지 알지 못했다. 그저 그에게 알리고 싶지 않았다.

콘래드의 말이 옳았다. 일사는 라즐로와 함께해야 했다. 결국은 그렇게 끝나는 법이었다. 릭은 일사가 과거에 간직한 작은 조각일 뿐이었다. 언제나 소중히 간직할 조각이지만, 거기까지였다. 역사란 그런 것이니까. 흘러간 과거일 뿐이니까.

애니카의 방을 나와 휴대전화를 켰다. 제러마이아가 보낸 메시지와 이메일이 있었고, 계속 오고 있었다. 나는 이불 속에 들어가 메시지와 이메일을 전부 읽었다. 그리고 하나하나 다시 읽은 다음 답장을 썼다. "시간을 좀 줘." 제러마이아가 "알았어."라고 보낸 것이 그날 그에게서 받은 마지막 메시지였다. 나는 또 메시지가 오는지 계속 휴대전화를 확인했고, 더 이상 오지 않자 그러면 안 되는 것을 알면서도 실망했다. 날 내버려 두라고 해 놓고서 그가 계속 사과하기를 바랐다. 하지만 나도 내가 무엇을 원하는지 모르는데, 그가 알 리 만무했다.

나는 방에 틀어박혀 짐을 쌌다. 배가 고팠고 식사 카드에 아직 식사권이 남아 있었지만, 교내에서 레이시와 마주칠까 두려웠다. 제러마이아와 마주칠까 더욱 두려웠다. 그래도 할 일이 있었고, 룸메이트 질리언의 불평을 듣지 않고도 음악을 크게 틀 수 있는 것은 좋았다.

더 이상 배고픔을 견딜 수 없을 때쯤, 테일러에게 전화해서 모두 다 이야기했다. 테일러가 어찌나 고함을 지르던지, 전화기를 귀에서 떼고 들어야 했다. 테일러는 검은콩 부리토와 딸기 바나나 스무디를 들고 당장 찾아왔다. 테일러가 계속 고개를 절레절레 저어 대며 말했다. "제타 파이의 그 나쁜 년."

"걔만 문제가 아니야. 제러마이아도 문제지." 내가 부리토를 우물거리며 말했다.

"아, 그렇지. 딱 기다려. 내가 그 자식 얼굴을 할퀴어 줄 테니까. 얼굴에 흉터를 크게 남겨서 다시는 다른 여자랑 엮이지 못하게 해 줄게." 테일러는 무기를 점검하듯이 매니큐어 바른 손톱을 살폈다. "내일 네일 숍에 가면 대니엘에게 날카롭게 다듬어 달라고 해야지."

가슴이 뭉클했다. 평생 알고 지낸 친구만이 해 줄 수 있는 말이었다. 덕분에 나는 기분이 조금 나아졌다. "흉터 낼 것까진 없어."

"하지만 그러고 싶어." 테일러가 새끼손가락을 내 손가락에 걸며 물었다. "너, 괜찮아?"

나는 끄덕였다. "네가 와 줘서 나아졌어."

남은 스무디를 마시는데, 테일러가 물었다. "제러마이아를 다시 받아 줄 거니?"

그 애 목소리에서 비난하는 기색이 없어서 놀라기도 했고 정말 마음이 놓이기도 했다. "어떻게 해야 할까?" 내가 물었다.

"네 마음에 달렸지."

"알아, 하지만…… 너라면 받아 줄 거야?"

"보통의 경우라면 안 받아 주지. 어떤 남자가 휴가 가서 바람을 피웠다면, 다른 여자를 보기만 했어도, 안 받아 줘. 끝이야." 테일러가 빨대를 깨물었다. "하지만 제러미는 어떤 남자가 아니지. 너희 둘 사이는 보통이 아니잖아."

"할퀸다고 할 때는 언제고?"

"오해하지 마. 지금은 그 자식이 너무 미워. 아주 대박 잘못했지. 하지만 제러미는 네게 보통 남자가 아니잖아. 그건 사실이라고."

나는 아무 말도 하지 않았다. 하지만 테일러의 말이 옳다는 것을 알고 있었다.

"그래도 우리 클럽 친구들을 모아서 걔 차 타이어를 펑크 낼 순 있어." 테일러가 내 어깨를 툭 쳤다. "응? 어때?"

테일러는 나를 웃기려고 했다. 효과가 있었다. 나는 아주 오랜만에 웃음을 터뜨렸다.

 3학년이 되기 전 여름에 우리가 다툰 뒤, 나는 테일러와 전처럼 금세 화해할 것으로 생각했다. 기껏해야 일주일이면 끝날 다툼이라고 생각했다. 사실 우리가 화낼 이유도 없었으니까. 물론, 우리 둘 다 서로에게 상처 주는 말을 하기는 했다. 나는 테일러에게 어린애라고 했고, 테일러는 내게 구린 친구라고 했지만, 우리는 전에도 늘 다퉜다. 친한 친구 사이는 다투는 법이니까.
 커즌스에서 돌아온 뒤 테일러의 구두와 옷을 가방에 넣어 두고, 테일러가 화해할 준비가 되었다는 신호를 보내자마자 그 애 집으로 가져가려고 했다. 화해 신호는 언제나 테일러가 먼저 보냈다.
 기다렸지만, 신호는 오지 않았다. 마시의 집에 가면서 테일러와 마주치면 억지로라도 대화할 수 있기를 바랐다. 내가 마시의 집에 가면 테일러는 오지 않았다. 몇 주가 지났다. 여름이 거의 끝나 가고 있었다.
 제러마이아는 7월과 8월 내내 같은 말을 했다. "걱정 마. 너희는 화해하게 될 테니까. 너희는 항상 화해하잖아."

"네가 몰라서 그래. 이번엔 달라." 내가 말했다. "테일러가 나한테 눈길도 안 줘."

"파티 한 번 안 갔다고 이 난리라니." 그의 말이 나를 화나게 했다.

"파티 때문이 아니야."

"알아, 알지. ……잠깐만, 벨리." 제러마이아가 누군가와 이야기하는 소리가 들리더니, 다시 내게 말했다. "핫 윙이 도착했어. 먹고 나서 다시 전화할까? 빨리 먹을 수 있어."

"아냐, 괜찮아." 내가 말했다.

"화내지 마."

나는 "화 안 났어."라고 말했고, 사실이었다. 정말이었다. 나와 테일러 사이의 일을 제러마이아가 어떻게 이해한단 말인가? 그는 남자니까. 그는 이해하지 못했다. 테일러와 내가 고등학교 마지막 학년을 함께 시작하는 것이 얼마나 중요하며, 얼마나 꼭 필요한 일인지 그는 알지 못했다.

그렇다면 나는 왜 테일러에게 전화를 걸지 못했을까? 자존심 탓도 있었지만, 다른 이유도 있었다. 테일러에게서 내내 멀어지고 있었던 것은 나였고, 우리 사이를 붙잡고 있었던 것은 테일러였다. 아마 나는 테일러와 멀어질 때가 되었다고, 그것이 최선이라고 여긴 것 같다. 이듬해 가을에는 어차피 헤어져야 하니까, 그런 식으로 멀어지는 편이 낫다고 여긴 것 같다. 우리가 서로에게 너무 의존적이라고, 테일러가 내게 의존하는 것보다 내가 테일러에게 더 의존하는 편이니까, 이제 나도 홀로 서야 할 때라고 여긴 것 같다. 그렇게 생각했다.

개학 전 주, 내가 보통 커즌스에서 돌아오는 주, 우리는 늘 함께 개학 준비 쇼핑을 했다. 언제나. 우리는 초등학교 시절부터 그래 왔다. 테일러는 항상 어떤 청바지를 사야 할지 알고 있었다. 우리는 배스앤보디웍스(미국의 샤워용품 브랜드-옮긴이)에 가서 '세 개 사면 한 개 무료' 상품을 사서 집에 돌아와 각자 로션, 샤워 젤, 스크럽을 하나씩 나눠 가졌다. 그러면 적어도 크리스마스까지는 쓸 수 있었다.

그해에 나는 개학 준비 쇼핑을 엄마와 했다. 엄마는 쇼핑을 싫어했다. 청바지를 사고 계산하려고 기다리는데, 테일러와 테일러 엄마가 쇼핑백을 두 개씩 들고 가게로 들어왔다. "루스!" 엄마가 불렀다.

주얼 아줌마가 손을 흔들며 다가왔고, 선글라스를 쓰고 반바지를 입은 테일러가 뒤따라왔다. 엄마는 테일러를, 주얼 아줌마는 나를 끌어안고 말했다. "오랜만이야."

엄마에게 주얼 아줌마가 말했다. "로럴, 우리 딸들이 이제 어른이 됐다는 게 믿어져? 세상에, 얘들이 뭐든지 함께 하겠다고 조르던 시절이 기억나네. 목욕도, 머리 커트도, 전부 다 말이야."

"기억나지." 엄마가 미소 지으며 말했다.

테일러와 눈이 마주쳤다. 엄마들은 계속 이야기했고, 우리는 서로 마주 보면서도 잠자코 서 있었다.

잠시 후, 테일러가 휴대전화를 꺼냈다. 나는 그 순간을 아무 말도 없이 보내 버리기 싫었다. 그래서 물었다. "뭐 좋은 거 샀어?"

테일러는 끄덕였다. 그 애가 선글라스를 쓰고 있어서 생각을 읽을 수 없었다. 하지만 나는 테일러를 잘 알았다. 그 애는 싸게 산 물건을 자랑하기 좋아했다.

테일러가 머뭇거리더니 말했다. "25퍼센트 세일가로 멋진 부츠를 샀어. 그리고 겨울에 입을 원피스도 두 벌 샀지."

나는 고개를 끄덕였다. 그리고 우리가 계산할 차례가 되자 내가 말했다. "음, 학교에서 봐."

"그래." 테일러가 말하고 돌아섰다.

그때 나는 청바지를 엄마에게 건네고 테일러를 불렀다. 아무 말 없이 그 애를 보내면 그것으로 우리 사이는 끝일 수도 있었다. "잠깐만." 내가 말했다. "오늘 밤에 우리 집에 올래? 치마를 하나 샀는데, 어떤 셔츠랑 입어야 할지 모르겠어……."

테일러가 잠시 입을 꾹 다물더니 말했다. "좋아. 전화해."

테일러는 그날 밤 정말로 왔다. 그리고 그 치마를 어떻게 입을지 알려 줬다. 어떤 구두, 어떤 상의가 가장 잘 어울리는지 알려 줬다. 당장 우리 사이가 예전으로 돌아가지는 않았지만, 그래도 나아졌다. 우리는 성장하고 있었다. 우리는 서로에게 모든 것이 되지 않더라도 서로 함께하는 법을 배우는 중이었다.

정말 아이러니한 일은, 우리가 결국 같은 학교에 다니게 된 것이었다. 세상의 수많은 학교 중에서 같은 학교에 입학했다. 운명이었다. 우리는 친구가 될 인연이었다. 우리는 서로의 삶 속에 함께할 사람이었고, 놀랍게도 나는 그 사실이 반가웠다. 우리는 예전처럼 함께 지내지는 않았다. 테일러에게는 클럽 친구들이 있었고 내게는 기숙사 친구들이 있었다. 하지만 우리는 여전히 함께였다.

 이튿날, 나는 더 이상 참을 수 없었다. 제러마이아에게 전화를 걸었다. 만나자고, 오라고 말하는 내 목소리가 떨렸다. 전화기 너머로 그가 얼마나 고마워하는지, 얼마나 간절히 사과하고 싶어 하는지 알 수 있었다. 그에게 그렇게 빨리 전화한 까닭은 잊으려면 얼굴을 보며 이야기해야 하기 때문이라고 나 스스로 합리화를 했다. 사실은, 그가 보고 싶었다. 제러마이아만큼이나 나도 그 일을 잊을 방법을 찾고 싶었던 모양이다.

 하지만 아무리 그를 보고 싶었어도, 문을 열고 그의 얼굴을 다시 보는 순간 상처가 송두리째 거칠고 빠르게 되돌아왔다. 제러마이아도 그것을 알았다. 처음에는 기대를 품은 표정이더니, 그다음에는 어쩔 줄 몰라 했다. 그가 나를 끌어안을 때 나도 그를 안고 싶었지만 그럴 수 없었다. 대신 나는 고개를 저으며 그를 밀어 냈다.

 우리는 등을 벽에 기댄 채 다리를 늘어뜨리고 침대에 앉아 있었다.

 내가 말했다. "다시는 그러지 않으리라는 걸 내가 어떻게 알지? 그걸 어떻게 믿어?"

제러마이아가 일어섰다. 그가 떠나는 줄 알고 심장이 멎을 뻔했다.

하지만 제러마이아는 내 바로 앞에 한쪽 무릎을 꿇었다. 그리고 아주 조그맣게 말했다. "나랑 결혼해 줘."

처음에는 제대로 들은 것인지 알 수 없었다. 하지만 제러마이아가 조금 더 크게 다시 말했다. "나랑 결혼해."

제러마이아는 청바지 주머니에 손을 넣어 반지를 꺼냈다. 가운데 작은 다이아몬드가 박힌 은반지였다. "우선 이걸로 할게. 내 힘으로 반지를 살 수 있을 때까지는. 아빠 돈 말고 내 돈으로."

온몸에 감각이 없어졌다. 제러마이아가 계속 말했지만 들리지도 않았다. 그저 그가 든 반지를 멍하니 바라볼 뿐이었다.

"너를 아주 많이 사랑해. 너 없이 보낸 지난 이틀은 지옥이었어." 제러마이아가 한숨을 내쉬었다. "상처를 줘서 정말 미안해, 벨리. 내가 한 짓은, 용서받을 수 없어. 내가 우리 사이를 망쳤고 네가 나를 다시 믿게 되기까지 정말 열심히 노력해야 하는 것 알아. 그렇게 되기까지 필요한 일은 뭐든지 할게. 내가…… 노력하게 허락해 줄래?"

"모르겠어." 내가 중얼거렸다.

제러마이아가 침을 삼키자 목의 울대뼈가 오르내렸다. "정말로 노력할게. 맹세해. 캠퍼스 밖에 아파트를 얻자. 잘될 거야. 빨래는 내가 할게. 라면이랑 시리얼 말고도 요리하는 법을 배울게."

"그릇에 시리얼 담는 건 요리라고 할 수 없지." 나는 제러마이아에게서 눈길을 떼며 말했다. 그가 내 머릿속에 주입하는 광경을 감당하기 어려웠다. 내게도 떠올랐다. 얼마나 다정한 모습일지. 우리 둘이, 우리 집을 구해 신혼 생활을 시작하는 모습이.

제러마이아가 내 손을 잡았고, 나는 손을 빼냈다. 제러마이아가 말했다. "모르겠어, 벨리? 계속 우리 이야기였어. 너랑 내 이야기. 다른 누구의 이야기도 아니야."

나는 눈을 감고서 생각을 정리했다. 내가 눈을 뜨며 말했다. "나랑 결혼해서 네가 한 짓을 지우려는 것뿐이야."

"아냐. 그런 뜻이 아니야. 엊그제 있었던 일 때문에……." 제러마이아는 머뭇거리다가 말했다. "……깨달은 것이 있어. 난 너 없이 살고 싶지 않아. 절대. 내겐 너뿐이야. 그걸 늘 알고 있었어. 이 세상에, 내가 너만큼 사랑할 여자는 없어."

제러마이아는 다시 내 손을 잡았고, 나는 손을 빼내지 않았다. "아직 날 사랑해?" 그가 물었다.

나는 침을 삼켰다. "응."

"그럼, 부탁이야. 나랑 결혼해 줘."

내가 말했다. "다시는 내게 그렇게 상처 주면 안 돼." 절반은 경고, 절반은 애원이었다.

"안 그럴게." 제러마이아의 대답은 진심이었다.

그의 눈빛이 너무나 확고하고 너무나 진지했다. 나는 그의 얼굴을 잘 알았다. 지금은 아마 그 누구보다도 더 잘 알 것이다. 그 얼굴의 직선과 곡선 하나하나까지. 서핑하다 코뼈가 부러진 뒤에 생긴 자국. 콘래드와 레슬링을 하다가 화분을 엎으면서 생긴 이마의 흉터. 그때 나도 함께 있었다. 어쩌면 내 얼굴보다 그의 얼굴을 더 잘 알지도 모른다. 그가 잠잘 때 그의 얼굴을 보고 손끝으로 광대뼈를 훑으며 보낸 시간을 감안하면 그릴 것 같았다. 그도 아마 내게 그렇게 했을 것이다.

어느 날 제러마이아의 얼굴에서 흉터를 발견하고 어쩌다가 생긴 것인지 의아해하고 싶지 않았다. 그 순간에 함께 있고 싶었다. 그 얼굴이 내가 사랑하는 얼굴이었다.

나는 말없이 왼손을 그의 손에서 빼냈고, 제러마이아는 실망한 표정을 지었다. 이어서 내가 손을 내밀자, 제러마이아의 눈이 반짝였다. 그 순간 내가 느낀 기쁨은 이루 말할 수 없었다. 내 손가락에 반지를 끼우는 제러마이아의 손이 떨렸다.

제러마이아가 물었다. "이사벨 콘클린, 나랑 결혼해 줄래?" 그렇게 진지한 목소리는 처음이었다.

"응, 너랑 결혼할게." 내가 말했다.

제러마이아는 나를 끌어안았고, 우리는 서로의 피난처라도 되는 것처럼 서로를 꼭 붙들었다. 이 폭풍은 이겨 내면 된다는 생각밖에 들지 않았다. 제러마이아는 실수를 저질렀고, 나도 실수를 저질렀다. 하지만 우리는 서로 사랑했다. 중요한 것은 그것뿐이었다.

우리는 밤새 계획을 세웠다. 어디서 살지, 부모님에게 어떻게 알릴지. 지난 며칠은 전생처럼 아득하게 느껴졌다. 그날, 그 일에 대해서는 한마디 말도 없이 우리는 과거를 과거에 남겨 두기로 했다. 우리가 향하는 곳은 미래였다.

그날 밤, 꿈에 콘래드가 나왔다. 나는 지금의 내 나이였지만, 콘래드는 더 어려서 열 살이나 열한 살쯤 됐다. 콘래드는 멜빵바지를 입고 있었던 것 같다. 우리는 어두워질 때까지 집 앞마당에서 뛰어다니며 놀았다. 내가 말했다. "수재나 아줌마가 궁금해하실 거야. 오빠도 집에 가야지." 콘래드가 말했다. "못 가겠어. 어떻게 가는지 몰라. 네가 도와줄래?" 나는 슬펐다. 나도 방법을 몰랐기 때문이다. 우리가 있는 곳은 내 집 앞이 아니었고, 너무 캄캄했다. 우리는 숲속에 있었다. 길을 잃었다.

잠에서 깨어 보니 나는 울고 있었고, 제러마이아가 옆에서 자고 있었다. 침대에서 일어나 앉았다. 어두웠다. 방 안에 빛이라곤 알람 시계에서 흘러나오는 불빛뿐이었다. 4시 57분이었다. 다시 누웠다.

나는 눈물을 닦고서 제러마이아의 냄새와 다정한 얼굴, 숨 쉴 때 오르내리는 가슴을 가만히 느꼈다. 그는 거기 있었다. 그는 단단한 실체였으며, 바로 내 곁에, 기숙사 방 침대에서 꼭 붙어 있었다. 우리는 그렇게 가까운 사이가 됐다.

아침에 눈을 떴을 때 곧바로 기억하지는 못했다. 그 꿈은 내 머릿속, 닿을 수 없는 곳에 묻혀 있었다. 꿈에 대한 기억은 순식간에 사라졌지만, 완전히 없어지지는 않았다. 꿈의 조각을 맞추어 붙잡기 위해 열심히, 빠르게 기억을 더듬었다.

내가 일어나 앉는데 제러마이아가 끌어당기며 말했다. "5분만." 커다란 스푼에 작은 스푼을 포개듯, 그는 품에 나를 안았다. 나는 눈을 감고서 꿈이 사라져 버리기 전에 기억해 내려고 애썼다. 해가 지기 전 마지막 몇 초처럼. 해가 내려가고 내려가다 사라질 때처럼. 기억해 내, 기억해 내, 안 그러면 그 꿈은 영원히 사라지고 말 테니까.

제러마이아가 아침 식사 이야기를 하려는데, 내가 입을 막으며 말했다. "쉿, 잠깐만."

그러자 떠올랐다. 데님 멜빵바지를 입고 있는 콘래드의 우스꽝스러운 모습이. 우리 둘이서 밖에서 몇 시간을 놀았던 것이. 나는 한숨을 내쉬었다. 마음이 놓였다.

"뭐라고 했어?" 내가 제러마이아에게 물었다.

"아침 식사." 제러마이아가 내 손바닥에 키스하며 말했다.

나는 그의 품에 더 바짝 파고들며 말했다. "5분만."

나는 모두의 얼굴을 보며 한꺼번에 말하고 싶었다. 신기하게도 시기가 완벽했다. 우리 가족이 일주일 뒤 커즌스에 모두 모일 계획이었다. 수재나 아줌마가 자원봉사를 하고 모금 활동을 했던 여성 쉼터에서 아줌마를 기리는 정원을 만들었고, 다음 토요일에 조촐한 기념행사가 예정되어 있었다. 우리 모두 참석하기로 했다. 나, 제러마이아, 엄마, 피셔 아저씨, 스티븐 오빠. 그리고 콘래드까지.

크리스마스 이후로 나는 콘래드를 만나지 못했다. 그는 우리 엄마의 50세 생일 파티에 참석하기로 해 놓고 마지막 순간에 빠졌다. "콘래드 형 답네." 제러마이아가 고개를 저으며 말했다. 그는 나와 눈을 마주치며 내 동의를 기다렸다. 나는 아무 말도 하지 않았다.

엄마와 콘래드 사이는 각별했다. 언제나 그랬다. 두 사람은 내가 이해할 수 없는 차원에서 서로를 이해했다. 수재나 아줌마가 떠난 뒤, 두 사람은 더 가까워졌다. 아줌마의 죽음을 슬퍼하는 방식이 같기 때문일 것이다. 혼자서 슬퍼하는 것이. 엄마와 콘래드는 자주 통화했지만, 무슨 이야기를 하는지는 알 수 없었다. 그래서 콘래드가 오지 않자 엄마는 무척 서운해했다. 비록 말은 안 했지만 나는 알 수 있었다. 나는 엄마에게 말하고 싶었다. "콘래드를 얼마든지 사랑하되, 보답을 기대하진 마."라고. 콘래드는 신뢰할 상대가 아니었다.

하지만 콘래드는 근사한 붉은 백일홍 꽃다발을 보내기는 했다. "내가 가장 좋아하는 꽃이네." 엄마가 환히 웃으며 말했다.

우리 소식을 전하면 콘래드는 뭐라고 할까? 짐작도 가지 않았다. 콘래드에 관한 한, 나는 어떤 것도 확신할 수 없었다.

엄마가 뭐라고 할지도 염려스러웠다. 제러마이아는 걱정하지 않았지만. 그는 원래 걱정하는 법이 없는 사람이었다. "우리가 진지하다는 걸 알면 모두 동의할 거야. 아무도 우리를 막을 수 없어. 우린 이제 성인이잖아."

식당에서 돌아오는 길이었다. 제러마이아가 내 손을 놓더니 벤치 위로 뛰어올라 고개를 젖히고 큰 소리로 말했다. "여러분! 벨리 콘클린이 나랑 결혼합니다!"

서너 명이 잠깐 돌아보고는 이내 계속 걸어갔다.

"내려와." 나는 웃으며 후드로 얼굴을 가리고 말했다.

제러마이아는 뛰어내리더니 비행기처럼 양팔을 벌리고서 벤치 주위를 한 바퀴 돌았다. 그러고는 내게 달려와 겨드랑이에 손을 넣어 들어 올렸다. "자, 날자." 제러마이아가 부추겼다.

나는 어이없다는 표정으로 팔을 들었다가 내렸다. "됐어?"

"응." 제러마이아는 나를 내려놓고 말했다.

나도 기뻤다. 이것이 내가 아는 제러마이아였다. 이것이 해변에서 함께 놀던 그 아이였다. 약혼을 하고 서로에게 영원한 상대가 되기를 약속하니, 지난 몇 년간 겪은 온갖 변화에도 제러마이아는 여전히 같은 소년이고 나 역시 여전히 같은 소녀라는 느낌이 들었다. 이제 누구도 우리에게서 그 사실을 앗아 갈 수 없을 것 같았다.

　아빠가 아침에 데리러 오기 전에 테일러와 애니카에게 말해야 했다. 두 사람에게 한꺼번에 이야기해 버릴까 고민했지만, 가장 오랜 친구인 테일러와 사귄 지 1년도 안 된 애니카를 하나로 묶는 것은 테일러에게 상처가 될 것이 분명했다. 테일러에게 먼저 말해야 했다. 그 정도는 지켜야 했다.

　테일러는 우리가 미쳤다고 생각할 것이다. 화해와 결혼은 완전히 다른 문제니까. 테일러는 클럽 친구들과 달리 적어도 스물여덟 살이 되기 전에는 결혼하고 싶지 않다고 했다.

　나는 테일러에게 전화를 걸어 공부하러 자주 가는 드립하우스 커피숍에서 만나자고 했다. 전할 소식이 있다고 했다. 테일러는 전화로 무슨 일인지 알아내려고 했지만, 나는 "직접 말해야 하는 소식이야."라며 버텼다.

　내가 도착했을 때 테일러는 이미 무지방 아이스라테를 앞에 놓고 앉아 있었다. 레이밴 선글라스를 쓰고서 문자 메시지를 보내고 있었다. 테일러는 나를 보더니 휴대전화를 내려놓았다.

나는 맞은편에 앉으며 손을 조심스럽게 무릎에 얹었다.

테일러는 선글라스를 벗으며 말했다. "오늘은 훨씬 좋아 보이네."

"고마워, 테이. 기분도 훨씬 좋아졌어."

"그래서 무슨 일인데?" 테일러가 나를 찬찬히 살폈다. "너희 화해했니? 아니면 진짜 헤어진 거야?"

나는 왼손을 멋들어지게 내밀었다. 테일러는 영문도 모른 채 내 손을 내려다봤다. 곧 테일러의 눈길이 내 약손가락에 머물렀다.

테일러의 눈이 휘둥그레졌다. "너, 장난치는 거지? 네가 약혼을 했다고?!" 테일러가 소리쳤다. 두어 명이 짜증스러운 표정으로 우리 쪽을 돌아봤다. 나는 앉은 채로 몸을 조금 움츠렸다. 테일러가 내 손을 잡으며 말했다. "세상에! 어디 좀 보자!"

나는 테일러가 다이아몬드가 너무 작다고 생각한다는 것을 알았지만, 상관없었다.

"세상에." 테일러가 여전히 반지를 뚫어져라 보면서 말했다.

"나도 알아." 내가 말했다.

"그렇지만 벨리……, 걘 바람피웠잖아."

"우린 새롭게 시작할 거야. 나는 제러마이아를 정말 사랑해, 테이."

"그래. 하지만 시기가 좀 수상한걸." 테일러가 천천히 말했다. "내 말은, 너무 갑작스럽다는 뜻이야."

"그렇기도 하고, 아니기도 해. 너도 그렇게 말했잖아. 상대는 제러라고. 그는 내 평생 사랑한 남자야."

테일러는 입을 동그랗게 벌리고서 나를 빤히 쳐다봤다. 그러더니 더 듬거리며 말했다. "하, 하지만…… 어째서 적어도 대학 졸업할 때까지 기다리지 못하는 거야?"

"어차피 결혼할 텐데 기다리는 건 의미 없다고 생각해." 나는 테일러의 커피를 한 모금 마셨다. "아파트를 얻을 거야. 커튼 같은 거 고를 때 도와줘도 돼."

"그럴게." 테일러가 말했다. "참, 너희 엄마는? 로럴 아줌마가 하라고 허락했어?"

"다음 주에 커즌스에 가서 엄마랑 피셔 아저씨에게 말하기로 했어. 그다음에 우리 아빠에게 말하고."

테일러가 소스라쳤다. "잠깐, 그럼 아직 아무도 모른다는 거네? 나만 알고?"

나는 끄덕였다. 테일러가 기뻐하는 눈치였다. 그 애는 비밀을 알고 있는 것을 좋아한다. 가장 좋아하는 것 중 하나다.

"지구 멸망의 날이 되겠네." 테일러가 자기 커피를 도로 가져가며 말했다. "시체가 널릴걸. 거리는 피범벅이 될 테고. 내가 말하는 피는 물론 네 피란다."

"와, 고맙다, 테일러."

"진실을 말했을 뿐이야. 너희 엄마는 뼛속까지 페미니스트잖아. 글로리아 스타이넘(미국의 저널리스트이자 페미니스트 운동가-옮긴이) 같은 분이라고. 이 상황을 조금도 달가워하지 않으실걸? 터미네이터처럼 제러마이아를 끝장내 버릴지도 몰라. 어쩌면 너도."

"엄마는 제러마이아를 좋아해. 엄마랑 수재나 아줌마는 내가 둘 중 하나랑 결혼하면 좋겠다고 입버릇처럼 말했고, 엄마에겐 꿈이 이뤄지는 거나 마찬가지야. 사실, 내 꿈도 이뤄지는 것이고." 내가 말하면서도 전혀 사실이 아니라는 생각이 들기는 했다.

테일러 역시 확신 없는 표정이었다. "그럴지도 모르지." 테일러가 말했다. "그럼 언제 할 건데?"

"이번 8월에."

"정말 코앞이잖아. 계획을 짤 시간도 없겠네." 테일러는 빨대를 잘근거리며 슬쩍 나를 봤다. "신부 들러리는? 들러리 대표를 뽑을 거야?"

"글쎄……. 결혼식은 정말 조촐하게 할 생각이야. 커즌스 별장에서. 정말 간단하게, 대단한 것 없이."

"대단한 것 없이? 너, 결혼식을 하는데, 대단한 것 없이 하고 싶다고?"

"그게 아니라, 그런 일들은 상관없단 뜻이야. 난 제러마이아와 함께하고 싶은 것뿐이라고."

"그런 일이라니, 그게 뭔데?"

"들러리라든가, 웨딩 케이크라든가, 뭐 그런 거 있잖아."

"거짓말!" 테일러가 내게 손가락질했다. "넌 들러리 다섯 명과 4단 당근케이크를 원했잖아. 신랑 신부 이름 첫 글자를 새긴 사람 심장 모양의 얼음 조각을 원했고. 근데 야, 그건 징그러워."

"테이!"

테일러가 손을 들어 내 말을 막았다. "음악을 연주할 밴드와 게살 샌드위치가 나오기를, 첫 댄스가 끝나면 풍선을 날리기를 원했잖아. 네가 춤을 추고 싶다던 노래가 뭐였더라?"

"모리스 윌리엄스와 조디악의 〈스테이(Stay)〉." 나는 자동으로 말해 버렸다. "하지만 테일러, 그건 열 살 때 했던 말이라고." 그래도 테일러가 기억해 준 것에 정말 감동했다. 나 역시 테일러가 원한다고 했던 것을 모두 기억했다. 비둘기, 섬세한 레이스 장갑, 핫핑크색 스틸레토 하이힐.

"원하는 건 다 해야지, 벨리." 테일러는 고집을 부릴 때 늘 하듯이 턱을 내밀며 말했다. "결혼은 한 번뿐이잖니."

"알아. 하지만 돈이 없는걸. 그리고 어쨌든, 이젠 그런 건 신경 쓰지 않아. 어릴 때 얘기지." 하지만 그것 전부를 포기할 필요는 없을 것 같았다. 적어도 몇 가지는 할 수 있었다. 진짜 결혼식을 하되, 간소하게 하면 되지 않을까? 왜냐하면 웨딩드레스를 입고서 신부와 신부 아버지 댄스를 아빠랑 추면 좋을 것 같았기 때문이다.

"난 제러미 아버지가 부자인 줄 알았는데. 진짜 결혼식다운 결혼식을 하게 해 주실 순 없나?"

"피셔 아저씨 돈으로 결혼식을 하는 건 엄마가 절대 허락 안 할걸. 게다가 난 화려한 건 원하지 않아."

"좋아." 테일러가 수긍했다. "얼음 조각은 잊자. 하지만 풍선은 싸잖니. 풍선은 할 수 있어. 그리고 당근케이크도. 2단짜리 보통 사이즈로 고르면 돼. 그리고 네가 뭐라고 하든 웨딩드레스는 입어야 해."

"그거 좋다." 나는 테일러의 커피를 마시며 맞장구쳤다. 테일러가 축복해 주어서 기분이 정말 좋았다. 신나 해도 좋다는 허락을 받은 느낌이었다. 그 애의 허락이 필요한지도, 그 애의 허락을 원하는지도 몰랐지만 그랬다.

"그리고 들러리도 세워야 해. 아니, 적어도 한 명의 들러리는 꼭 있어야 해."

"난 너만 있으면 돼."

테일러는 즐거워 보였다. "하지만 애니카는? 애니카가 들러리를 서는 건 싫어?"

"흠, 글쎄." 내 대답에 테일러가 살짝 실망하는 표정을 지어서 이렇게 덧붙였다. "하지만 들러리 대표는 네가 해 줘야 해. 알겠지?"

테일러의 눈에 눈물이 고였다. "정말 영광이야."

테일러 주얼, 세상에서 가장 오랜 내 친구. 우리는 이런저런 세월을 겪었고, 그러고 나서도 함께인 것이 참 고마웠다.

15

다음 차례는 애니카였다. 두려웠다. 나는 애니카의 의견을 존중했다. 애니카가 나를 무시하지 않기를 바랐다. 애니카는 들러리가 되고 싶어서 자기 의견을 바꾸지는 않을 것이 분명했다. 들러리 같은 건 애니카가 중요하게 여길 일이 아니었다.

우리는 그해 가을에 다른 친구 셰이, 린과 함께 캠퍼스 반대편의 신축 기숙사에서 같은 방을 쓰기로 약속했었다. 애니카와 나는 예쁜 접시와 컵을 사고, 애니카가 냉장고를 가져오고 나는 티브이를 가져갈 계획이었다. 모든 것을 정해 둔 상황이었다.

그날 밤 우리 둘은 애니카의 방에서 놀고 있었다. 나는 애니카의 책을 큰 상자에 넣고 애니카는 포스터를 정리했다.

라디오를 켜 두었는데, 우리 대학 방송국에서 마돈나의 〈더 파워 오브 굿바이(The Power of Good-Bye)〉를 틀어 줬다. 마치 신호 같았다.

나는 바닥에 앉아 마지막 책을 정리하며 말할 용기를 내고 있었다.

긴장해서 입술에 침을 축였다. "애니카, 할 얘기가 있어." 내가 말했다.

애니카는 문 뒤에 붙여 놨던 영화 포스터를 떼어 내느라 고전 중이었다. "무슨 일인데?"

안녕이라는 힘보다 더 큰 힘은 없네.

나는 침을 삼켰다. "이렇게 돼서 정말 미안해."
애니카가 돌아봤다. "이렇게라니, 어떻게?"
"다음 학기에 너랑 같이 방을 못 쓰게 됐어."
애니카가 미간을 찡그렸다. "응? 왜? 무슨 일 있어?"
"제러마이아가 청혼했어."
애니카가 너무 놀라 잠시 멍해 있다가 말했다. "이사벨 콘클린! 이게 무슨 일이야?"
나는 천천히 손을 들었다.
애니카가 휘파람을 불었다. "와, 미쳤네."
"나도 알아."
애니카는 입을 열려다가 다물었다. 그렇게 머뭇거리다가 말했다. "네가 무슨 짓을 하려는 건지 알아?"
"응. 아는 것 같아. 제러마이아를 정말, 정말 사랑해."
"어디서 살려고?"
"캠퍼스 바깥 아파트에서." 내가 망설였다. "널 실망시켜서 정말 미안해. 화났어?"
애니카는 고개를 저으며 말했다. "화 안 났어. 아니, 너랑 함께 못 사는 거야 속상하지만, 어떻게든 해 볼게. 댄스 동아리 트리나한테 물어볼까? 아니면 내 사촌 브랜디한테 여기로 오라고 할 수도 있고. 네 번째 멤버로 말이야."

그러니 내가 함께 못 사는 것은 그리 대단한 일이 아니었다. 삶은 계속되는 법이다. 내가 네 번째 멤버라면 어땠을까 상상하니 조금 아쉬웠다. 셰이는 정말 머리를 잘 매만졌고 린은 컵케이크 굽는 걸 좋아했다. 재미있었을 것이다.

애니카가 침대에 앉았다. "난 괜찮아. 그냥…… 놀랐어."

"나도."

애니카가 아무 말도 하지 않아서 내가 물었다. "내가 엄청난 실수를 저지르는 것 같아?"

애니카는 평소처럼 사려 깊게 물었다. "내 생각이 중요해?"

"응."

"내가 판단할 일은 아니야, 이사벨."

"하지만 넌 내 친구잖아. 네 의견을 존중해. 네가 날 나쁘게 생각하지 않았으면 좋겠어."

"넌 다른 사람들 생각을 지나치게 신경 써." 애니카는 확고하지만 다정하게 말했다.

엄마나 테일러, 심지어 제러마이아 같은 사람들이 그렇게 말했다면 나는 신경을 곤두세웠을 것이다. 하지만 애니카에게는 그렇지 않았다. 애니카는 사실 신경 쓰이지 않았다. 어떻게 보면 애니카가 나를 그렇게 분명하게 보면서도 좋아해 주는 것이 기분 좋았다. 대학에서의 친구 사이는 그렇게 달랐다. 사람들과 모든 시간을, 매일, 식사 때마다 함께 보낸다. 친구들 앞에서 나 자신을 감출 수가 없었다. 벌거벗고 지내는 셈이었다. 특히 애니카처럼 솔직하고 열려 있으며 예리한 사람, 생각하는 대로 말하는 사람 앞에서는 더욱 그랬다. 애니카는 무엇 하나 놓치지 않았다.

애니카가 말했다. "적어도 이제 샤워용 신발을 신을 필요는 없겠네."

"하수구에서 남의 머리카락 빼낼 일도 없고." 내가 덧붙였다. "제러마이아는 머리카락이 짧아서 걸리지 않거든."

"먹을 것을 감추지 않아도 되겠네." 애니카의 룸메이트 조이가 항상 애니카의 음식을 몰래 가져가 먹는 바람에 애니카는 속옷 서랍에 그래놀라 바를 감추는 버릇이 생겼다.

"사실 그건 해야 할지도 몰라. 제러마이아는 많이 먹거든." 손가락에 낀 반지를 비틀며 내가 말했다.

나는 애니카의 방에 조금 더 머물며 남은 포스터 떼어 내는 일을 도와주고, 낡은 양말을 장갑처럼 손에 끼고서 침대 밑 먼지를 걷어 냈다. 우리는 애니카가 여름에 지원한 잡지사 인턴 일에 대해 이야기했다. 나는 주말에 뉴욕으로 애니카를 만나러 갈 수도 있다고 말했다.

그러고 나서 나는 복도를 지나 내 방으로 돌아왔다. 한 해 중 처음으로 사방이 고요했다. 헤어드라이어 소리도, 복도에 앉아 통화하는 사람의 말소리도, 휴게실 전자레인지에서 팝콘 튀기는 소리도 들리지 않았다. 많은 사람이 이미 여름 방학을 보내러 집으로 돌아간 뒤였다. 나도 다음 날 떠날 계획이었다.

내가 알고 있던 대학 생활이 바뀌려 하고 있었다.

내 이름을 이사벨이라고 소개할 계획은 아니었다. 어쩌다 보니 그렇게 됐다. 평생 모두가 나를 벨리라고 불렀고, 그 문제에 대해 내 발언권은 없었다. 아주 오랜만에 처음으로 내게 발언권이 생겼지만, 제러마이아와 엄마, 아빠, 그리고 내가 신입생 입주 날 기숙사 방 앞에 서 있을 때까지는 그런 생각이 들지도 않았다. 아빠와 제러마이아는 티브이를 옮기고 엄마는 짐 가방을 들고 나는 샤워용품과 액자를 전부 담은 빨래 바구니를 들고 있었다. 아빠 등에서 땀이 흘러 갈색 셔츠에 땀자국이 세 군데나 났다. 제러마이아도 우리 아빠에게 잘 보이려고 오전 내내 가장 무거운 짐들을 옮기느라 땀을 흘렸다. 아빠는 그런 상황을 어색해하고 있었다.

"서둘러라, 벨리." 아빠가 숨을 몰아쉬며 말했다.

"쟨 이제 이사벨이야." 엄마가 말했다.

열쇠를 찾고 고개를 들어 문을 보니 풀로 붙인 이름표에 '이사벨'이라고 적어 뒀던 것이 기억났다. 빈 시디 케이스로 만든 룸메이트와 내 이름표. 내 룸메이트 질리언 카펠의 이름표는 머라이어 캐리 시디로, 내 이름표는 프린스의 시디로 만들었다.

질리언의 물건은 이미 방 왼쪽, 문 가까운 곳에 풀어 놓은 상태였다. 질리언은 진청색과 주황색 페이즐리 무늬 침구를 썼다. 새것 같았다. 그 애는 이미 포스터도 붙여 두었다. 〈트레인스포팅(Trainspotting)〉 영화 포스터와 러닝 워터라는, 나는 처음 듣는 밴드의 포스터였다.

아빠는 내 책상 앞에 앉았다. 그러고는 손수건을 꺼내 이마를 닦았다. 정말 지친 모습이었다. "방이 좋구나." 아빠가 말했다. "볕이 잘 드네."

제러마이아가 옆에서 서성이다가 말했다. "저는 큰 상자 가지러 차에 다녀올게요."

아빠가 일어서려고 했다. "내가 돕지." 아빠가 말했다.

"제가 알아서 할게요." 제러마이아가 후다닥 문으로 튀어 나가며 말했다.

아빠는 다시 자리에 앉으며 안도하는 표정을 지었다. "그럼 좀 쉬자꾸나." 아빠가 말했다.

그사이 엄마는 방을 살피며 옷장도 열어 보고 서랍도 확인했다.

나는 침대에 털썩 앉았다. 이곳이 앞으로 1년 동안 살 곳이었다. 옆방 누군가가 재즈를 연주하고 있었다. 복도 어딘가에서 빨래 바구니 놓을 곳을 두고 엄마와 다투는 여자아이 말소리가 들렸다. 엘리베이터가 열리고 닫히기를 멈추지 않는 듯했다. 상관없었다. 나는 소음을 좋아했다. 주위에 사람들이 있으면 마음이 안정됐다.

"짐 좀 정리해 줄까?" 엄마가 물었다.

"아니, 괜찮아." 내가 말했다. 내가 직접 하고 싶었다. 그래야 정말 내 방처럼 느껴질 것 같았다.

"그럼, 침대 정리만이라도 해 줄게." 엄마가 말했다.

작별 인사를 할 때가 되었는데, 나는 마음의 준비가 안 됐다. 될 줄 알았는데, 안 됐다. 아빠는 허리에 손을 얹고 서 있었다. 불빛에 아빠 머리가 회색으로 보였다. 아빠가 말했다. "음, 러시아워를 피하려면 이제 가야겠다."

엄마가 짜증 섞인 목소리로 말했다. "괜찮을 거야."

엄마 아빠의 그런 모습을 보니, 이혼하지 않은 듯, 우리가 아직 가족인 듯 느껴졌다. 문득 고마운 마음이 밀려들었다. 이혼한 부모가 다 우리 부모님 같지는 않았다. 엄마 아빠는 이혼하고도 스티븐 오빠와 나를 위해 부모 역할에 최선을 다했다. 엄마 아빠 사이에는 여전히 진정한 애정이 있었지만, 그보다 중요한 것은 우리를 사랑한다는 점이었다. 그래서 이런 날 엄마 아빠가 함께 와 줄 수 있었던 것이다.

나는 아빠를 끌어안으며 아빠 눈에 고인 눈물을 보고 놀랐다. 아빠는 울지 않는 사람이었다. 엄마도 나를 힘차게 끌어안았다. 그 순간에 빠지고 싶지 않았던 것이다. "침대보는 한 달에 적어도 두 번은 꼭 빨아야 해." 엄마가 말했다.

"알겠어." 내가 말했다.

"그리고 아침에 침대 정리하고. 그래야 보기 좋지."

"응." 나는 다시 말했다.

엄마는 방 건너편을 봤다. "네 룸메이트를 보고 가면 좋았을 텐데."

제러마이아는 우리가 작별 인사를 하는 동안 내 책상 앞에 앉아 고개를 숙이고 휴대전화를 보고 있었다.

아빠가 불쑥 말했다. "제러마이아, 너도 지금 갈 거니?"

제러마이아가 놀라서 고개를 들었다. "아, 저는 벨리랑 저녁 먹고 가려고요."

엄마가 나를 봤고, 나는 엄마가 무슨 생각을 하는지 알았다. 이틀 전, 엄마는 새로운 사람들을 만나야지 제러마이아하고만 지내서는 안 된다고 일장 연설을 했다. 남자 친구가 있는 여학생들은 대학 생활을 다양하게 경험하지 못한다고 말이다. 나는 그런 여학생이 되지 않겠다고 약속했다.

"너무 늦지 않게 데려다주렴." 아빠가 정말 의미심장한 말투로 제러마이아에게 말했다.

나는 뺨이 붉어지는 것을 느꼈다. 그때 엄마가 아빠를 노려보면서 분위기는 더욱 어색해졌다. 하지만 제러마이아는 특유의 느긋한 말투로 이렇게만 말했다. "아, 네, 물론이죠."

나는 그날 밤, 저녁 식사를 마친 뒤 룸메이트 질리언을 만났다. 제러마이아가 기숙사 앞에 내려 준 직후, 엘리베이터 안이었다. 그 애 서랍장 위에 놓인 사진을 봤던 터라 바로 알아볼 수 있었다. 질리언은 갈색 곱슬머리에 사진보다 키가 더 작고 체구도 작았다.

나는 거기 서서 뭐라고 말할까 궁리했다. 다른 여학생들이 6층에서 내리고 나자, 엘리베이터 안에 우리 둘만 남았다. 나는 목청을 가다듬고 말했다. "실례지만, 혹시 질리언 카펠인가요?"

"네." 질리언이 대답했다. 조금 놀란 것 같았다.

"이사벨 콘클린이에요." 내가 말했다. "룸메이트."

껴안아야 할지, 손을 내밀어 악수를 청해야 할지 알 수 없었다. 질리언이 나를 빤히 보기만 해서 아무것도 하지 않았다.

질리언은 "아, 그렇군요. 안녕하세요?"라고 말하더니 내 대답을 기다리지 않고 이어서 말했다. "부모님과 저녁을 먹고 오는 길이에요." 나중에야 나는 질리언이 하는 "안녕하세요?"라는 말이 꼭 대답을 기대하고서 하는 말이 아니라는 것을 깨달았다.

"난 좋아요." 내가 대답했다. "나도 방금 저녁 먹었어요."

그때 엘리베이터 문이 열렸고, 우리는 엘리베이터에서 내렸다. 나는 가슴을 두근거리며 '와, 얘가 내 룸메이트구나.' 생각했다. 1년 동안 나와 함께 지낼 사람이구나. 기숙사 배정 통지서를 받고 나서 룸메이트에 대해 많은 생각을 했었다. 워싱턴 DC 출신의 질리언 카펠. 비흡연자. 우리가 밤새 함께 이야기를 나누고, 비밀과 구두와 전자레인지 팝콘을 나눌 것이라고 상상했었다.

방에 들어온 뒤 질리언은 침대에 앉아서 말했다. "남자 친구 있어요?"

"네. 그 친구도 이 학교 다녀요." 나도 내 침대에 앉으며 말했다. 나는 곧바로 여자 친구끼리 나누는 대화를 하며 친해지고 싶었다. "이름은 제러마이아예요. 2학년."

나는 벌떡 일어나 내 책상으로 가서 우리가 함께 찍은 사진을 한 장 집어 들었다. 졸업식 사진이었는데 타이를 맨 제러마이아는 잘생겨 보였다. 나는 수줍게 그 사진을 질리언에게 건넸다.

"정말 귀엽게 생겼네요." 질리언이 말했다.

"고마워요. 남자 친구 있어요?"

질리언이 끄덕였다. "고향에."

"좋네요." 내가 말했다. 그 말밖에 떠오르지 않았다. "이름이 뭐예요?"

"사이먼이요."

질리언이 더 이상 설명하지 않아서 내가 물었다. "그럼, 사람들이 질이라고 불러요, 아니면 질리? 그것도 아니면 질리언으로 부르나요?"

"질리언이요. 일찍 자요, 늦게 자요?"

"늦게요. 질리언은 어때요?"

"일찍 자요." 질리언이 아랫입술을 깨물며 말했다. "방법을 찾아보죠. 나는 일찍 일어나요. 이사벨은요?"

"음, 그럼요, 가끔은요." 나는 일찍 일어나는 것을 무엇보다 싫어했다. "공부할 때 음악을 켜 놓는 걸 좋아하나요, 끄는 걸 좋아하나요?"

"끄는 거요?"

질리언은 안심한 것 같았다. "아, 다행이다. 공부할 때 시끄러운 거 싫어하거든요. 정말 조용해야 해요." 질리언이 덧붙였다. "그렇다고 집착하는 정도는 아니에요."

나는 고개를 끄덕였다. 질리언의 사진 액자는 완벽한 각도로 놓여 있었다. 처음 방에 들어왔을 때, 질리언은 청재킷을 벗어 곧바로 옷걸이에 걸었다. 나는 친구가 올 때만 침대 정리를 했다. 그런 내 성격이 질리언에게 거슬릴지 궁금했다. 거슬리지 않기를 바랐다.

그런 말을 하려던 찰나 질리언이 노트북을 켰다. 그것으로 우리의 대화는 끝났구나 싶었다. 부모님이 떠나고 제러마이아가 자기 기숙사로 돌아가고 나자 정말 혼자였다. 나는 무엇을 해야 할지 몰랐다. 짐은 이미 다 풀었다. 룸메이트와 함께 복도를 돌아다니며 새 친구들을 만나기를 바랐었다. 하지만 질리언은 누군가와 잡담하느라 키보드를 두드리고 있었다.

아마 고향에 있는 남자 친구겠지.

　나는 가방에서 휴대전화를 꺼내 제러마이아에게 메시지를 보냈다. '다시 와 줄 수 있어?'

　나는 제러마이아가 와 줄 줄 알았다.

　이튿날 밤, 기숙사 총무 키라가 기숙사 환영회에 자신을 가장 잘 나타내는 개인 소지품을 하나씩 가져오라고 했다. 나는 물안경으로 정했다. 다른 여학생들은 봉제 인형이나 액자를 가져왔고, 한 명은 자기가 모델로 실린 책을 가져왔다. 질리언은 노트북을 가져왔다.

　우리는 둥그렇게 모여 앉아 있었는데, 조이가 내 맞은편 자리였다. 조이는 무릎 위에 트로피를 얹어 놓고 있었다. 주 축구 선수권 대회 트로피였다. 나는 굉장하다고 생각했다. 조이와 친구가 되고 싶었다. 그 전날 밤, 파자마를 입고서 샤워용품을 담은 통을 들고 기숙사 욕실에서 잡담을 나눈 뒤부터 쭉 그렇게 생각했다. 조이는 키가 작고, 연갈색 짧은 머리에 눈은 옅은 색이었다. 메이크업은 하지 않았다. 다부진 체격에 스포츠를 하는 여학생답게 자신감이 강했다.

　"조이라고 해요." 그 애가 말했다. "주 선수권 대회에서 우리 팀이 우승했어요. 혹시 축구 좋아하는 사람 있으면 저한테 연락하세요. 기숙사 리그를 만들게요."

　내 차례가 되자 나는 이렇게 말했다. "이사벨이라고 해요. 수영을 좋아해요." 조이가 내게 미소 지었다.

　대학은 그런 곳이라고 늘 생각했다. 곧바로 친구 사이가 되고, 소속감이 생기는 곳일 것이라고. 그렇게 어려운 곳일 줄 몰랐다.

파티와 모임이 열리고 한밤중에 와플하우스(미국의 24시간 식당─옮긴이)로 달려가는 나날을 보낼 줄로만 알았다. 대학에 들어온 지 나흘째였지만 그런 것은 하나도 해 보지 못했다. 질리언과 나는 식당에서 함께 식사를 했지만 그것이 전부였다. 질리언은 주로 남자 친구와 통화하거나 컴퓨터 앞에 있었다. 클럽이나 파티에 가자는 말은 없었다. 질리언은 그런 데 흥미가 없는 것 같았다.

나와 테일러는 그렇지 않았다. 나는 이미 테일러의 기숙사에 한 번 놀러 갔었는데, 테일러와 룸메이트는 유행하는 색깔 맞춤에 있어서는 단짝 같았다. 테일러 룸메이트의 남자 친구는 캠퍼스 밖 클럽 기숙사에 살았다. 그 주말에 멋진 파티가 있으면 전화하기로 했지만, 그때까지 테일러에게서는 아무 소식이 없었다. 테일러는 새로운 어항을 만난 금붕어처럼 대학교에 적응하고 있었는데, 나는 그렇지 못했다. 나는 제러마이아에게 새 친구를 사귀고 룸메이트와 친해지느라 주말까지 못 만날 것이라고 말했다. 그 말을 취소하고 싶지 않았다.

그 첫 주 목요일, 조이의 방에서 여자아이들이 술을 마시고 있었다. 복도를 통해 그들의 말소리가 들려왔다. 나는 다이어리에 수업 시간 등을 적어 넣고 있었다. 질리언은 도서관에 갔다. 그때까지 강의는 하루밖에 듣지 않아서 무엇을 공부해야 하는지 알지 못했다. 그래도 질리언이 함께 가자고 청해 주기를 바랐다. 제러마이아가 만나자고 했지만, 나는 어딘가에서 초대받을지도 모른다는 생각에 거절했다. 하지만 그때까지 나는 다이어리와 단둘이었다.

그때, 다른 학생들처럼 문을 열어 둔 내 방에 조이가 머리를 들이밀었다. "이사벨, 와서 같이 놀자." 조이가 말했다.

"좋아!" 나는 침대에서 벌떡 일어나 달려 나가며 말했다. 문득 희망과 흥분이 솟구쳤다. 그들이 나와 어울리는 친구일 것 같았다.

조이의 룸메이트 애니카, 복도 끝 방에서 지내는 몰리, 모델 책을 가져온 셰이가 있었다. 그들은 게토레이 큰 병을 가운데에 두고 모두 바닥에 앉아 있었다. 다만, 내용물은 게토레이 같지 않았다. 밝은 황갈색이었다. 테킬라구나 싶었다. 지난여름 커즌스에서 테킬라를 마시고 취한 뒤로 손도 대지 않았었다.

"여기 앉아." 조이가 자기 옆 바닥을 두드리며 말했다. "'한 적 없어' 게임 중이었어. 이거 해 본 적 있어?"

"아니." 나는 조이 옆자리에 앉으며 대답했다.

"네 차례가 되면 이렇게 말하는 거야. '나는……'" 애니카가 친구들을 둘러보며 말을 이었다. "친척이랑 잔 적 없어."

모두가 키득거렸다. "그런데 그걸 네가 해 봤으면 술을 마셔야 해." 몰리가 엄지손톱을 깨물며 설명을 마무리했다.

"내가 시작할게." 조이가 몸을 앞으로 숙이며 말했다. "나는…… 시험에서 부정행위를 한 적 없어."

셰이가 병을 들더니 한 모금 마셨다. "왜? 뭐? 모델 일 하느라 바빠서 공부할 시간이 없었다고." 셰이의 말에 다들 웃었다.

다음 차례는 몰리였다. "나는 공공장소에서 한 적 없어!"

그때 조이가 병을 들었다. "공원이었어." 조이가 해명했다. "어두워졌을 때고. 아무도 못 봤을걸."

셰이가 말했다. "식당 화장실도 공공장소로 치나?"

나는 얼굴이 뜨거워졌다. 내 차례가 되는 게 두려웠다. 나는 아무것도 해 본 적이 없었다. '해 본 적 없어'가 밤새도록 끝나지 않을 것 같았다.

"나는 4층 채드랑 잔 적 없어." 몰리가 웃느라 쓰러지며 말했다.

조이가 몰리에게 베개를 던졌다. "너무해! 비밀이라고 했잖아."

"마셔라! 마셔라!" 모두가 입을 모아 외쳤다.

조이는 술을 마셨다. 그러고는 입술을 닦으면서 말했다. "네 차례야, 이사벨."

갑자기 입이 말랐다. "나는······." 섹스를 한 적 없어. "나는······ 이 게임을 한 적 없어." 나는 힘없이 문장을 마쳤다.

조이가 실망하는 것이 느껴졌다. 나와 친해질 수 있겠다는 생각을 재고 중인 것 같았다.

애니카가 예의상 웃었고, 거기 있는 모두가 차례로 술을 마신 뒤 조이가 다시 시작했다. "나는 바다에서 누드로 수영한 적 없어. 수영장에서도!"

나 역시 해 본 적 없었다. 열다섯 살 때 캠 캐머런과 거의 할 뻔하긴 했지만. 그것을 계산에 넣을 수는 없었다.

결국 나는 몰리가 "나는 한 가족인 두 사람과 데이트한 적 없어."라고 했을 때 술을 마시게 됐다.

"형제랑 데이트했다고?" 조이가 갑자기 흥미로운 표정으로 물었다. "아니면 남매?"

나는 콜록거리며 대답했다. "형제."

"쌍둥이?" 셰이가 물었다.

"동시에?" 몰리도 궁금해했다.

"아니, 동시는 아니야. 그냥 형제고." 내가 말했다. "한 살 차이 형제."

"오, 센데?" 조이가 인정한다는 눈빛으로 말했다.

그러고 나서 우리는 다음으로 넘어갔다. 셰이가 물건을 훔친 적 없다고 하자 조이가 술을 마셨고, 애니카의 표정을 본 나는 웃음을 참으려고 어금니를 악물었다. 애니카도 나와 눈이 마주쳤고, 우리만 아는 시선을 교환했다.

그 뒤로 기숙사 욕실과 독서실에서 조이를 만났고 이야기를 나누기도 했지만 가까워지지는 않았다. 질리언과도 친한 사이는 되지 않았지만, 좋은 룸메이트 사이로 남았다.

그들 중에서 애니카와 가장 가까워졌다. 우리는 동갑이었지만, 애니카는 나를 동생처럼 보호해 줬고 나는 동생 취급을 받는 것이 한 번도 싫지 않았다. 애니카는 너무 근사했으니까. 애니카에게서는 모래에서 자라는 야생화 향기가 났다. 나중에 알고 보니 머리에 바르는 오일 때문이었다. 애니카는 남의 험담을 거의 안 했고, 육식을 하지 않았으며, 댄서였다. 애니카의 그 모든 점이 대단했다.

우리가 룸메이트로 지내지 못하는 점이 아쉬웠다. 이제 내게 룸메이트는 단 한 명뿐일 테니까. 제러마이아, 곧 내 남편이 될 사람.

 이튿날 나는 일찍 일어났다. 샤워를 하고, 샤워 신발을 아무렇게나 벗어 던진 뒤 기숙사 방에서 마지막 준비를 끝냈다. 혹시나 해서 반지는 끼지 않았다. 가방의 지퍼 달린 주머니에 넣었다. 아빠는 액세서리에 눈썰미가 없어서 알아차릴 가능성이 거의 없었지만 그래도.
 아빠는 내 이사를 도우러 10시에 기숙사에 도착했다. 제러마이아는 아빠에게 드릴 커피와 도넛을 들고 9시 30분에 내 기숙사에 왔다.
 나는 친구들 방에 들러 여름 방학을 즐겁게 보내라고 작별 인사를 했다. 로리는 "8월에 보자."라고 했고 줄스는 "내년에는 같이 좀 더 자주 놀자."라고 했다. 마지막으로 애니카와 인사를 나눌 때는 눈물이 좀 났다. 애니카는 나를 안아 주며 말했다. "진정해. 결혼식 때 보자. 테일러한테 들러리 드레스 관련해서 메일 보내겠다고 전해 줘." 나는 소리 내어 웃었다. 테일러가 참 좋아하겠군. 농담.
 차에 짐을 모두 싣고 나서 아빠는 우리를 스테이크 레스토랑에 데려갔다. 아주 고급 식당은 아니었지만, 가죽 의자와 피클이 놓인 탁자가 있는, 분위기 좋은 패밀리 레스토랑이었다.

"얘들아, 먹고 싶은 거 다 시키렴." 아빠가 자리에 앉으며 말했다.

제러마이아와 나는 아빠 맞은편에 앉았다. 나는 메뉴를 훑어보며 가장 싼 뉴욕스트립스테이크를 골랐다. 아빠가 가난하지는 않았지만, 부자는 확실히 아니었다.

종업원이 주문을 받으러 오자 아빠는 연어를, 나는 뉴욕스트립을 시켰고, 마지막으로 제러마이아가 말했다. "립아이스테이크를 미디엄 레어로 주세요."

립아이스테이크는 가장 비싼 메뉴였다. 38달러였다. 제러마이아의 표정을 보아하니 가격은 보지도 않은 것 같았다. 평소 본인이 쓴 카드 청구서는 모두 자기 아빠한테로 날아가니, 확인할 이유도 없었다. 우리가 결혼하면 상황이 달라질 것이 분명했다. 더 이상 한정판 에어조던 농구화나 스테이크 따위에 쓸 돈은 없을 테니까.

"그래, 제러마이아는 올여름에 뭘 할 거니?" 아빠가 물었다.

제러마이아는 나와 아빠를 번갈아 보기만 했다. 나는 아주 살짝 고개를 저었다. 제러마이아가 아빠에게 축복을 구하는 모습을 상상해 봤지만, 잘못된 그림이었다. 아빠가 엄마보다 먼저 알게 되면 안 될 일이었다.

"아빠 회사에서 다시 인턴 일을 할 거예요." 제러마이아가 대답했다.

"잘됐구나." 아빠가 말했다. "그러면 바쁘겠네."

"그렇죠."

아빠가 나를 봤다. "너는, 벨리? 또 식당에서 아르바이트할 거니?"

나는 빨대로 컵에 남은 탄산음료를 마셨다. "응. 다음 주에 예전 매니저를 찾아가 보려고. 여름에는 항상 아르바이트생을 구하니까, 잘되 겠지."

결혼식이 두 달쯤 남았으니 두 배, 어쩌면 세 배 더 일해야 했다.

계산서가 나오자 아빠는 눈을 찡그리며 자세히 봤다. 제러마이아가 알아차리지 못하기를 바랐지만, 정말 알아차리지 못하는 것을 보고는 마음이 좀 바뀌었다.

나는 아빠의 미니밴 조수석에 앉아 아빠의 옆모습을 보면서 함께 빌 에번스의 시디를 들을 때면 늘 아빠와 가장 가까운 느낌이 들었다. 아빠와의 드라이브는 아무 말을 안 해도, 어떤 말을 해도 좋은, 조용한 시간이었다.

그때까지 드라이브는 말없이 이어졌다.

아빠가 음악에 맞추어 노래를 흥얼거리는데, 내가 말했다. "아빠?"

"응?"

나는 정말이지 아빠에게 털어놓고 싶었다. 아빠와 그 이야기를 나누고 싶었다. 내가 조수석에 앉은 어린 딸이고 아빠가 차를 운전하는 그 완벽한 순간에, 그 이야기를 하고 싶었다. 오직 우리만의 순간이 될 테니까. 어릴 적처럼 아빠에게 온전히 의지하며 말하고 싶었다. 아빠, 나 결혼해.

"아무것도 아냐." 결국 나는 그렇게 말했다.

말할 수 없었다. 엄마보다 아빠에게 먼저 말할 수는 없었다. 그건 옳지 않았다.

아빠는 다시 노래를 흥얼거렸다.

조금만 더 있다가 말할게, 아빠.

 대학에서 지내다가 집에 다시 적응하는 데 시간이 조금 걸릴 줄 알았는데, 거의 곧바로 예전 일상으로 돌아갔다. 첫 주가 지나기 전, 짐을 다 풀고 엄마와 이른 아침 식사를 하고 함께 쓰는 욕실 문제로 스티븐 오빠와 다투기 시작했다. 나도 어지르는 편이었지만, 스티븐 오빠는 차원이 달랐다. 가족 내력이지 싶었다. 그리고 다시 베어스에서 일하기 시작해 가능한 한 많이, 때로는 하루에 두 차례씩 일했다.

 수재나 아줌마를 기리는 정원 헌정 행사에 참석하기 위해 모두 커즌스에 가기 전날 밤, 제러마이아와 나는 전화로 이야기를 나눴다. 우리는 결혼식을 의논했고, 테일러의 아이디어 몇 가지를 전했다. 제러마이아는 다 좋다고 했지만, 당근케이크 얘기에는 머뭇거렸다.

 "난 초콜릿케이크가 좋은데." 제러마이아가 말했다. "라즈베리가 든 걸로."

 "그럼 한 층은 당근으로, 한 층은 초콜릿으로 할까?" 나는 휴대전화를 어깨에 끼우며 말했다. "그렇게 할 수 있댔어."

나는 내 방 바닥에 앉아서 그날 밤 받은 팁을 세고 있었다. 아직 일할 때 입은 셔츠도 갈아입지 않은 채였다. 앞쪽에 기름이 잔뜩 묻어 있었지만, 너무 지쳐서 신경 쓸 기력이 없었다. 넥타이만 풀었다.

"초콜릿 라즈베리 당근케이크?"

"내 당근 시트에는 크림치즈를 바르고." 내가 다시금 일렀다.

"맛의 영역에서는 좀 복잡한 것처럼 들리지만, 좋아. 그렇게 하자."

나는 1달러, 5달러, 10달러 지폐를 차곡차곡 정리하며 혼자 웃었다. 제러마이아는 집에 간 뒤로 요리 프로그램을 많이 보고 있었다.

"음, 우선 그 케이크 비용을 마련해야 해." 내가 말했다. "최대한 많이 일하는데도 아직 120달러밖에 못 모았어. 테일러가 결혼식 케이크는 굉장히 비싸댔어. 어쩌면 주얼 아줌마한테 케이크를 구워 달라고 부탁해야 할지도 모르겠어. 주얼 아줌마, 솜씨가 좋거든. 그래도 너무 고급스러운 케이크를 부탁할 순 없겠지."

제러마이아는 아무 말도 하지 않았다. 그러더니 한참 만에 입을 열었다. "네가 계속 베어스에서 일해야 하는지 모르겠어."

"무슨 소리야? 우린 돈이 필요하잖아."

"응. 하지만 엄마가 나한테 남긴 돈이 있잖아. 결혼식에 그 돈을 쓰면 돼. 네가 그렇게 힘들게 일하는 거 싫어."

"하지만 너도 일하잖아!"

"난 인턴이야. 일다운 일도 아니라고. 너는 결혼식 비용 마련한다고 힘들게 일하는데 내가 일하는 건 그 반도 안 돼. 나는 사무실에 앉아서 빈둥거리고, 너는 베어스에서 하루에 두 탕이나 뛰잖아. 옳지 않게 느껴져."

"내가 여자고 네가 남자라서 이러는 거면……." 내가 시작했다.

"그런 거 아니야. 그냥, 나한테 돈이 있는데 네가 왜 이렇게 힘들게 일해야 하냐는 말이지."

"난 우리 힘으로 비용을 마련하는 걸로 알았는데."

"인터넷으로 검색해 봤는데, 우리 생각보다 돈이 훨씬 많이 들 것 같아. 아무리 간소하게 한다 해도 음식이랑 술, 꽃 비용은 들어. 결혼은 한 번뿐이잖아, 벨리."

"그건 그래."

"우리 엄마도 도와주고 싶어 했을 거야, 그렇지?"

"그랬겠지……." 수재나 아줌마는 도와주는 것 이상을 하고 싶어 했을 것이다. 모든 과정을 함께 하기를 바랐을 것이다. 드레스 쇼핑, 꽃과 음식 선택 모두를. 아줌마는 다 해 주고 싶어 했을 것이다. 나는 늘 내 결혼식에 수재나 아줌마가 화려한 모자를 쓰고서 엄마 옆에 앉아 있는 모습을 상상했다. 정말 보기 좋은 광경이었다.

"그러니까 엄마가 돕게 해 주자. 게다가 넌 테일러랑 결혼식 준비하느라 바빠질 거잖아. 나도 최대한 돕겠지만, 그래도 9시부터 5시까지는 근무해야 하니까. 출장 요리사와 꽃집에 전화하는 건 낮에 해야 할 텐데, 나는 그 시간에 너와 함께할 수 없을 거야."

제러마이아가 그런 생각을 하다니, 진심으로 감동했다. 그렇게 미리 배려하고 내 건강을 염려하는 면이 좋았다. 게다가 나는 발에 굳은살이 생겼다고 불평하던 참이었다.

"부모님한테 이야기부터 하고, 다음에 다시 얘기하자." 내가 말했다.

"아직도 긴장돼?"

나는 그런 생각을 하지 않으려고 노력 중이었다. 베이스에서는 빵을 나르고 음료를 채우고 치즈케이크를 자르는 데 모든 에너지를 쏟아부었다. 어떻게 보면, 바쁘게 일해서 다행이었다. 일하느라 집 밖으로 나올 수 있었고, 엄마의 예리한 시선도 피할 수 있었으니까. 나는 집에 온 뒤로 약혼반지를 끼지 않았다. 밤에, 그것도 내 방에서만 반지를 꺼내 봤다.

내가 말했다. "겁이 나긴 하지만, 밝히고 나면 마음이 가벼워질 것 같아. 엄마한테 사실을 감추는 게 싫어."

"알아." 제러마이아가 말했다.

시계를 봤다. 12시 30분이었다. "내일 아침에 일찍 출발해야 하니까 이제 자야겠어." 나는 조금 망설이다가 물었다. "피셔 아저씨하고만 오는 거야? 콘래드 오빠는?"

"모르겠어. 형이랑 이야기를 못 했거든. 내 생각엔 내일 올 것 같아. 나타나는지 두고 보자."

내가 느끼는 것이 실망인지 안도인지 알 수 없었다. 아마 둘 다였을 것이다. "안 올 것 같은데." 내가 말했다.

"형에 대해선 장담할 수 없으니까. 올 수도 있고, 못 올 수도 있겠지." 제러마이아가 덧붙였다. "반지 가져오는 거 잊지 마."

"응."

그러고 나서 우리는 잘 자라는 인사를 했지만, 나는 한참이 지나서야 잠들었다. 두려웠던 것 같다. 콘래드가 올까 봐 두려웠고 오지 않을까 봐 두려웠다.

나는 알람이 울리기도 전에 일어났다. 스티븐 오빠가 깨기 전에 샤워하고 새 원피스를 입었다. 차에도 가장 먼저 탔다.

내가 입은 것은 연보라색 실크 시폰 원피스였다. 상의는 꽉 끼고 좁은 허리띠에 치마가 풍성해서 뮤지컬에 나오는 여자처럼 빙글빙글 돌기에 적당한 옷이었다. 타이츠를 신지 않고는 추워서 입을 수도 없는 2월에 상점 진열장에서 그 옷을 봤다. 타이츠를 신고 입으면 예뻐 보이지 않을 옷이었다. 나는 아빠가 준 비상용 카드를 썼다. 처음 쓴 것이었다. 원피스는 비닐에 싸인 채 옷장에 계속 걸려만 있었다.

엄마는 나를 보더니 함박웃음을 지었다. "아름답구나. 수재나가 이 원피스를 정말 좋아하겠다."

스티븐 오빠가 말했다. "괜찮네." 나는 고개를 살짝 숙여 두 사람에게 인사했다. 그런 동작이 어울리는 원피스였다.

엄마가 운전했고 내가 앞에 앉았다. 스티븐 오빠는 뒷좌석에서 입을 벌리고 잤다. 셔츠와 면바지 차림이었다. 엄마도 진청색 바지 정장에 크림색 구두를 신었는데 보기 좋았다.

"콘래드가 오늘만큼은 꼭 오겠지?" 엄마가 물었다.

"콘래드 오빠랑 대화하는 건 엄마잖아, 내가 아니라." 내가 말했다. 나는 맨발을 대시 보드에 올렸다. 하이힐은 차 바닥에 아무렇게나 쓰러져 있었다.

엄마는 룸미러를 확인하며 말했다. "콘래드랑 몇 주 동안 통화를 못 했지만, 꼭 올 거야. 이렇게 중요한 일에 빠지진 않겠지."

내가 아무 말도 하지 않자, 엄마는 나를 힐끔 보더니 말했다. "그렇게 생각 안 해?"

"미안, 엄마. 하지만 괜히 기대하지는 않을래." 어째서 엄마 말에 맞장구칠 수 없는지 알 수 없었다. 무엇이 나를 막는지 몰랐다.

사실 콘래드가 올 것이라고 믿었기 때문이다. 믿지 않았다면, 그날 아침 뭣 하러 머리를 더 공들여 매만졌을까? 샤워하면서 다리털을 두 번씩이나 면도한 것이 그저 한 행동이었을까? 그가 올 것이라고 진심으로 믿지 않았다면, 새 원피스를 꺼내 입고 발 아픈 하이힐을 신었을까?

아니다. 마음속으로는 믿는 것 이상이었다. 나는 확신했다.

"콘래드한테 무슨 말 들었어, 로럴?" 피셔 아저씨가 엄마에게 물었다. 피셔 아저씨와 제러마이아, 스티븐 오빠, 엄마, 그리고 나는 여성 쉼터 주차장에 서 있었다. 사람들이 건물에 모여들고 있었다. 피셔 아저씨는 이미 건물 안을 두 번이나 확인했다. 콘래드는 거기 없었다.

엄마는 고개를 저었다. "새로운 소식은 없었어. 지난달에 통화했을 때는 콘래드가 오겠다고 했고."

"콘래드 오빠가 늦는 거라면 자리만 맡아 두면 되잖아요." 내가 의견을 말했다.

"나는 안에 들어가는 게 좋겠어." 제러마이아가 말했다. 그는 그날 수재나 아줌마에게 헌정하는 명판을 받을 예정이었다.

우리는 할 일이 없어서 제러마이아의 뒷모습만 보고 있었다. 그때 피셔 아저씨가 말했다. "우리도 들어가지." 얼굴이 말이 아니었다. 면도하다 벤 흉터가 보였다. 턱이 빨갰다.

"그러자." 엄마가 허리를 펴며 말했다. "벨리, 너는 여기서 조금 더 기다리면 어떨까?"

"응." 내가 말했다. "들어가요. 내가 기다릴게."

세 사람이 들어간 뒤 나는 갓돌에 걸터앉았다. 벌써 발이 아팠다. 10분 더 기다려도 콘래드가 오지 않아 일어섰다. 결국 그는 오지 않았다.

콘래드

그녀가 나를 보기 전에 내가 먼저 그녀를 봤다. 앞줄에 우리 아빠와 로럴 아줌마, 스티븐과 앉아 있는 모습이 보였다. 머리를 뒤로 넘겨 핀을 꽂아 올렸다. 그런 머리 모양은 처음 봤다. 그녀는 연보라색 원피스를 입고 있었다. 어른이 된 것 같았다. 내가 못 본 사이 어른이 됐으니, 이제는 변해서 모르는 사람이 되었겠지 싶었다. 하지만 그녀가 일어나 박수를 보낼 때 발목에 붙인 일회용 반창고를 보고 다시 그녀를 알아봤다. 그녀는 벨리였다. 그녀가 머리핀을 자꾸 만지작거렸다. 핀 하나가 빠져나오고 있었다.

내가 탈 비행기가 연착했고, 커즌스까지 내내 시속 130킬로미터로 달렸는데도 결국 늦었다. 제러마이아가 막 연설을 시작했을 때 내가 안으로 들어섰다. 앞줄 아빠 옆에 빈자리가 있었지만, 나는 뒤에 서 있었다.

로럴 아줌마가 몸을 움직여 실내를 살폈다. 아줌마는 나를 보지 못했다.

쉼터 관계자가 일어나 모두를 향해 와 줘서 고맙다고 인사했다. 그 여자는 우리 엄마가 얼마나 훌륭했는지, 쉼터에 얼마나 헌신적이었는지, 얼마나 많은 돈을 모금했는지, 지역 사회에서 얼마나 많은 관심을 모았는지 이야기했다. 우리 엄마가 선물 같은 존재였다고 했다. 나는 엄마가 여성 쉼터에 관여하는 줄은 알았지만, 얼마나 헌신했는지는 몰랐다는 게 우스웠다. 어느 토요일 아침, 엄마가 아침 식사 나눔 봉사에 함께 가자고 했던 기억이 떠올라 부끄러웠다. 나는 할 일이 있다면서 거절했었다.

그다음 제러마이아가 일어나 연단에 올랐다. "감사합니다, 모나." 제러마이아가 말했다. "오늘은 우리 가족에게 참으로 의미 있는 날입니다. 어머니에게는 더 큰 의미가 있겠죠. 여성 쉼터는 어머니한테 정말 중요한 곳이었습니다. 저희가 커즌스에서 지내지 않을 때도 어머니는 여전히 여러분을 생각하고 계셨습니다. 그리고 어머니는 꽃을 사랑하셨습니다. 어머니는 꽃이 있어야 숨을 쉴 수 있다고 하셨어요. 이 정원을 보면 정말 영광이라고 말씀하실 겁니다."

좋은 연설이었다. 엄마는 연단 위에 선 제러마이아를 보고 자랑스러워했을 것이다. 그와 함께 나도 저 자리에 섰어야 했다. 그랬다면 정말 좋아했을 텐데. 엄마는 장미도 좋아했을 것이다.

제러는 앞줄 벨리 옆에 앉았다. 그리고 벨리의 손을 잡았다. 내 위장 근육이 요동쳤다. 나는 챙 넓은 모자를 쓴 여자 뒤로 몸을 숨겼다.

실수였다. 그곳에 돌아간 것이 잘못이었다.

연설이 끝나고 모두 밖으로 나가 정원을 구경하기 시작했다.

"결혼식에 어떤 꽃을 원해?" 제러마이아가 목소리를 낮춰 물었다.

나는 미소를 지으며 어깨를 으쓱였다. "예쁜 꽃?" 내가 꽃에 대해 아는 것이 있어야지. 더구나 결혼식에 대해서도 아는 것이 있어야지. 결혼식에 가 본 경험도 별로 없었다. 사촌 베스의 결혼식 때 화동을 했었고, 이웃 결혼식에 갔었을 뿐이다. 하지만 나는 우리가 몰래 그런 이야기를 나누는 것이 좋았다. 현실이 아니라 장난 같았다.

그러다가 그를 보았다. 뒤쪽에 콘래드가 회색 정장을 입고 서 있었다. 내가 멍하니 보자, 콘래드가 손을 들어 흔들었다. 나도 손을 들었지만 움직이지 않았다. 움직일 수 없었다.

곁에서 제러마이아가 목청을 가다듬었다. 나는 깜짝 놀랐다. 그가 옆에 있다는 사실을 잊고 있었다. 그 짧은 순간, 모든 것을 까맣게 잊었다.

그때 피셔 아저씨가 우리를 지나쳐 콘래드에게 성큼성큼 다가갔다. 둘은 끌어안았다. 엄마가 콘래드를 덥석 안았고, 스티븐 오빠가 뒤로 다가가 등을 토닥였다. 제러마이아도 그쪽으로 걸어갔다.

내가 마지막이었다. 정신을 차리고 보니 그에게 다가가고 있었다. "안녕." 내가 말했다. 손을 어떻게 해야 할지 몰라 양쪽에 늘어뜨리고 있었다.

콘래드가 말했다. "안녕." 그러고는 양팔을 활짝 벌리더니 어디 한번 해 보라는 것 같은 표정을 지었다. 나는 머뭇거리다가 그의 품으로 들어갔다. 콘래드는 나를 와락 안더니 땅에서 조금 들어 올렸다. 나는 꺅 소리를 지르며 치마를 눌렀다. 모두가 웃었다. 콘래드가 내려놓자, 나는 제러 쪽으로 가까이 다가갔다. 그는 웃지 않았다.

"콘래드가 꼬마 동생을 다시 만나서 기쁜가 보구나." 피셔 아저씨가 유쾌하게 말했다. 콘래드와 내가 사귄 적 있다는 사실을 피셔 아저씨가 알기는 할까 궁금했다. 아마 몰랐을 것이다. 6개월밖에 안 되는 기간이었으니까. 제러마이아와 내가 함께한 시간과 비교하면 아무것도 아니었다.

"어떻게 지냈냐, 꼬맹아?" 콘래드가 물었다. 특유의 표정을 짓고 있었다. 놀리는 듯 짓궂은 표정. 내가 아는 표정이었다. 너무나 많이 본 표정이었다.

"잘 지내." 나는 제러마이아를 보며 말했다. "우린 정말 잘 지내."

제러마이아는 나를 마주 바라보지 않았다. 대신 주머니에서 휴대전화를 꺼내며 말했다. "배고파 죽겠다." 순간 나는 살짝 긴장했다. 제러마이아가 나한테 화났나?

"가기 전에 정원에서 사진 좀 찍자." 엄마가 말했다.

피셔 아저씨가 손뼉을 짝 치고서 양손을 비볐다. 아저씨는 제러마이아와 콘래드를 양쪽 팔로 감싸며 말했다. "피셔 남자들(원문으로 'Fishermen'은 '어부들'이라는 뜻도 된다-옮긴이)끼리 사진 한 장 찍고 싶군!" 그 말에 우리 모두 웃었다. 그때는 제러마이아도 웃었다. 그건 피셔 아저씨의 가장 오래되고 가장 진부한 농담 중 하나였다. 남자들끼리 낚시 여행을 하고 돌아올 때마다 그는 이렇게 외쳤다. "피셔 남자들이 돌아왔어!"

수재나 아줌마의 장미 정원 옆에서 우리는 제러마이아, 피셔 아저씨, 콘래드의 사진을 찍었다. 스티븐 오빠와도 한 장, 나와 엄마와 스티븐 오빠와 제러마이아도 한 장, 온갖 조합으로 찍었다. 제러마이아가 말했다. "나랑 벨리만 한 장 찍고 싶어." 나는 마음이 놓였다. 우리는 장미 앞에 섰다. 엄마가 셔터를 누르기 바로 전에 제러마이아가 내 뺨에 키스했다.

"잘 나왔다." 엄마가 말했다. "아이들이 다 나오게 한 장 찍자."

제러마이아, 콘래드, 나, 스티븐 오빠, 이렇게 우리 모두 함께 섰다. 콘래드가 제러마이아와 내 어깨에 팔을 둘렀다. 세월이 전혀 흐른 것 같지 않았다. 여름 별장 멤버들이 다시 모였다.

나는 제러마이아와 차를 타고 식당으로 갔다. 엄마와 스티븐 오빠가 같은 차를 타고, 피셔 아저씨와 콘래드는 각자 자기 차를 타고 이동했다.

"오늘은 말하지 않는 게 좋겠어." 내가 불쑥 말했다. "기다리는 게 나을 것 같아."

제러마이아가 음악을 줄였다. "무슨 소리야?"

"나도 모르겠어. 그런데 오늘은 수재나 아줌마와 가족을 위한 날로 보내야 할 것 같아. 우린 때를 기다리고."

"나는 기다리고 싶지 않아. 너랑 내가 결혼하는 것도 가족과 관련된 일이지. 두 가족이 합치는 거잖아. 하나로." 제러마이아는 씩 웃으며 내 손을 잡아 허공에 들어 올렸다. "네가 반지를 당장 낄 수 있으면 좋겠어. 당당하고 자신 있게."

"나는 당당하고 자신 있어." 내가 말했다.

"그럼 우리 계획대로 하자."

"좋아."

식당 주차장에 차를 세우면서 제러마이아가 말했다. "속상해하지 마. 혹시…… 무슨 말을 하더라도."

나는 눈을 깜빡였다. "누가?"

"우리 아빠. 아빠 성격 알잖아. 네가 마음에 안 들어서 하는 말이라고 받아들이지 마, 응?"

나는 고개를 끄덕였다.

우리는 손을 잡고 식당에 들어갔다. 다른 사람들은 벌써 둥근 탁자에 둘러앉아 있었다.

내 자리 왼쪽은 제러마이아, 오른쪽은 스티븐 오빠였다. 나는 빵 바구니에서 빵을 하나 집었다. 그러고는 버터를 발라 입에 거의 다 밀어 넣었다.

스티븐 오빠가 나를 보며 고개를 저었다. "돼지."라고 입 모양으로 말했다.

나는 오빠를 노려보며 말했다. "아침을 못 먹었다고."

"애피타이저를 이것저것 주문했다." 피셔 아저씨가 말했다.

"감사합니다, 아저씨." 나는 빵을 우물거리며 말했다.

피셔 아저씨가 미소를 지었다. "벨리, 이제 모두 어른이잖냐. 이제 나를 애덤이라고 불러야 할 것 같구나. 피셔 아저씨가 아니라."

탁자 밑에서 제러마이아가 내 허벅지를 꼬집었다. 나는 소리 내어 웃을 뻔했다. 그러다가 한 가지 생각이 떠올랐다. 그럼 우리가 결혼한 뒤에는 피셔 아저씨를 '아버지'라고 불러야 하나? 제러마이아와 그 문제를 의논해야 했다.

"노력해 볼게요." 내가 말했다. 피셔 아저씨가 기대하는 눈빛으로 봐서 "애덤."이라고 덧붙였다.

스티븐 오빠가 콘래드에게 물었다. "그런데 왜 캘리포니아에서 꼼짝도 안 하는 거야?"

"여기 왔잖아, 안 그래?"

"그렇지만, 사실 떠난 뒤로 처음이잖아." 스티븐 오빠가 콘래드를 쿡 찌르더니 목소리를 낮췄다. "거기 여자 친구라도 생겼어?"

"아니." 콘래드가 말했다. "여자 친구 없어."

그때 샴페인이 나왔다. 잔을 모두 채우자 피셔 아저씨가 나이프로 잔을 두드렸다. "건배를 하고 싶군."

엄마는 웬일이냐는 듯 눈동자를 살짝 굴렸다. 피셔 아저씨는 일장 연설로 유명했지만, 그날은 연설이 정말 필요한 날이었다.

"수재나를 기리기 위해 이렇게 모여 준 여러분에게 고맙습니다. 특별한 날을 함께해서 기쁩니다." 피셔 아저씨가 잔을 들었다. "수재나를 위하여."

엄마가 고개를 끄덕이며 말했다. "벡을 위하여."

우리는 모두 잔을 부딪치고서 샴페인을 마셨다. 내가 잔을 내려놓기도 전에 제러마이아가 '준비해. 이제 시작이야.'라는 표정으로 나를 봤다.

속이 울렁거렸다. 샴페인을 한 모금 더 마시고 고개를 끄덕였다.

"말씀드릴 게 있어요." 제러마이아가 발표했다.

모두가 무슨 일인지 귀를 기울이고 있는 동안, 나는 콘래드를 살짝 훔쳐봤다. 그는 스티븐 오빠 의자 등받이에 팔을 걸치고서 무슨 이야기를 나누며 웃고 있었다. 편안하고 느긋한 표정이었다.

나는 손으로 제러마이아의 입을 막아 말하지 못하게 하고 싶은 충동에 사로잡혔다. 모두가 너무나 행복했다. 제러마이아의 발표가 그 행복을 망치고 말 것이었다.

"먼저 경고할게요. 정말 좋은 소식이라는 것을요." 제러마이아가 모두를 향해 미소를 던졌고 나는 마음을 다잡았다. 제러마이아가 너무 거창하게 말한다는 생각이 들었다. 엄마가 좋아하지 않을 것 같았다. "제가 벨리에게 청혼했고, 벨리가 좋다고 했어요. 벨리가 승낙했다고요! 우리는 올 8월에 결혼할 거예요!"

찬물을 끼얹은 듯 식당에 갑자기 정적이 흘렀다. 소음과 재잘거리는 소리를 모조리 빨아들이기라도 한 것처럼. 모든 것이 멈췄다. 탁자 맞은편, 엄마를 봤다. 얼굴이 잿빛이었다. 스티븐 오빠는 물을 마시다가 사레가 들렸다. 오빠가 캑캑거리며 말했다. "대체 이게 무슨?" 그리고 콘래드의 얼굴은 완전히 멍했다.

초현실적인 광경이었다.

그때 종업원이 애피타이저로 주문한 오징어튀김과 칵테일 새우, 굴 요리를 가지고 왔다. "메인 요리 주문할 준비가 되셨나요?" 그가 탁자 위를 정리해 접시 놓을 자리를 마련하며 물었다.

피셔 아저씨가 경직된 목소리로 말했다. "조금 있다가 시켜야 할 것 같소." 그리고 엄마를 봤다.

엄마는 충격에 빠져 있었다. 입을 뗐다가 다물었다. 그리고 나를 똑바로 보면서 물었다. "임신했니?"

나는 온몸의 피가 뺨에 몰리는 것을 느꼈다. 옆에서 제러마이아가 쿨럭이는 것을, 소리가 아닌 느낌으로 알았다.

엄마가 새된 소리로 말했다. 엄마의 목소리가 떨렸다. "믿을 수가 없구나. 피임에 대해 몇 번을 이야기했니, 벨리?"

그보다 더 창피할 수는 없었다. 나는 새빨개진 피셔 아저씨를 본 다음 우리 옆 탁자에서 물을 따르는 종업원을 봤다. 눈이 마주쳤다. 나와 심리학 수업을 함께 들은 학생이 분명했다. "엄마, 임신한 거 아니야!"

제러마이아가 진지하게 말했다. "아줌마, 그런 거 아니라고 맹세해요."

엄마는 제러마이아를 거들떠보지도 않았다. 나만 봤다. "그럼 이게 다 무슨 일이니? 왜 그런 말을 하는 거야?"

갑자기 입이 바짝바짝 타들어 갔다. 제러마이아가 청혼하게 된 과정이 순식간에 떠올랐고, 마찬가지로 그 생각은 빠르게 흩어졌다. 그런 것은 더 이상 중요하지 않았다. 중요한 것은 우리가 사랑한다는 사실이었다. 내가 말했다. "우린 결혼하고 싶어, 엄마."

"너는 너무 어려." 엄마가 높낮이 없는 목소리로 말했다. "너희 둘 다 아직 너무 어리다고."

제러마이아가 쿨럭거렸다. "우린 서로 사랑해요. 함께하고 싶어요."

"함께하고 있잖니." 엄마가 잘라 말했다. 그러고는 눈을 가늘게 뜨고서 피셔 아저씨에게 물었다. "이 얘기, 알고 있었어?"

"진정해, 로럴. 애들 농담하는 거야. 너희, 장난이지, 그렇지?"

제러와 나는 눈빛을 나누었고, 이어서 그가 부드러운 목소리로 말했다. "아뇨, 장난 아니에요."

엄마는 남은 샴페인을 들이켜 잔을 비웠다. "결혼 얘긴 못 들은 걸로 하자. 이걸로 끝! 둘 다 아직 학교 더 다녀야지, 제발. 말도 안 되는 소리야."

피셔 아저씨가 목청을 가다듬고 말했다. "너희 둘 다 졸업한 뒤에 다시 이야기하자꾸나."

"졸업하고 몇 년 뒤에." 엄마가 껴들었다.

"그래." 피셔 아저씨가 말했다.

"아빠……." 제러마이아가 입을 열었다.

종업원이 피셔 아저씨 어깨 뒤로 다가오는 바람에 제러마이아는 하려던 말을 끝맺지 못했다. 종업원은 어색한 표정으로 잠시 서 있더니 물었다. "메뉴에 대해 궁금한 점 있으신가요? 아니면, 음, 오늘은 애피타이저만 하시겠어요?"

"계산서 주세요." 엄마는 이 말을 하고는 입을 꾹 다물었다.

탁자 위에 음식이 잔뜩 놓여 있었지만, 아무도 먹지 않았고 아무런 말도 하지 않았다. 내 생각이 옳았다. 실수였다. 어마어마한 규모의 전략적 실책이었다. 이런 식으로 말을 꺼내선 안 되는 일이었다. 그들은 한편이 되어 단합해서 우리와 맞섰다. 우리는 말 한마디 제대로 못 했다.

나는 지갑을 들고 식탁보 아래로 손을 뻗어 약혼반지를 끼었다. 할 일이 그것밖에 떠오르지 않았다. 물컵으로 손을 뻗을 때 제러마이아가 반지를 보더니 내 무릎을 다시 힘주어 잡았다. 엄마도 그것을 봤다. 순간 엄마는 눈을 번뜩였지만, 곧 시선을 돌려 버렸다.

피셔 아저씨가 계산했다. 이번에는 엄마도 옥신각신하지 않았다. 우리는 모두 일어났다. 스티븐 오빠가 재빨리 냅킨에 새우를 쌌다. 그리고 우리는 식당을 나왔다. 나는 엄마 뒤를 따랐고, 제러마이아는 피셔 아저씨를 따라갔다. 뒤에서 스티븐 오빠가 콘래드에게 속닥이는 소리가 들렸다. "젠장, 미쳤나 봐. 너는 이거 알았어?"

콘래드가 아니라고 대답했다. 밖으로 나온 뒤, 콘래드는 엄마와 포옹하며 인사하고 차에 타더니 떠났다. 뒤도 한번 돌아보지 않았다.

우리 차에 닿았을 때 나는 엄마에게 아주 조용히 물었다. "나 열쇠 줄 수 있어?"

"뭐 하러?"

나는 입술을 적셨다. "트렁크에서 책가방을 꺼내야 해. 난 제러마이아랑 갈 거야, 잊었어?"

엄마가 폭발하지 않으려고 애쓰는 것이 보였다. 엄마가 말했다. "아니, 넌 우리랑 집에 갈 거야."

"엄마……."

내가 말을 마치기도 전에 엄마는 열쇠를 스티븐 오빠에게 건네고 조수석에 올라탔다. 엄마는 문을 닫았다.

나는 어쩔 줄 몰라 제러마이아를 봤다. 피셔 아저씨는 이미 차에 탔고 제러마이아는 기다리고 있었다. 나는 무엇보다도 그와 함께 떠나고 싶었다. 엄마와 함께 차에 타는 것이 정말, 정말 두려웠다.

그렇게 큰 소동을 일으키기는 처음이었다.

"차에 타라, 벨리." 스티븐 오빠가 말했다. "상황을 더 나쁘게 만들지 말고."

"가는 게 좋겠어." 제러마이아가 말했다.

나는 제러마이아에게 달려가 그를 꼭 끌어안았다.

"오늘 밤에 전화할게." 제러마이아가 내 머리카락에 대고 속삭였다.

"내가 그때까지 살아 있으면." 나도 속삭였다.

그리고 제러마이아에게서 떨어져 뒷좌석에 올라탔다.

스티븐 오빠가 흰 냅킨을 무릎에 올려놓고 시동을 걸었다. 엄마가 룸미러로 나와 눈을 맞추더니 말했다. "그 반지는 돌려줘, 벨리."

내가 지금 물러서면 모든 것이 물거품처럼 사라지고 말 것이다. 나는 버텨야 했다.

"싫어." 내가 말했다.

엄마와 나는 일주일 동안 말을 안 했다. 나는 엄마를 피했고 엄마는 나를 무시했다. 나는 집에서 나오려고 베이스에서 일했다. 그곳에서 점심과 저녁을 먹었다. 일을 마치면 테일러네 집에 들렀고, 집에 도착해서는 제러마이아와 통화했다. 제러마이아는 엄마와 말이라도 해 보라고 애원했다. 엄마가 자기를 미워할까 봐 걱정하길래 엄마가 화난 상대는 그가 아니라고 안심시켰다. 엄마가 화난 상대는 온전히 나였다.

어느 날, 식당에서 야간 근무를 마친 뒤 내 방으로 가다가 우뚝 멈춰 섰다. 엄마가 닫힌 문 안쪽에서 숨죽여 우는 소리가 들렸다. 나는 가슴을 두근거리며 그 자리에 얼어붙었다. 문밖에 서서 엄마의 울음소리를 듣고 있자니 모든 것을 포기하고 싶었다. 그 순간 나는 엄마를 달래기 위해서라면 무슨 짓이든 하고, 무슨 말이든 할 수 있었다. 그 순간 엄마가 나를 이겼다. 나는 문손잡이를 잡았다. "알았어. 결혼 안 할게."라는 말이 목구멍까지 올라왔다.

하지만 그때 조용해졌다. 엄마가 스스로 울음을 멈췄다. 나는 조금 더 기다리다가 아무 소리도 들리지 않자 문손잡이를 놓고 방으로 갔다. 어둠 속에서 옷을 벗고 침대로 파고들어 나도 울었다.

아빠가 마시는 터키 커피 향에 잠에서 깼다. 잠에서 깨는 몇 초 사이, 나는 다시 열 살이 됐다. 아빠는 여전히 우리와 함께 살았고, 내게 가장 큰 걱정거리는 수학 숙제이던 시절로 돌아갔다. 다시 잠들다가 화들짝 놀라 깼다.

아빠가 올 이유는 하나밖에 없었다. 엄마의 호출. 내가 직접 아빠에게 상황을 설명하고 싶었는데. 엄마 때문에 그러지 못하게 됐다. 화가 났지만 동시에 반갑기도 했다. 엄마가 아빠에게 말했다는 것은 엄마가 드디어 이 상황을 진지하게 받아들인다는 뜻이었다.

나는 샤워를 하고 아래층으로 내려갔다. 엄마와 아빠가 거실에서 커피를 마시고 있었다. 아빠는 주말에 입는 청바지와 체크무늬 반소매 셔츠를 입고 있었다. 그리고 언제나처럼 벨트를 했다.

"아빠." 내가 말했다.

"앉으렴." 엄마가 머그잔을 컵 받침에 내려놓으며 말했다.

나는 앉았다. 아직 젖은 채 헝클어진 머리를 빗으로 빗으려고 했다.

아빠가 목청을 가다듬고 말했다. "엄마한테 얘기 들었다."

"아빠, 내가 직접 말하고 싶었어. 정말이야. 근데 엄마가 선수를 치는 바람에." 나는 엄마를 노려봤지만, 엄마는 조금도 신경 쓰지 않는 표정이었다.

"나도 찬성하지 않는다, 벨리. 넌 너무 어려." 아빠는 다시 헛기침을 했다. "우리가 의논했는데, 올가을에 제러마이아와 한 아파트에서 살고 싶은 거면 그건 허락하겠다. 기숙사비보다 더 드는 돈은 네가 마련해야겠지만, 우리가 주던 돈은 계속 주마."

예상하지 못한 일이었다. 타협. 아빠의 아이디어가 분명했지만, 그 거래는 받아들일 수 없었다.

"아빠, 아파트에서 제러마이아와 살고 싶은 게 아니야. 그래서 결혼하려는 것도 아니고."

"그럼 왜 결혼하겠다는 건데?" 엄마가 물었다.

"서로 사랑하니까. 우리는 진짜 진지하게 생각했어."

엄마가 내 왼손을 가리켰다. "그 반지는 누가 샀어? 제러마이아는 직장이 없는 걸로 아는데."

나는 손을 무릎으로 내렸다. "카드를 썼어." 내가 말했다.

"애덤이 돈을 내주는 카드 말이지. 제러마이아는 돈도 없으면서 반지를 사면 안 되지."

"비싼 거 아니야." 반지가 얼마인지 몰랐지만, 다이아몬드가 하도 작아서 그렇게 비쌀 리 없다고 짐작했다.

엄마는 한숨을 쉬며 아빠와 나를 번갈아 봤다. "내가 이렇게 말하면 믿지 않을지 모르겠지만, 네 아빠와 내가 결혼할 때 우리도 아주 사랑했어. 아주 많이 사랑했지. 우리는 최선의 의도로 결혼했다. 하지만 그것만으로는 결혼을 유지할 수 없었어."

서로에 대한 사랑, 스티븐 오빠와 나, 우리 가족에 대한 사랑으로도 결혼을 유지하지 못했다. 나도 이미 다 알고 있었다.

"엄마는 결혼한 걸 후회해?" 내가 물었다.

"벨리, 그렇게 간단한 문제가 아니야."

내가 엄마 말을 잘랐다. "우리 가족이 생긴 걸 후회해? 나랑 스티븐 오빠가 생긴 걸 후회해?"

엄마는 깊은 한숨을 쉬며 말했다. "아니."

"아빠는?"

"벨리, 당연히 후회 안 하지. 네 엄마가 하려는 말은 그게 아니야."

"제러마이아와 나는 아빠랑 엄마가 아니야. 우리는 평생 알고 지냈잖아." 나는 아빠에게 호소하려고 했다. "아빠, 마사 고모는 어려서 결혼했지만, 고모부랑 30년이나 잘살고 있잖아! 일찍 결혼해도 잘 살 수 있어. 제러마이아랑 나도 그분들처럼 잘 살 거야. 행복할 거야. 엄마랑 아빠가 우리를 위해 기뻐해 주면 좋겠어. 우리를 축복해 줘. 부탁이야."

아빠는 내가 잘 아는 표정으로 턱수염을 문질렀다. 늘 그랬던 것처럼 엄마에게 미룰 태세였다. 아빠는 금방이라도 질문하는 눈빛으로 엄마를 쳐다볼 것 같았다. 그러면 모든 것은 엄마에게 달렸다. 사실, 언제나 모든 결정은 엄마에게 달려 있었다.

우리는 모두 엄마를 봤다. 엄마가 판사였다. 우리 가족은 그렇게 돌아갔다. 엄마는 잠시 눈을 감았다가 뜨더니 말했다. "나는 이 결정을 지지할 수 없어, 벨리. 네가 만약 결혼을 밀어붙인다면, 나는 아무것도 돕지 않을 거야. 물론 참석하지도 않을 테고."

나는 깜짝 놀랐다. 엄마가 계속 반대할 것을 예상하기는 했지만……, 그래도. 그래도 나는 엄마가 적어도 조금은 물러설 줄 알았다.

"엄마." 나는 갈라진 목소리로 말했다. "그러지 마."

아빠가 괴로운 표정으로 말했다. "벨리, 우리 모두 좀 더 생각해 보자,

응? 너무 갑작스럽구나."

나는 아빠를 외면하고 엄마만 봤다. 애원하듯 말했다. "엄마? 진심 아니잖아."

엄마는 고개를 저었다. "진심이야."

"엄마, 내 결혼식에 안 올 수는 없어. 그건 말도 안 되지." 나는 히스테리 직전 상태가 아닌 듯, 침착하게 말하려고 애썼다.

"아니, 말이 안 되는 건 10대가 결혼하겠다는 생각이지." 엄마가 입을 꼭 다물었다. "뭐라고 말해야 네가 알아들을지 모르겠구나. 어떻게 말해야 알아듣겠니, 벨리?"

"어떻게 해도 안 돼." 내가 말했다.

엄마가 나를 빤히 보며 다가와 말했다. "이러지 말자."

"이미 결정했어. 제러마이아랑 결혼할 거야." 나는 벌떡 일어났다. "기뻐해 줄 수 없다면…… 그럼 안 오는 게 낫겠네."

이미 계단을 올라가고 있는데 아빠가 불렀다. "벨리, 잠깐만."

나는 걸음을 멈췄고, 엄마 목소리가 들렸다. "내버려 둬."

방에 돌아와 제러마이아에게 전화를 걸었다. 그가 처음 한 말은 "내가 아줌마랑 얘기해 볼까?"였다.

"그래도 소용없어. 엄마는 마음을 정했어. 난 우리 엄마를 알아. 꿈쩍도 하지 않을걸. 적어도 지금 당장은 그럴 거야."

제러마이아가 잠자코 있다가 물었다. "그럼 어떻게 하고 싶어?"

"모르겠어." 나는 울기 시작했다.

"결혼식을 미루고 싶어?"

"아니!"

"그럼 어떡하지?"

나는 눈물을 닦으면서 말했다. "내 생각엔 그냥 먼저 결혼식을 진행해야 할 것 같아. 계획을 세워 보자."

전화를 끊자마자 나는 상황을 좀 더 분명히 파악했다. 감정과 이성을 떼어 놓아야 했다. 결혼식에 안 오겠다는 것은 엄마가 내놓은 최후의 카드였다. 엄마에게 기댈 것은 그것뿐이었다. 그리고 엄마는 허세를 부리고 있었다. 허세를 부릴 수밖에 없었으니까. 아무리 나에게 화가 나거나 실망해도, 엄마는 하나밖에 없는 딸 결혼식에 안 올 수 없었다. 그럴 수는 없는 일이었다.

남은 일은 준비를 시작해 결혼식을 하는 것뿐이었다. 엄마가 곁에 있든지 없든지, 결혼식은 할 작정이었으니까.

그날 밤늦게 내 방에서 빨래를 개고 있는데 스티븐 오빠가 방문을 두드렸다. 평소처럼 오빠는 2초 뒤에 문을 열었다. 내가 "들어와."라고 말할 때까지 기다리는 법이 없었다. 오빠는 방에 들어와 문을 닫았다. 어색한 표정으로 팔짱을 끼더니 벽에 기댔다.

"왜?" 내가 말했다. 이미 알고 있었지만.

"그래서어어…… 제러하고는 진지하게 생각하고서 꺼낸 얘기냐?"

나는 티셔츠 몇 장을 쌓아 올렸다. "응."

스티븐 오빠는 방을 가로질러 내 책상에 걸터앉아서 내 대답을 잠시 생각하는 듯했다. 그러고는 의자에 앉아 나를 마주 보고 말했다. "미친 거 알지? 여기가 웨스트버지니아 산속 마을도 아니고. 그렇게 어린 나이에 결혼할 이유가 없잖아."

"오빠가 웨스트버지니아에 대해 뭘 알아?" 내가 비웃는 투로 말했다. "가 본 적도 없으면서."

"그런 말이 아니잖아."

"그럼 무슨 말인데?"

"내 말은, 너희가 너무 어리단 뜻이야."

"엄마가 나랑 이야기해 보라고 시켰어?"

"아니." 오빠는 아니라고 했지만, 거짓말이라는 것을 알아차렸다. "그냥 네가 걱정돼서 그래."

나는 오빠를 노려봤다.

"맞다, 맞아. 엄마가 보냈어." 오빠가 인정했다. "하지만 안 보내도 왔을 거야."

"뭐라고 해도 내 마음은 바뀌지 않아."

"있잖아, 너희 둘을 나보다 잘 아는 사람은 없어." 오빠는 뭐라고 말할지 생각하느라 잠시 말을 멈췄다. "난 제러를 사랑해. 걔는 형제 같아. 하지만 넌 내 동생이야. 네가 우선이라고. 결혼한다는 거, 미안하지만 멍청한 짓이라고 생각해. 너희가 그렇게 사랑한다면 몇 년 있다가 할 수도 있잖아. 몇 년도 못 기다리면서 결혼을 하는 건 옳지 못해."

나는 감동과 짜증을 동시에 느꼈다. 스티븐 오빠는 '네가 우선' 같은 말은 한 적이 없었다. 하지만 '멍청한 짓'이라고 한 것은 오빠다웠다.

"오빠가 이해해 주기를 바라지 않아." 내가 말했다. 나는 티셔츠를 다시 갰다. "제러마이아는 오빠랑 콘래드 오빠가 들러리를 해 주길 원해."

스티븐 오빠가 웃음을 터뜨렸다. "그래?"

"응." 내가 말했다.

오빠는 정말 기쁜 표정을 짓더니 내 시선을 알아차리고는 웃음을 지웠다. "엄마가 그 결혼식에 못 가게 할 것 같은데."

"오빠, 오빠는 스물한 살이잖아. 그 정도는 직접 결정해도 돼."

오빠는 눈살을 찡그렸다. 자존심이 상한 것이었다. 오빠가 말했다. "음, 그래도 현명한 행동은 아니라고 생각한다."

"알겠어." 내가 말했다. "그래도 난 할 거야."

"야, 엄마가 날 죽일 거야. 결혼을 말리라고 시켰는데, 결혼식 파티 준비에 엮이다니." 스티븐 오빠가 일어나며 말했다.

나는 미소를 감췄다. 아니, 스티븐 오빠가 이렇게 덧붙이기 전까지는 그랬다. "총각 파티 계획을 세워야겠는데."

나는 재빨리 말했다. "제러는 그런 거 싫어해."

스티븐 오빠가 가슴을 내밀었다. "네가 정할 일은 아니다, 벨리. 이건 남자들 일이야."

"남자들?"

오빠는 씩 웃으며 내 방문을 닫았다.

스티븐 오빠에게 한 말과 달리, 나는 엄마를 계속 기다렸다. 엄마가 포기하고 고집을 꺾기를 기다렸다. 엄마의 허락이 떨어지기 전에는 결혼식 준비를 시작하고 싶지 않았다. 하지만 며칠이 지나도 엄마가 그 이야기를 하지 않자, 더 이상 기다릴 수 없었다.

테일러가 있어서 참 다행이었다.

테일러는 결혼 잡지에서 스크랩한 기사와 체크 리스트 등을 모은 커다란 흰색 파일을 가지고 왔다. "내 결혼식을 위해 모아 놓은 거지만, 네 결혼식에도 쓸 수 있어." 테일러가 말했다.

내가 가진 것이라곤 엄마가 쓰는 노란 노트 하나뿐이었다. 나는 맨 위에 '결혼식'이라고 쓰고 필요한 일을 적어 뒀다. 테일러의 파일과 비교하니, 내가 적은 목록은 상당히 빈약해 보였다.

우리는 스크랩한 종이와 결혼 잡지를 사방에 펼쳐 두고서 내 침대에 앉아 있었다. 테일러는 몹시 진지했다.

테일러가 말했다. "급한 것부터 처리하자. 드레스를 골라야 해. 8월은 금방이야."

"그렇게 금방 같진 않은데." 내가 말했다.

"음, 아니야. 결혼식 준비에서 두 달은 순식간이라고. 결혼식 세계에서 그건, 내일이나 다름없어."

"음, 결혼식을 간소하게 할 거니까, 드레스도 간소한 걸로 해야지." 내가 말했다.

테일러가 이맛살을 찡그렸다. "얼마나 간소하게?"

"정말 간소하게. 최대한 간소하게. 화려하거나 번쩍거리는 것 없이."

테일러가 혼자 끄덕였다. "머릿속에 그려지네. 신디 크로퍼드(1980년대와 1990년대에 활동한 미국의 톱 모델 - 옮긴이)의 해변 결혼식처럼. 캐럴린 버셋(존 F. 케네디 주니어의 아내로, 캘빈클라인에서 일한 1990년대 패션 아이콘 - 옮긴이) 스타일로."

"응, 멋지다." 나는 그들이 어떤 웨딩드레스를 입었었는지 전혀 알지 못했다. 캐럴린 버셋이 누군지도 몰랐다. 드레스를 정하면 결혼식이 더 실감 나고, 정말 결혼하는 느낌이 들 것 같았다. 그때까지는 결혼이 너무 막연했다.

"구두는?"

나는 테일러를 쳐다봤다. "해변에서 하이힐을 신겠니? 평지에서도 하이힐 신으면 겨우 걷는데."

테일러는 내 말을 들은 체 만 체했다. "내 들러리 드레스는 어쩌지?"

나는 카펫 위에 흐트러져 있던 잡지들을 밀쳐 내고 누웠다. 다리를 높이 들어 벽에 발을 올렸다. "겨자색을 생각 중인데. 새틴 같은 소재로."

테일러는 겨자색을 싫어했다.

"겨자색 새틴이라." 테일러는 얼굴에서 불만을 지우려고 애쓰며 고개를 끄덕였다. 테일러는 허영심과 "신부는 늘 옳다."라는 신조 사이에서 갈등하고 있었다. "애니카의 피부색이랑은 잘 어울리겠다. 나는 지금 봄 피부색이지만, 바로 태닝을 시작하면 괜찮을 거야."

내가 웃었다. "농담이야. 네 마음대로 입어."

"야아!" 테일러가 안도하는 표정으로 외쳤다. 그녀는 내 허벅지를 찰싹 때렸다. "왜 그렇게 유치하니! 네가 결혼한다니 믿을 수가 없다!"

"나도."

"하지만 일리 있는 일 같기도 해. 〈환상 특급(Twilight Zone)〉 느낌으로 말이야. 너랑 제러는 억만 년쯤 알고 지냈잖아. 인연인 거지."

"억만 년이면 얼마나 오래인 거야?"

"영원이지." 테일러가 허공에 나와 제러마이아의 이름 첫 글자를 적으며 말했다. "B. C. + J. F. 영원히."

"영원히." 나도 기쁘게 따라 말했다. 영원히 함께할 수 있었다. 나와 제러는.

이튿날 테일러를 만나러 쇼핑몰에 가는 길에 엄마 연구실에 들렀다.
"나, 드레스 보러 가." 나는 문 앞에 서서 말했다.

엄마는 키보드를 치던 손을 멈추고 나를 봤다. "잘해 보렴."

"고마워." 엄마가 "잘해 보렴."보다 더 심한 말을 할 수도 있었다는 걸 알면서도, 아무리 그렇게 생각해도 기분이 나아지지 않았다.

쇼핑몰의 드레스 가게는 엄마와 함께 학년말 파티 드레스를 찾으러 온 여자아이들로 가득했다. 그들을 보고 가슴이 아플 줄은 몰랐다. 딸은 엄마와 함께 웨딩드레스 쇼핑을 해야 했다. 딸이 잘 어울리는 드레스로 갈아입고 탈의실에서 나오면 엄마는 눈물을 글썽이며 "바로 이거야."라고 말해야 했다. 나는 그렇게 될 줄 알았다.

"학년말 파티를 하기에는 좀 늦지 않았어?" 내가 테일러에게 물었다. "우리 때는 5월 아니었나?"

"내 동생이 그러는데, 올해는 교감 선생님 스캔들 때문에 파티를 미뤘대." 테일러가 설명했다. "학년말 파티 예산이 전부 사라졌다나. 그래서 이제 졸말 파티가 됐대. 졸업 – 학년말 파티."

내가 웃었다. "졸말 파티."

나는 가게를 돌아다니다가 마음에 드는 드레스를 발견했다. 어깨를 드러내는 새하얀 드레스였다. 흰색에도 정도가 있는 줄 몰랐었다. 흰색은 다 같은 흰색인 줄 알았다. 테일러를 찾자, 팔에 드레스를 잔뜩 걸고 있었다. 탈의실을 쓰려면 줄을 서서 기다려야 했다.

내 앞에 선 여자아이가 엄마에게 말했다. "누가 나랑 똑같은 드레스를 입고 있으면 기절할 거야."

테일러와 나는 마주 보고 어이없다는 표정을 지었다. "기절할 거래." 테일러가 입 모양으로 말했다.

줄을 정말 오래 섰다.

"이것부터 입어 봐." 내 차례가 되자 테일러가 말했다.

나는 고분고분 따랐다.

"나와 봐." 테일러가 삼면거울 옆 의자에서 외쳤다. 테일러는 다른 엄마들 옆에 자리를 잡고 있었다.

"마음에 안 들어." 내가 외쳤다. "너무 번쩍거려. 착한 마녀 글린다(《오즈의 마법사》에 등장하는 인물 – 옮긴이) 같아."

"일단 나와서 나랑 같이 보자고!"

탈의실 밖으로 나오니 거울 앞에서 여자아이 두어 명이 뒷모습을 확인하고 있었다. 나는 그들 뒤에 섰다.

앞에 있던 여자아이가 나와 같은 디자인의 샴페인 색깔 드레스를 입고 나왔다. 그 애는 나를 보자마자 물었다. "어느 학교 파티에 가요?"

테일러와 나는 거울을 통해 눈을 마주쳤다. 테일러가 웃으며 입을 가렸고, 내가 말했다. "학교 파티 아니에요."

테일러가 말했다. "애 결혼해요!"

그 여자아이가 입을 딱 벌렸다. "몇 살인데요? 너무 어려 보여요."

"그렇게 어리진 않아요." 내가 말했다. "열아홉 살이에요." 8월이 되어야 열아홉이었지만, 열여덟보다는 열아홉이 훨씬 나이 들게 느껴졌다.

"아." 그 애가 말했다. "저랑 동갑인 줄 알았네요."

나는 같은 드레스를 입고 선 우리 모습을 거울로 봤다. 내가 보기에도 우리는 동갑 같았다. 그 애 엄마가 옆에 앉은 부인에게 속닥이는 모습에 내 얼굴이 붉어졌다.

테일러도 그것을 보고 큰 소리로 말했다. "쟤가 임신 3개월인데 티 안 나죠?"

그 여자가 헉 소리를 냈다. 나를 보며 고개를 가로젓길래 나는 어깨를 살짝 으쓱해 보였다. 우리는 손을 잡고 웃으며 탈의실로 달려갔다.

"넌 좋은 친구야." 테일러가 지퍼를 내려 줄 때 내가 말했다.

우리는 거울에 비친 우리 모습, 흰 드레스를 입은 나와 반바지에 플립플롭 차림의 테일러를 봤다. 눈물이 날 것 같았다. 하지만 테일러가 구해 줬다. 테일러가 웃게 해 줬다. 다시 웃으니 기분이 좋았다.

가게 세 곳을 더 들르고 나서야 우리는 푸드 코트에 앉았다. 여전히 빈손이었다. 테일러는 감자튀김을 먹고 나는 무지개색 가루를 뿌린 요거트 아이스크림을 먹었다. 발이 아파서 벌써 집에 가고 싶었다. 기대했던 것만큼 즐겁지 않았다.

테일러가 탁자 위로 팔을 뻗어 내 아이스크림에 케첩 묻힌 감자튀김을 푹 찍었다. 나는 아이스크림 컵을 치웠다.

"테일러! 메슥거리는 짓 좀 그만해!"

테일러는 어깨를 으쓱였다. "캡틴 크런치에 설탕 가루를 뿌려 먹는 사람이 할 소리는 아니지." 테일러가 감자튀김을 내게 건네며 말했다. "한 번 먹어 보라고."

나는 감자튀김을 아이스크림에 찍을 때 무지개색 가루에 닿지 않게 조심했다. 그건 너무 비위 상하니까. 감자튀김을 입에 넣었다. 괜찮았다. 나는 감자튀김을 삼키면서 말했다. "드레스를 못 찾으면 어떡하지?"

"꼭 찾을 거야." 테일러가 내게 감자튀김을 또 건네며 안심시켜 주었다. "자꾸 비관적으로 굴지 마."

테일러 말이 옳았다. 다음 가게에서 드레스를 찾았다. 마지막에 입어 본 드레스였다. 나머지는 다 평범하거나 너무 비쌌다. 그 드레스는 길고 하얗고 실크 같았으며, 해변에서 입을 수도 있었다. 그렇게 비싸지도 않았는데, 그건 내게 중요했다. 하지만 무엇보다 중요한 점은, 거울을 보자 그 드레스를 입고 결혼하는 내 모습이 떠오른다는 것이었다.

나는 긴장한 채 드레스 옆구리를 매만지며 탈의실에서 나왔다. 테일러를 보며 내가 물었다. "어떻게 생각해?"

테일러의 눈이 빛났다. "완벽해. 아주 완벽해."

"그래?"

"이리 와서 거울 보고 네가 말해 봐."

나는 연단에 서서 거울에 비친 내 모습을 봤다. 찾았다, 내 드레스.

그날 밤 나는 그 드레스를 다시 입어 보고 제러마이아에게 전화했다.
"드레스를 찾았어." 내가 말했다. "지금 입고 있어."
"어떤 거야?"
"아직은 비밀. 깜짝 놀라게 해 줄게. 장담하는데, 아주 예뻐. 테일러랑 다섯 번째 가게에서 찾았어. 그렇게 비싸지도 않아." 나는 실크처럼 부드러운 천을 쓰다듬으며 말했다. "나한테 꼭 맞아서 수선할 필요도 없어."
"그런데 목소리가 왜 그렇게 슬퍼?"
나는 바닥에 앉아 무릎을 끌어안았다. "모르겠어. 엄마가 함께 골라 주지 않아서 그런가……? 웨딩드레스는 엄마랑 같이 고르는 특별한 일이라고 생각했는데, 엄마가 함께 가지 않았어. 테일러랑도 좋았지만, 엄마도 함께 있었으면 더 좋았을 거야."
제러마이아는 잠자코 있다가 물었다. "아줌마한테 함께 가자고 얘기했어?"

"아니. 하지만 엄마는 내가 함께 가고 싶어 하는 걸 알아. 엄마가 결혼식 준비를 함께 안 해 줘서 속상해." 나는 엄마가 지나가다가 드레스 입은 나를 보고 방에 들어오기를 바라며 문을 열어 뒀다. 아직 엄마는 지나가지 않았다.

"마음을 돌리실 거야."

"그러면 좋겠어. 엄마 없이 결혼하는 건 상상도 할 수 없어. 너도 그렇지?"

제러가 작게 한숨 쉬는 소리가 들렸다. "응, 나도 그래." 그가 대답했다. 제러마이아가 수재나 아줌마를 생각하고 있다는 것을 나는 알았다.

이튿날 아침, 엄마는 요구르트와 견과류로, 나는 냉동 와플로 아침을 먹고 있는데 초인종이 울렸다.

엄마가 읽고 있던 신문에서 고개를 들었다. "누구 올 사람 있니?" 엄마가 물었다.

나는 고개를 저으며 일어나서 누군지 확인하러 나갔다. 테일러가 결혼 잡지를 들고 왔으리라 생각하며 현관문을 열었다. 하지만 제러마이아였다. 하늘색 체크무늬가 들어간 흰색 셔츠를 차려입은 제러마이아가 백합 꽃다발을 들고 있었다.

나는 기뻐서 양손으로 입을 막았다. "여기서 뭐 해?" 나는 내 손 뒤에서 비명을 질렀다.

그는 나를 끌어당겨 안았다. 입에서 맥도널드 커피 향이 났다. 아주 일찍 일어난 것이 분명했다. 제러마이아는 맥도널드 아침 식사를 좋아하지만, 그것을 파는 시간에 일어나지 못했다. 제러마이아가 말했다. "너무 흥분하지 마. 너한테 줄 거 아니니까. 로럴 아줌마 계셔?"

어지럽고 멍했다. "아침 식사 중이야." 내가 말했다. "들어와."

내가 문을 열어 주자 제러마이아는 나를 따라 주방으로 들어왔다. 내가 밝게 말했다. "엄마, 누가 왔는지 봐!"

엄마는 깜짝 놀라서 요구르트를 떠먹던 숟가락을 입에 넣다 말고 외쳤다. "제러마이아!"

제러마이아가 꽃을 들고 엄마에게 다가갔다. "장래의 장모님에게 제대로 인사드리러 왔어요." 그가 장난스럽게 웃으며 말했다. 엄마 뺨에 키스하고 요구르트 그릇 옆에 꽃다발을 놓았다.

나는 가만히 지켜봤다. 엄마 마음을 사로잡을 사람이 있다면, 그건 바로 제러마이아였다. 이미 집에 감돌던 긴장이 줄어든 것이 느껴졌다.

엄마는 부서질 듯한 미소를 지었지만, 그래도 미소였다. 엄마가 일어났다. "와서 반갑다. 너희 둘과 이야기하고 싶었어."

제러마이아가 손을 비볐다. "좋아요. 이야기해요. 벨리, 이리 와. 우선 다 같이 한번 껴안고."

제러마이아가 꽉 끌어안을 때 엄마는 웃지 않으려고 애썼다. 제러마이아는 내게도 함께하자고 손짓했고, 나는 엄마 뒤로 가서 허리를 안았다. 엄마는 참지 못했다. 웃음이 새어 나왔다. "알았어, 알았어. 거실로 가자. 제러, 아침 먹었니?"

내가 대신 대답했다. "에그맥머핀 맞지?"

제러마이아가 윙크했다. "넌 날 정말 잘 알아."

엄마는 이미 우리를 등지고 거실로 갔다.

"입에서 맥도널드 냄새가 나." 내가 속닥였다.

제러마이아는 부끄러운 듯 손으로 입을 막았다. 드문 일이었다. "냄새 심해?" 그가 물었다.

나는 그 순간 그에게서 너무나도 다정함을 느꼈다. "아니, 전혀."

우리 셋은 거실에 모였다. 제러마이아와 나는 소파에, 엄마는 우리를 마주 보는 팔걸이의자에 앉았다. 모든 것이 잘되고 있었다. 제러마이아가 엄마를 웃게 했다. 우리가 결혼 이야기를 한 뒤 엄마가 웃거나 미소 짓는 것을 본 적 없었다. 정말 잘될 것 같다는 희망이 느껴지기 시작했다.

엄마는 먼저 이렇게 말했다. "제러마이아, 내가 널 사랑하는 거 알지? 난 네가 잘되기만 바란다. 그래서 너희 둘의 행동을 지지하지 못하는 거야."

제러마이아가 몸을 당겨 앉으며 말했다. "아줌마……."

엄마가 손을 들어 말을 막았다. "너희는 아직 너무 어려. 둘 다. 아직 완성체가 아니야. 아직 어린아이지. 결혼 같은 것을 약속할 준비가 안 됐어. 평생의 약속을 말하는 거란다, 제러마이아."

제러마이아가 다급하게 말했다. "저는 평생 벨리와 함께하고 싶어요. 그건 쉽게 약속할 수 있어요."

엄마가 고개를 저었다. "그래서 아직 준비가 안 됐다는 거다, 제러마이아. 상황을 너무 가볍게 받아들이잖니. 이건 마음 가는 대로 시작할 일이 아니야. 진지한 일이다."

우리를 어린아이 취급하는 엄마의 목소리에 정말 화가 났다. 난 여덟 살이 아니라 열여덟 살이었고, 제러마이아는 열아홉 살이었다. 우리는 결혼이 진지하다는 것을 알 만큼은 철이 들었다. 우리는 부모들이 자기 결혼을 망치는 과정을 지켜봤다. 우리는 같은 실수를 되풀이하지 않을 생각이었다. 하지만 나는 아무 말도 하지 않았다. 내가 화를 내거나 반박하려 들면 엄마의 말이 옳다고 증명하는 것에 불과했다. 그래서 가만히 앉아 있었다. "좀 더 기다렸으면 해. 벨리가 학교를 마치기를 바란다. 졸업하고 나서도 여전히 같은 마음이라면, 그때 결혼해. 하지만 벨리가 졸업한 다음에. 수재나가 여기 있다면, 나랑 같은 마음일 거다."

"제 생각엔 엄마가 정말 기뻐할 것 같은데요." 제러마이아가 말했다.

엄마가 반박하기 전에 제러마이아가 덧붙였다. "결혼해도 벨리는 제때 졸업할 거예요. 그건 약속할 수 있어요. 제가 잘 보살필게요. 축복만 해 주세요." 제러마이아가 손을 뻗어 엄마 손을 잡더니 장난스럽게 흔들었다. "어서요, 로럴 아줌마. 항상 저를 사윗감으로 원했잖아요."

엄마는 괴로운 표정을 지었다. "이렇게는 아니야. 미안하다."

길고 어색한 침묵이 흘렀다. 그렇게 셋이 앉아 있는데, 내 눈에 눈물이 차올랐다. 제러마이아가 내게 팔을 둘러 어깨를 끌어안았다가 놓았다.

"그럼 결혼식에 안 오겠다는 말이야?" 내가 물었다.

엄마는 고개를 저으며 말했다. "벨리, 무슨 결혼식 말이니? 너, 결혼식 할 돈도 없잖아."

"그건 우리가 걱정할 일이지, 엄마가 아니라." 내가 말했다. "그냥 엄마는 올지 안 올지 알고 싶어."

"이미 대답했잖니. 나는 안 갈 거다."

"어떻게 그럴 수가 있어?" 나는 침착하려고 애쓰며 숨을 내쉬었다. "이 일을 엄마 마음대로 못 해서 화가 난 것뿐이잖아. 엄마는 상황을 좌지우지 못 하면 못 사는 사람이니까."

"그래, 못 살겠다!" 엄마가 쏘아붙였다. "너희가 이렇게 어리석은 결정을 내리는 꼴을 보고 있으려니, 못 살겠어."

엄마가 나를 노려봤고 나는 무릎을 떨며 고개를 돌렸다. 엄마 말을 더 들을 수 없었다. 엄마는 의심과 비관으로 우리의 좋은 소식을 망치고 있었다. 엄마는 모든 것을 꼬아 놓았다.

나는 자리에서 일어났다. "그럼 난 이만 가 볼게. 엄마를 더 볼 이유가 없으니까."

제러마이아는 깜짝 놀란 표정이었다. "그러지 마, 벨리, 앉아."

"여기서 못 살겠어." 내가 말했다.

엄마는 한마디도 하지 않고 등을 꼿꼿이 세우고 앉아 있을 뿐이었다.

나는 거실에서 나와 위층으로 올라갔다.

내 방에 가서 재빨리 가방에 티셔츠와 속옷을 던져 넣으며 짐을 쌌다. 제러마이아가 내 방에 들어왔을 때, 나는 옷 무더기 위로 샤워용품 가방을 던지고 있었다. 그가 방문을 닫고 침대에 앉았다. "방금 무슨 일이 있었던 거지?" 여전히 멍한 표정으로 제러마이아가 물었다.

나는 계속 짐을 쌌을 뿐 대답하지 않았다.

"뭐 하는 거야?" 제러마이아가 물었다.

"뭐 하는 것 같아?"

"좋아. 그런데 계획은 있어?"

나는 가방 지퍼를 잠갔다. "응, 계획은 있어. 결혼식 날까지 커즌스 별장에서 지낼 거야. 엄마를 상대할 수가 없어."

제러마이아가 쓰읍 숨을 들이쉬었다. "진심이야?"

"엄마 말 들었잖아. 엄마는 마음을 바꾸지 않아. 이렇게 되길 바라는 거지."

제러마이아는 머뭇거렸다. "글쎄……. 네 일은 어쩌고?"

"일 그만하라며? 이러는 편이 나아. 여기보다는 커즌스에서 결혼식 계획 세우기가 쉬워." 나는 땀을 흘리며 가방을 들어 올렸다. "아쉽지만 할 수 없지. 결혼식은 할 거니까."

제러마이아가 내 가방을 들어 주려고 했지만, 나는 됐다고 했다. 가방을 아래층으로 가져가 차에 실을 때까지 엄마와는 말 한마디 주고받지 않았다. 엄마는 내게 어디로 가는지, 언제 돌아오는지 묻지 않았다.

출발하는 길에 우리는 베어스에 들렀다. 제러는 차에서 기다리고 나는 안으로 들어갔다. 엄마와 싸우지 않았더라면 그런 식으로 일을 그만둘 용기는 절대 없었을 것이다. 베어스에는 사람들이, 특히 학생들이 늘 일하다가 떠나지만…… 그래도 마찬가지였다. 나는 곧장 주방으로 가서 내 매니저 스테이시에게 미안하지만 두 달 뒤에 결혼하게 되어 계속 일할 수 없다고 말했다. 스테이시는 내 배와 넷째 손가락을 보더니 말했다. "축하해, 이사벨. 여기 베어스에 네 자리는 늘 있다는 거, 잊지 마."

내 차에 다시 혼자 탄 뒤 나는 흐느껴 울었다. 목이 아프도록 울었다. 엄마에게 화가 났지만, 그보다 더 큰 것은 나를 짓누르며 압도하는 슬픔이었다. 나는 엄마 없이 혼자서 할 수 있을 만큼 자랐다. 결혼도 하고, 일도 그만둘 수 있었다. 나는 이제 어른이었다. 엄마의 허락을 구할 필요가 없었다. 엄마는 더 이상 힘이 없었다. 하지만 마음 한구석으로는 엄마가 여전히 모든 것을 좌우할 힘이 있기를 바랐다.

커즈스 도착 30분 전, 제러마이아가 전화해서 말했다. "콘래드 형이 커즌스에서 지내고 있대."

온몸이 굳었다. 정지 신호로 바뀌었고, 제러마이아의 차가 내 앞에 있었다. "언제부터?"

"지난주부터. 식당에서 그리고 헤어지고 나서 계속 머물렀대. 형이 물건 가지러 한 번 돌아오기는 했었지만, 여기서 여름 내내 지낼 모양이야."

"아." 내가 말했다. "내가 거기서 지내면 싫어할까?"

제러가 망설이는 소리가 들렸다. "아니, 싫어하지는 않을걸. 나도 거기서 함께 지냈으면 좋겠어. 바보 같은 인턴 일만 아니면 나도 함께 있을 수 있을 텐데. 그냥 그만둘까 봐."

"그러면 안 돼. 피셔 아저씨가 널 죽일걸."

"그래, 나도 알지." 제러마이아가 다시 망설이더니 말했다. "난 아줌마랑 그렇게 헤어진 게 마음에 걸려. 넌 그냥 집으로 돌아가면 어떨까,

벨리?"

"그래도 소용없어. 또 싸울 거야." 녹색등이 켜졌다. "있잖아, 나는 이게 최선이라고 생각해. 우리 둘 다 머리 식힐 시간이 생기니까."

"네 마음이 그렇다면 그래야지." 제러마이아가 말했지만, 나는 그가 완전히 동의하지 않았다는 것을 알 수 있었다.

"도착하고 나서 더 이야기하자." 내가 말했고 우리는 전화를 끊었다.

콘래드가 커즌스에 있다는 소식에 나는 불안해졌다. 별장에서 지내는 것은 답이 아닌 듯했다.

하지만 별장 앞에 차를 세우자 너무나 마음이 놓였다. 고향. 고향에 돌아온 느낌이었다.

회색과 흰색으로 이뤄진 높은 별장 건물은 똑같아 보였다. 나도 변하지 않은 느낌이었다. 내가 있어야 할 곳에 도착한 것처럼. 다시 숨이 트이는 것처럼.

라운지체어에서 제러마이아 무릎에 앉아 있는데 멈춰 서는 차 소리가 들렸다. 콘래드가 장바구니를 들고 차에서 내렸다. 테라스에 앉아 있는 우리를 보고 콘래드는 당황한 표정이었다. 나는 일어나서 손을 흔들었다.

제러마이아는 두 손으로 머리를 받치고 의자에 기댔다. "안녕, 형."

"어떻게 된 거야?" 콘래드가 우리에게 다가오며 물었다. "너희 여기서 뭐 하고 있어?"

콘래드가 장바구니를 내려놓으며 제러마이아 옆에 앉았고, 나는 그들 옆에 어정쩡하게 서 있었다.

"결혼 때문에." 제러마이아가 애매하게 말했다.

"결혼 때문에." 콘래드가 되풀이해 말했다. "정말로 하는 건가?"

"당연히 하지." 제러마이아가 나를 당겨 무릎에 앉혔다. "그렇지, 여보옹?"

"그렇게 부르지 마." 나는 콧등을 찡그리며 말했다. "징그러워."

콘래드는 나를 무시했다. "로럴 아줌마가 마음을 바꿨어?" 그가 제러에게 물었다.

"아직은 아니지만, 곧 그렇게 될 거야." 제러마이아가 말했고, 나는 아니라고 하지 않았다.

나는 그렇게 20초쯤 더 앉아 있다가 제러마이아 품에서 벗어나 일어섰다. "배고파." 내가 콘래드의 장바구니를 들여다보며 말했다. "뭐 맛있는 거 사 왔어?"

콘래드는 특유의 흥미롭다는 미소를 지었다. "네가 먹을 치토스나 냉동 피자는 없다. 미안. 저녁에 먹을 것은 있어. 요리해 줄게."

콘래드는 일어나서 장바구니를 집어 들더니 집 안으로 들어갔다.

저녁으로 콘래드는 토마토, 바질, 아보카도로 샐러드를 만들고 닭가슴살을 구웠다. 우리는 테라스에 나가서 먹었다.

닭고기를 우물거리며 제러마이아가 말했다. "와, 대단한데. 형, 언제부터 요리했어?"

"혼자 살면서부터. 이것만 주로 먹어. 닭고기. 날마다." 콘래드는 고개를 들지 않고 샐러드 그릇을 내게 밀었다. "충분히 덜었어?"

"응. 고마워. 정말 맛있다."

"정말 맛있다." 제러마이아가 메아리처럼 따라 말했다.

콘래드는 어깨만 으쓱였을 뿐이지만, 빨개진 귀를 보고 그가 기뻐한다는 것을 알 수 있었다.

나는 포크로 제러마이아의 팔을 쿡 찔렀다. "너도 한두 가지 배워."

제러마이아가 나를 쿡 찔렀다. "너도." 그는 샐러드를 한 입 크게 먹더니 말했다. "벨리가 결혼식 날까지 여기서 지낼 거야. 괜찮지, 형?"

콘래드는 놀란 것이 분명했다. 곧바로 대답하지 않았으니까.

"방해 안 할게." 내가 다짐했다. "그냥 결혼 준비만 할 거야."

"좋아. 상관없어." 콘래드가 말했다.

나는 접시를 내려다봤다. "고마워." 내가 말했다. 그러니 괜한 걱정이었다. 콘래드는 내가 거기 있든 말든 상관하지 않았다. 우리가 함께 어울릴 필요는 없었다. 콘래드는 늘 그랬듯이 자기 일을 할 테고, 나는 결혼식 준비에 바쁠 테고, 제러마이아는 금요일마다 도우러 올 예정이었다. 다 괜찮을 것 같았다.

저녁을 먹고 난 뒤 제러마이아가 디저트로 아이스크림을 사 먹자고 했다. 콘래드는 설거지를 해야 한다며 거절했다. 내가 말했다. "요리한 사람이 설거지하면 안 되지." 하지만 콘래드는 상관없다고 했다.

제러마이아와 나는 둘이서만 시내로 갔다. 나는 와플콘에 쿠키앤크림과 쿠키 도우를 골랐고 스프링클을 뿌렸다. 제러마이아는 레인보우셔벗을 골랐다.

"기분은 좀 나아졌어?" 보드워크를 걷다가 제러마이아가 물었다.

"아니." 내가 말했다. "오늘은 그 생각은 그만할래."

제러마이아가 끄덕였다. "원하는 대로 해."

나는 화제를 바꿨다. "몇 명이나 초대하고 싶은지 생각해 봤어?" 내가 물었다.

"응." 제러마이아는 손가락을 접어 가며 이름을 불렀다. "조시, 레드버드, 게이브, 알렉스, 산체스, 피터슨……."

"클럽 사람을 다 초대할 순 없어."

"내 형제인걸." 제러마이아가 상처받은 표정으로 말했다.

"정말 조촐하게 하기로 했잖아."

"그럼 서너 명만 초대할게, 응?"

"좋아. 그리고 음식도 정해야 해." 나는 아이스크림이 흐르지 않도록 콘 주위를 핥으며 말했다.

"형한테 닭고기를 구워 달라고 하면 되지." 제러마이아가 웃으며 말했다.

"콘래드 오빠는 네 들러리를 서야 하니까 그릴 앞에서 땀을 흘리게 할 수 없어."

"농담이었어."

"콘래드 오빠한테 이야기했어? 들러리가 되어 달라고?"

"아직 안 했어. 할게." 제러마이아가 고개를 숙여 내 아이스크림을 한 입 먹었다. 윗입술에 우유 수염처럼 아이스크림이 묻었다.

나는 웃음을 꾹 참았다.

"뭐가 그렇게 우스워?"

"아무것도 아냐."

집에 돌아오니 콘래드는 거실에서 티브이를 보고 있었다. 우리가 소파에 앉자 그는 일어났다. "자러 간다." 그는 머리 위로 팔을 쭉 뻗으며 말했다.

"이제 겨우 10시야. 우리랑 영화 보자." 제러마이아가 말했다.

"아냐. 내일 일찍 일어나서 서핑할 거야. 같이 할래?"

제러마이아는 대답하기 전에 나를 힐끔 보았다. "응, 좋아."

"아침에 하객 목록을 만들기로 했잖아." 내가 말했다.

"네가 일어나기도 전에 돌아올게. 걱정 마." 그러더니 콘래드에게 말했다. "일어나면 내 방문 좀 두드려 줘."

콘래드는 망설였다. "벨리를 깨우고 싶지 않은데."

나는 얼굴을 붉혔다. "난 괜찮아." 내가 말했다.

제러마이아와 사귄 뒤로 여름 별장에 함께 온 것은 딱 한 번뿐이었다. 그때 나는 제러마이아의 방에서 함께 잤다. 그가 잠들 때까지 티브이를 봤다. 제러마이아는 티브이 켜 두고 잠드는 것을 좋아했다. 나는 그러면 잠이 안 와서 그가 잠들기를 기다렸다가 티브이를 껐다. 기분이 좀 이상했다. 바로 옆이 내 방인데 그의 침대에서 자다니.

대학에서 우리는 늘 같은 침대에서 잤고 그것이 당연하게 느껴졌다. 하지만 별장에서는 내 방, 내 침대에서 자고 싶었다. 그것이 익숙했다. 그러면 가족과 휴가를 즐기러 온 어린아이로 돌아간 느낌이 들었다. 빛바랜 노란 꽃망울을 수놓은 종이처럼 얇은 시트와 체리목 화장대와 서랍장. 전에는 흰색 트윈 베드가 있었지만, 수재나 아줌마가 그것을 치우고 '큰 아이용 침대'를 놓았다. 나는 그 침대가 참 좋았다.

콘래드는 위층으로 올라갔고 나는 그의 방문이 닫히는 소리를 기다렸다가 말했다. "오늘은 내 방에서 잘래."

"왜?" 제러마이아가 물었다. "조용히 일어날게."

나는 조심스레 물었다. "신랑 신부는 결혼식 전에 따로 자야 하는 거 아니야?"

"맞아. 그렇지만 그건 결혼식 전날 밤이지, 결혼식 전 매일 밤은 아니라고." 제러마이아는 잠시 상처받은 표정을 짓더니 농담하듯 말했다. "그러지 마. 내가 널 건드리지 않을 거 알잖아."

나는 그가 농담을 하고 있다는 것을 알면서도, 조금 상처가 됐다.

"그래서가 아니야. 내 방에서 자는 게…… 자연스러워. 학교와는 다르잖아. 학교에선 네 옆에서 자는 게 자연스럽지만, 여기서는 예전을 기억하는 게 좋아." 나는 제러마이아의 얼굴에 아직 상처받은 표정이 남아 있는지 살폈다. "이해할 수 있어?"

"응." 제러마이아는 납득이 안 된 표정이었고, 나는 괜히 이야기를 꺼냈다는 생각이 들었다.

나는 제러마이아에게 다가가 무릎에 발을 올려놓았다. "앞으로 평생 매일 밤 나는 네 곁에서 잘 거야."

"응, 그러면 지겨워지겠지." 제러마이아가 말했다.

"이봐!" 나는 다리로 그를 걷어찼다.

제러마이아는 웃으면서 쿠션으로 내 발을 막았다. 그리고 채널을 바꾼 뒤 우리는 그 이야기를 그만두고 티브이를 봤다. 잘 시간이 되자 제러마이아는 자기 방으로, 나는 내 방으로 갔다.

나는 몇 주 만에 푹 잤다.

콘래드

제러마이아에게 서핑을 하자고 한 것은 둘이 있을 때 대체 무슨 일인지 묻고 싶었기 때문이다. 식당에서 제러마이아가 중대 발표를 한 뒤 나는 그와 이야기하지 못했다. 하지만 막상 단둘이 있자 무슨 말을 해야 할지 몰랐다.

우리는 서핑 보드에서 다음 파도를 기다렸다. 그때까지는 물살이 느렸다.

나는 목청을 가다듬었다. "그래서 로럴 아줌마가 얼마나 열받았는데?"

"엄청." 제러마이아가 눈살을 찌푸리며 말했다. "어제 벨리랑 아주 크게 싸웠어."

"네 앞에서?"

"응."

"젠장." 하지만 나는 놀라지 않았다. 로럴 아줌마가 "그래, 10대인 내 딸에게 결혼식을 열어 주지."라고 할 리는 만무했으니까.

"그래, 상황이 안 좋지."

"아빠는 별말 안 해?"

제러마이아가 야릇한 표정을 지었다. "아빠 의견에 형이 언제부터 신경 썼어?"

나는 별장 쪽을 바라봤다. 잠시 망설이다가 말했다. "글쎄, 로럴 아줌마가 반대하고 아빠가 반대하면 하지 말아야 하는 거 아닌가? 내 말은, 너희는 아직 학생이잖아. 직장도 없고. 생각해 보면 좀 터무니없는 일이야." 내 목소리가 잦아들었다. 제러가 나를 노려봤다.

"형은 빠져." 제러마이아가 말했다. 침을 엄청나게 튀기면서.

"알았어. 미안. 그런 뜻은 아니었는데……. 미안하다."

"형 의견 물어본 적 없어. 이건 나랑 벨리 사이의 일이야."

내가 말했다. "네 말이 맞아. 잊어버려."

제러마이아는 대답하지 않았다. 그는 어깨 너머를 확인하더니 멀어져 갔다. 파도가 높아지자, 제러마이아는 파도를 타고 해변까지 갔다.

나는 주먹으로 물을 쳤다. 녀석을 걷어차 버리고 싶었다. "이건 나랑 벨리 사이의 일이야."라니. 잘난 척은.

녀석이 내 여자와 결혼하는데 나는 아무것도 할 수 없었다. 두고 볼 수밖에 없었다. 그 애는 내 동생이고, 나는 약속했으니까. "동생을 지켜 주렴, 콘래드. 너만 믿는다."

    다음 날 아침 일어나니 남자들은 서핑하러 나가고 없었다. 나는 파일과 노란 노트, 우유 한 잔을 들고 테라스로 나갔다.
    테일러의 체크리스트에 따르면 먼저 하객 목록부터 정해야 다음 일을 진행할 수 있었다. 일리 있는 말이었다.
    그때까지 내 하객 목록은 짧았다. 테일러, 테일러의 어머니, 마시와 블레어, 케이티 같은 어릴 적 친구들, 애니카, 아빠, 스티븐 오빠와 엄마. 그런데 엄마가 올지는 알 수 없었다. 아빠는 분명히 올 것이다. 엄마가 뭐라고 하든 아빠는 참석할 것이라고 믿었다. 할머니도 오면 좋겠지만, 플로리다에 살던 할머니는 그 전해 요양원에 들어갔다. 할머니에게 보내는 청첩장에 가을 방학 동안 제러마이아와 함께 만나러 가겠다는 약속을 적기로 했다.
    내게는 그 정도가 전부였다. 친가 쪽 사촌이 몇 명 있었지만, 가까이 지내는 사람은 별로 없었다.

제러마이아는 콘래드, 사교 클럽 친구 셋, 1학년 때 룸메이트, 피셔 아저씨 정도였다. 전날 밤 제러마이아는 아빠의 마음이 누그러지고 있다고 말했다. 피셔 아저씨가 주례는 누군지, 결혼식이란 것에 얼마를 쓸 계획인지 물었다고 했다. 제러마이아는 우리 예산을 알렸다. 천 달러라고. 내게 천 달러는 아주 큰 돈이었다. 그 전해에 나는 천 달러를 버느라 여름 내내 베어스에서 아르바이트를 했다.

우리 하객은 총 스무 명 이하였다. 해산물 파티를 하면 스무 명 모두 손쉽게 먹일 수 있었다. 맥주 몇 통과 싼 샴페인을 살 수 있었다. 해변에서 결혼식을 올리니 장식도 필요 없었다. 피크닉 탁자를 장식할 꽃이나 조개껍데기 정도면 충분했다. 조개껍데기와 꽃. 나는 이 결혼식을 쉬 계획했다. 테일러가 보면 뿌듯해했을 것이다.

생각한 것들을 적고 있는데 제러마이아가 계단을 올라왔다. 그의 등 뒤에서 해가 빛났는데 너무 밝아서 눈이 부셨다. "안녕." 나는 눈을 가늘게 뜨고 말했다. "콘래드 오빠는?"

"형은 아직 바다에." 제러마이아가 내 옆에 앉았다. 그리고 씩 웃으며 물었다. "와, 나 없이 다 한 거야?" 제러마이아의 몸에서 물이 뚝뚝 떨어지고 있었다. 내 노트에 바닷물이 한 방울 떨어졌다.

"그러면 좋겠지? 꿈 깨." 나는 물을 닦아 냈다. "있잖아, 해산물 파티가 어떨까?"

"해산물 파티 좋지." 제러마이아가 맞장구쳤다.

"스무 명이면 맥주가 몇 통쯤 필요할 것 같아?"

"피터슨과 고메즈가 온다면, 그들만으로도 두 통이야."

나는 펜으로 제러마이아의 가슴을 겨누며 말했다. "사교 클럽 친구는 세 명만 부르기로 했어. 기억하지?"

제러마이아는 끄덕이더니 내게 다가와 키스했다. 입술은 짭조름했고, 내 따뜻한 뺨에 닿은 얼굴은 차가웠다.

나는 그의 뺨에 코를 파묻었다가 떨어졌다. "파일을 적시면 테일러가 날 죽일 거야." 내가 파일을 뒤로 밀어 놓으며 말했다.

제러마이아는 슬픈 표정을 짓더니 내 팔을 잡아 춤을 출 때처럼 자기 목에 둘렀다. "얼른 결혼하고 싶어." 제러마이아가 내 목덜미에 입술을 대고서 중얼거렸다.

나는 키득키득 웃었다. 내가 목에 간지럼을 잘 타는 것을 그는 알고 있었다. 제러마이아는 나에 대해 거의 모든 것을 알면서도 나를 사랑했다.

"너는?"

"나는 뭐?"

제러마이아는 내 목에 입김을 훅 불었고 나는 웃음을 터뜨렸다. 그에게서 벗어나려고 몸을 비틀었지만, 제러마이아가 놓아주지 않았다. 나는 웃으며 말했다. "알았어. 나도 얼른 결혼하고 싶어."

제러는 그날 오후 늦게 돌아갔다. 나는 그를 차까지 바래다줬다. 콘래드의 차가 보이지 않았다. 그가 어디로 갔는지 알 수 없었다.

"도착하면 전화해. 잘 갔는지 궁금하니까." 내가 말했다.

제러마이아는 고개를 끄덕였다. 그답지 않게 말이 없었다. 그렇게 빨리 떠나는 것이 슬픈 탓이라고 짐작했다. 나도 그가 함께 지내면 좋겠다고 생각했다. 진심으로.

나는 까치발을 하고 그를 안았다. "닷새 후에 봐." 내가 말했다.

"닷새 후에 만나자." 제러마이아가 말했다.

커즌스에서 첫 주 동안, 나는 콘래드를 피해 다녔다. 실수라고 하는 사람을 또 상대하고 싶지 않았다. 특히 비판적인 콘래드는 더욱 그랬다. 그는 말로 할 필요도 없었다. 그는 눈으로 지적할 줄 알았다. 그래서 나는 콘래드보다 일찍 일어났고 그보다 먼저 식사를 했다. 그리고 그가 거실에서 티브이를 보면 나는 위층 방에서 청첩장에 주소를 적고 테일러가 알려 준 결혼식 관련 블로그를 봤다.

콘래드는 알아차리지도 못했을 것이다. 그도 꽤 바빴다. 서핑하고, 친구들과 놀고, 집을 수리했다. 내 눈으로 보지 않았다면 그에게 그런 기술이 있는지 몰랐을 것이다. 콘래드가 사다리에 올라가 에어컨 통풍구를 확인하고, 우편함에 페인트칠을 하다니. 나는 그 모습을 전부 내 방 창문으로 보고 있었다.

테라스에서 딸기 맛 팝 타르트를 먹고 있는데, 콘래드가 계단을 달려 올라왔다. 아침 내내 나가 있다 돌아오는 길이었다. 머리는 땀에 젖어 있었고, 풋볼을 하던 고등학생 시절 입던 티셔츠와 청색 운동용 반바지 차림이었다.

"안녕." 내가 말했다. "어디 갔다 와?"

"헬스장." 콘래드가 나를 지나치며 말했다. 그러다가 우뚝 멈췄다. "그걸 아침으로 먹는 건가?"

나는 팝 타르트 가장자리를 먹고 있었다. "응, 하지만 이게 마지막 남은 거야. 미안해."

콘래드는 나를 무시했다. "싱크대에 시리얼 남겨 놨어. 과일 그릇에 과일도 있고."

나는 어깨를 으쓱였다. "오빠 건 줄 알았는데. 오빠 걸 물어보지 않고 먹고 싶지는 않아."

콘래드는 짜증을 내며 말했다. "그럼 좀 물어보지?"

나는 깜짝 놀랐다. "만나지도 못하는데, 어떻게 물어?"

우리는 3초쯤 서로 노려보았는데, 콘래드 입가에 미소가 떠올랐다. "알았어." 콘래드는 미소를 싹 지우고 말했다. 그리고 유리문을 밀어 열다가 돌아서서 말했다. "내가 사 온 건 뭐든지 먹어도 돼."

"나도야." 내가 말했다.

또 희미한 미소가 보였다. "팝 타르트랑 양파링이랑 인스턴트 마카로니 치즈는 네가 다 먹으렴."

"어, 나도 제대로 된 음식도 먹어." 내가 반박했다.

"그러기도 하겠지." 콘래드는 그렇게 말하고 안으로 들어갔다.

이튿날 아침, 싱크대 위에 시리얼 상자가 다시 나와 있었다. 나는 그의 시리얼과 저지방 우유를 그릇에 담고 바나나도 잘라서 올렸다. 나쁘지 않았다.

콘래드는 함께 살기 꽤 좋은 상대였다. 그는 늘 변기 시트를 도로 내려 놓았고, 먹고 나면 곧바로 설거지를 했으며, 키친타월이 떨어지면 사 두기도 했다. 하지만 예상했던 일이었다. 콘래드는 언제나 깔끔했다. 그런 면에서 그는 제러마이아와 정반대였다. 제러마이아는 화장실 휴지를 다 쓰고 채워 놓는 법이 없었다. 키친타월을 사거나 기름 묻은 냄비는 뜨거운 물과 주방 세제에 담가 놓아야 한다는 생각조차 못 하는 사람이었다.

나는 그날 오후 슈퍼마켓에 가서 저녁 재료 장을 봤다. 스파게티와 소스, 샐러드용 양상추와 토마토를 샀다. 7시쯤 요리하면서 '흥! 나도 얼마나 건강하게 먹을 수 있는지 보여 줘야지.'라고 생각했다. 결국 파스타 면은 너무 푹 삶아졌고 양상추를 제대로 씻지 못했지만, 그래도 맛은 좋았다.

그러나 콘래드가 집에 오지 않아서 나 혼자 티브이 앞에서 먹었다. 그래도 남은 음식은 접시에 담아 자러 가기 전에 싱크대 위에 올려 뒀다.

이튿날 아침, 음식은 사라지고 깨끗이 씻은 접시만 남아 있었다.

그다음에 콘래드와 대화한 것은 한낮이었다. 나는 결혼식 파일을 가지고 식탁 앞에 앉아 있었다. 하객 목록을 완성했으니 다음 차례는 청첩장 보내기였다. 하객이 그렇게 적은데 청첩장을 보내는 것이 바보 같기도 했지만, 단체 이메일을 보내는 것도 부적절하게 느껴졌다. '데이비즈 브라이덜' 웨딩 플래너 회사에서 청첩장 양식을 받았다. 연한 청록색 조개껍데기가 그려진 흰색 종이를 프린터에 넣기만 하면 됐다. 그러면 짠, 청첩장이 나왔다.

콘래드가 유리문을 열고 주방으로 들어왔다. 회색 티셔츠가 땀에 젖어 있어서 조깅을 다녀온 줄 알았다. "조깅 잘했어?" 내가 물었다.

"응." 콘래드는 놀란 표정으로 말했다. 내 앞에 쌓인 봉투를 보더니 물었다. "청첩장인가?"

"응. 우표만 구해 오면 돼."

콘래드가 물을 한 잔 따르며 말했다. "드릴을 새로 사야 해서 시내 공구 가게에 갈 거야. 가는 길에 우체국이 있어. 우표 사다 줄게."

내가 놀랄 차례였다. "고마워." 내가 말했다. "하지만 사랑 우표 종류를 보고 싶어."

콘래드는 물을 들이켰다.

"사랑 우표가 뭔지 알아?" 나는 콘래드의 대답을 기다리지 않고 말했다. "'love'라고 적힌 우표야. 청첩장용이래. 테일러가 그걸 사야 한대서 알게 됐어."

콘래드가 피식 웃으며 말했다. "그럼 내 차로 가자. 따로 갈 것 없이."

"좋아." 내가 말했다.

"금방 샤워하고 올게. 10분만 기다려." 콘래드가 말하고 계단을 달려 올라갔다.

콘래드는 말한 대로 10분 뒤 내려왔다. 그는 부엌에서 자동차 열쇠를 챙기고 나는 청첩장을 가방에 넣은 뒤 우리는 함께 밖으로 나왔다.

"내 차로 가도 돼." 내가 제안했다.

"상관없어." 콘래드가 말했다.

콘래드 차 조수석에 다시 앉으니 좀 우스웠다. 그의 차는 깨끗했다. 여전히 같은 냄새가 났다.

"마지막으로 이 차에 탄 게 언제였는지 기억이 안 난다." 내가 라디오를 켜며 말했다.

콘래드가 곧바로 말했다. "네 학년말 파티."

아, 이런.

학년말 파티. 우리가 헤어진 날. 비 오는 주차장에서 싸우고서. 그때를 떠올리니 부끄러웠다. 얼마나 울고, 가지 말라고 애원했는지 모른다.

기억하고 싶은 순간은 아니었다.

어색한 침묵이 흘렀고 우리 둘 다 같은 일을 떠올린 모양이었다. 나는 침묵을 견디지 못하고 밝게 말했다. "와, 진짜 오래전이네, 그렇지?"

대답이 없었다.

콘래드는 나를 우체국 앞에 내려 주며 몇 분 뒤에 데리러 오겠다고 했다. 나는 차에서 내려 안으로 달려 들어갔다.

줄은 빨리 줄어들었고, 내 차례가 되자 나는 말했다. "사랑 우표 좀 볼 수 있을까요?"

창구 직원이 서랍을 뒤지더니 우표 전지 한 장을 내밀었다. 결혼식 종이 그려져 있고 종을 묶은 리본에 'LOVE'라고 찍혀 있었다.

나는 창구 앞에 청첩장을 올려놓고 재빨리 우표 개수를 세어 봤다. "이거 한 장 살게요." 내가 말했다.

직원이 나를 유심히 보며 물었다. "청첩장인가요?"

"네."

"소인을 손으로 찍을까요?"

"네?"

"소인을 손으로 찍을까요?" 다시 말하는 직원의 목소리에서 짜증이 느껴졌다.

나는 당황했다. '소인을 손으로 찍는다'니, 무슨 뜻일까? 테일러에게 메시지로 물어보고 싶었지만, 뒤에 줄이 있어서 급히 말했다. "아뇨, 괜찮아요."

우푯값을 치른 뒤 밖으로 나와 갓돌에 앉아서 청첩장에 우표를 붙였다. 엄마에게 보낼 청첩장까지 모두. 혹시 모르니까 말이다. 엄마 마음이 바뀔 가능성이 있다고 믿었다. 우체통에 청첩장을 넣는데, 콘래드가 돌아왔다. 이제 현실이 되었다. 나는 정말로 결혼하는 것이었다. 돌이킬 수 없었다. 돌이키기를 원하지도 않았지만.

나는 차에 올라타며 물었다. "드릴 샀어?"

"응." 콘래드가 말했다. "사랑 우표는 찾았어?"

"응." 내가 말했다. "참, 소인을 손으로 찍는다는 게 무슨 뜻이야?"

"소인은 우표를 다시 못 쓰게끔 우체국에서 찍는 도장이야. 손으로 찍는다면, 기계 대신 손으로 찍는다는 뜻이겠지."

"그걸 어떻게 알았어?" 나는 존경하는 마음으로 물었다.

"전에 우표를 모았거든."

그랬다. 콘래드는 우표를 모았었다. 잊고 있었다. 그가 피셔 아저씨가 준 앨범에 우표를 모았었다는 것을.

"그건 까맣게 잊고 있었네. 세상에, 오빠는 우표를 무척 아꼈잖아. 허락 없이는 우리가 우표책을 만지지도 못하게 했어. 제러마이아가 우표를 훔쳐서 엽서에 붙였는데 오빠가 너무 화나서 운 거 기억해?"

"그건 할아버지가 주신 에이브러햄 링컨 우표였어." 콘래드가 변명하듯 말했다. "아주 귀한 우표였다고."

내가 웃었더니 콘래드도 웃었다. 듣기 좋았다. 우리가 마지막으로 그렇게 웃은 것이 언제였을까?

콘래드가 고개를 저으며 말했다. "나 진짜 따분한 놈이었네."

"아냐, 그렇지 않았어!"

콘래드가 나를 봤다. "우표 수집, 화학 실험 세트, 백과사전 집착."

"맞아. 하지만 그런 걸 다 멋지게 만들었지." 내가 말했다. 내 기억 속 콘래드는 '따분한 놈'이 아니었다. 그는 어른스럽고, 똑똑한 사람이었다.

"넌 잘 속지." 콘래드가 말했다. "네가 아주 어릴 때 당근을 싫어했어. 당근을 안 먹었지. 그래서 내가 당근을 먹으면 엑스선 시력을 갖게 된다고 말했어. 그랬더니 내 말을 믿더라. 내가 하는 말은 다 믿었는데."

그랬다. 정말 그랬다.

콘래드가 당근을 먹으면 엑스선 시력을 갖게 된다고 했을 때도 믿었다. 그가 나를 좋아한 적 없다고 했을 때도 믿었다. 그리고 그날 밤, 그 말을 취소하려고 했을 때도 다시 믿었던 것 같다. 하지만 이제 나는 무엇을 믿을지 알 수 없게 됐다. 더 이상 그의 말을 믿지 않는다는 것만 알았다.

나는 화제를 바꿔 불쑥 이렇게 물었다. "졸업한 뒤에도 계속 캘리포니아에서 지낼 거야?"

"어느 의대에 가느냐에 따라서 다르지." 콘래드가 말했다.

"그럼…… 여자 친구 있어?"

콘래드가 흠칫 놀랐다. 그리고 머뭇거렸다.

"아니." 그의 대답이었다.

콘래드

　그녀의 이름은 애그니스였다. 줄여서 애기라고 부르는 사람도 많았지만, 나는 애그니스라고 불렀다. 우리는 화학 수업을 함께 들었다. 다른 여자였다면, 애그니스 같은 이름은 호감을 얻지 못했을 것이다. 할머니 이름이었으니까. 애그니스는 짧고 구불거리는 금발을 턱 길이로 자르고 다녔다. 가끔은 안경을 썼고, 피부는 우윳빛이었다. 어느 날 실험실 문이 열리기를 기다리고 있는데, 애그니스가 나한테 데이트 신청을 했다. 너무 놀라서 그러자고 했다.
　우리는 자주 어울리기 시작했다. 애그니스 곁에 있으면 좋았다. 똑똑했고, 머리카락에서는 샤워 직후만이 아니라 온종일 샴푸 향이 났다. 우리는 함께 보내는 시간에 거의 공부를 했다. 가끔은 공부가 끝나면 팬케이크나 햄버거를 사 먹었고, 룸메이트가 없을 때면 쉬는 시간에 애그니스네 방에 가서 놀기도 했다. 하지만 가장 중요한 것은 우리 둘 다 의대 준비생이라는 점이었다. 그녀 방에서 밤을 보내거나, 그녀를 내 방에 불러 자는 일은 없었다. 나는 애그니스의 친구들과 어울리지도, 가까이 사는 그녀의 부모님을 만나지도 않았다.

어느 날 우리는 도서관에서 공부하고 있었다. 학기가 끝나 가던 무렵이었다. 두 달, 거의 석 달째 만나던 시점이었다.

애그니스가 불쑥 물었다. "사랑해 본 적 있어?"

애그니스는 화학도 잘했지만, 남의 허를 찌르는 걸 정말 잘했다. 나는 듣는 사람이 있는지 주위를 둘러봤다. "너는?"

"내가 먼저 물었잖아." 애그니스가 말했다.

"응."

"몇 번?"

"한 번."

애그니스는 연필을 잘근거리며 내 대답을 곰곰 생각했다. "얼마나 깊이 사랑했는지 1에서 10까지 숫자로 표현하면 몇이야?"

"사랑을 수치로 따질 수는 없어." 내가 말했다. "사랑하느냐, 안 하느냐지."

"하지만 꼭 재야 한다면."

나는 노트를 뒤지기 시작했다. 애그니스를 보지 않고 대답했다. "10."

"와! 이름이 뭐였어?"

"애그니스, 그만해. 금요일에 시험 있잖아."

애그니스는 입을 비죽 내밀면서 탁자 밑에서 내 다리를 찼다. "안 알려 주면 난 집중이 안 돼. 응? 나 좀 봐줘라."

나는 짧게 한숨을 쉬었다. "벨리. 아니, 이사벨. 됐어?"

애그니스는 고개를 저으며 말했다. "이제 어떻게 만났는지 이야기해 줘야지."

"애그니스……."

"대답만 해 주면 그만할게. 약속해." 애그니스는 머릿속으로 세고 있었다. "질문 세 개만 더. 세 개면 끝이야."

나는 이렇다 저렇다 대답 없이 그녀를 보면서 기다렸다.

"그러니까, 어떻게 만났어?"

"사실 만나지 않았어. 원래부터 알았지."

"사랑하는 걸 언제 알았어?"

그 질문에 대한 대답은 존재하지 않았다. 어느 한 순간이 아니었으니까. 차츰 깨어나는 과정과 비슷했다. 자고 있다가 꿈결과 각성 사이를 지나 의식을 찾는다. 느린 과정이지만, 잠에서 깨고 나면 그 사실을 착각할 수 없다. 사랑임을 착각할 수도 없었다.

하지만 애그니스에게 그런 말을 할 생각은 없었다. "몰라. 그냥 그렇게 됐어."

애그니스는 내가 더 말하기를 기다리며 나를 쳐다보았다.

"질문 하나 남았어." 내가 말했다.

"나를 사랑해?"

앞에서 말했듯이, 애그니스는 내 허를 찌르는 능력이 뛰어났다. 뭐라고 답해야 할지 알 수 없었다. 대답은 '아니.'였으니까. "음……."

애그니스는 실망한 얼굴이었지만 곧 활기차게 말하려고 애썼다. "아니구나?"

"음, 넌 나를 사랑해?"

"사랑할 수도 있지. 마음먹으면 할 수 있어."

"아." 나쁜 남자가 된 느낌이었다. "널 정말 좋아해, 애그니스."

"알아. 정말이라는 걸 느낄 수 있어. 넌 정직한 사람이야, 콘래드. 하지만 사람들에게 마음을 열지 않지. 너와 가까워지는 건 불가능해." 애그니스가 머리를 하나로 묶으려고 했지만, 앞쪽 머리가 너무 짧아서 자꾸 삐져나왔다. 애그니스는 머리를 풀더니 말했다. "아직도 그 애를 사랑하는 것 같은데. 조금이라도 말이야. 그렇지?"

"아니." 나는 벨리에게 말했다.

"안 믿어." 벨리는 고개를 갸웃거리며 말했다. 그리고 놀리듯이 말했다. "여자 친구도 없는데 왜 그렇게 오랫동안 거기서 지내는 거야? 여자가 있을 거야."

있었다.

나는 2년간 떨어져 지냈다. 그래야 했다. 여름 별장에는 올 수도 없었다. 그곳에 가서, 벨리 근처에 있으면, 가질 수 없는 것을 원하게 되니까. 위험했다. 벨리 옆에서는 나 자신을 믿을 수 없었다. 벨리가 제러마이아와 함께 찾아온 날, 나는 친구 대니에게 전화해서 한동안 소파에서 신세를 져도 되는지 물었고 좋다는 대답을 들었다. 하지만 그럴 수 없었다. 떠날 수가 없었다.

조심해야 했다. 거리를 유지해야 했다. 내가 아직 얼마나 좋아하는지 벨리가 안다면, 모두 끝장이었다. 나는 다시 떠날 수 없을 것 같았다. 처음에도 충분히 힘들었다.

어머니가 돌아가실 때 한 약속은 절대적이다. 그것은 티타늄과 다름없다. 부술 수 없는 것이다. 나는 어머니에게 동생을 돌보기로 약속했다. 동생을 지켜 주기로 약속했다. 나는 약속을 지켰다. 내가 할 수 있는 최선을 다해 약속을 지켰다. 내가 떠나는 것으로.

나는 개자식, 실패자, 실망스러운 놈일 수는 있지만, 거짓말은 하지 않았다.

하지만 벨리에게는 거짓말을 했다. 그 싸구려 모텔에서 단 한 번. 벨리를 지키기 위해 한 거짓말이었다. 그렇게 생각하고 있었다. 그래도 내 평생 돌이킬 수 있는 한 순간이 있다면, 온갖 허접한 순간 중 하나를 꼽는다면 그때를 꼽을 것이다. 벨리의 얼굴을 떠올리면, 입술을 깨물고 콧등을 찡그리며 상처를 감추려던 그녀의 일그러진 얼굴을 떠올리면 죽을 것 같다. 아, 할 수만 있다면 그 순간으로 돌아가 바른말을 할 것이다. 너를 사랑한다고. 다시는 그런 표정을 짓지 않도록 만들 것이다.

콘래드

그날 밤, 모텔에서 나는 자지 않았다. 우리 사이에 있었던 일을 계속해서 복기했다. 그런 식으로 벨리를 끌어당겼다 밀어 내기를 반복할 수는 없었다. 옳지 않았다.

새벽에 벨리가 샤워하려고 일어났을 때, 제러마이아와 나도 일어났다. 나는 담요를 개며 말했다. "쟤를 좋아해도 괜찮아."

제러마이아가 입을 벌리고 나를 봤다. "무슨 소리야?"

이렇게 말하는데 목이 메었다. "난 괜찮아……. 네가 쟤랑 사귀고 싶어 해도."

제러마이아는 미친 사람 보듯이 나를 봤다. 나도 내가 미친 것 같았다. 샤워 물소리가 멎었고 나는 제러마이아에게서 등을 돌리고 말했다. "잘해 줘."

옷을 입고 머리카락이 젖은 채 나온 벨리는 기대하는 눈빛으로 나를 봤고, 나는 모르는 사람을 보듯이 마주 봤다. 완전히 멍한 표정으로. 벨리의 눈이 흐려졌다. 나에 대한 사랑이 죽어 가는 것을 봤다. 내가 죽인 것이다.

그때, 그 모텔에서 그 순간을 돌이켜 생각하면, 모든 것을 시작한 것은 나라는 생각이 들었다. 그 두 사람을 떠민 것은 나였다. 내가 저지른 짓이었다. 그러니 나는 견디며 살아야 했다. 그들은 행복했으니까.

나는 그들 앞에 나타나지 않기로 한 나와의 약속을 잘 지켜 내고 있었지만, 그 금요일 오후, 갑자기 벨리에게 내가 필요할 때 우연히 집에 있었다. 벨리는 바보 같은 파일과 서류를 주위에 너저분하게 늘어놓은 채 거실에 앉아 있었다. 벨리는 스트레스를 받아 어쩔 줄 몰라 하는 것처럼 보였다. 걱정으로 찡그린 얼굴이었다. 수학 문제를 푸는데 답을 알 수 없을 때 짓는 표정이었다.

"제러가 차가 밀려서 꼼짝 못 한대." 벨리가 머리카락을 불어 날리며 말했다. "일찍 출발하라고 말했었는데. 오늘 걔 도움이 꼭 필요한데."

"무슨 일에 필요해?"

"마이클스에 가기로 했거든. 알지, 공예품 가게?"

나는 건조하게 말했다. "마이클스라는 곳에 가 본 적이 없어." 나는 망설이다가 덧붙였다. "하지만 네가 원하면 같이 갈게."

"정말? 오늘 무거운 물건을 받아 와야 하거든. 그런데 플리머스까지 가야 해."

"그래, 괜찮아." 나는 무거운 물건 들기가 이상하게 반가웠다.

벨리의 차가 더 커서 그 차로 갔다. 벨리가 운전했다. 나는 벨리의 차를 서너 번밖에 타 보지 못했다. 조수석 쪽에서 바라보는 벨리의 모습은 새로웠다. 확고하고 자신만만했다. 빠르게 운전했지만, 안정적이었다. 마음에 들었다. 나는 벨리를 자꾸 훔쳐봤고, 억지로 그만둬야 했다.

"운전 못하지 않네." 내가 말했다.

벨리가 씩 웃었다. "제러마이아가 잘 가르쳐 줬어."

그렇다. 제러마이아가 벨리에게 운전을 가르쳤다. "음, 또 뭐가 바뀌었지?"

"오빠, 난 운전 못한 적 없었어."

나는 콧방귀를 뀌고 창밖을 내다봤다. "스티븐은 아니라고 할걸."

"스티븐 오빠는 내가 자기 보물한테 한 짓을 절대 잊지 않을 거야." 신호등 앞에서 벨리는 기어를 바꿨다. "또?"

"이제 하이힐을 신네. 정원 행사 때 하이힐을 신었었잖아."

벨리는 잠시 망설이더니 말했다. "응, 가끔 신어. 요즘도 넘어지긴 해." 벨리는 아쉬운 표정으로 덧붙였다. "이제 진짜 숙녀가 된 것 같네."

나는 벨리의 손을 잡으려고 손을 뻗다가 마지막 순간 손가락으로 가리켰다. "여전히 손톱을 물어뜯고."

벨리는 운전대에 손가락을 감았다. 살짝 웃으면서 말했다. "놓치는 게 없구나."

"좋아, 그럼 여기서 뭘 가져가는 거야? 꽃 지지대?"

벨리가 웃었다. "응. 꽃 지지대. 다시 말해, 화병." 벨리는 카트를 잡았고 내가 받아서 밀었다. "우린 허리케인 화병으로 정한 것 같아."

"허리케인 화병이 뭐야? 게다가 제러마이아가 그걸 어떻게 알아?"

"제러마이아와 내가 아니라, 테일러랑 내가 정했다고." 벨리는 카트를 잡더니 나보다 앞서 걸었다. 나는 그 뒤를 따라서 12번 진열대로 갔다.

"봤어?" 벨리가 납작한 유리 화병을 집어 들었다.

나는 팔짱을 끼고서 "아주 좋네."라고 지루한 목소리로 말했다.

벨리는 그 화병을 내려놓고 더 가는 것을 들더니 나를 보지 않고 말했다. "나랑 이런 걸 하러 오게 해서 미안해. 구린 거 알아."

"그렇게…… 구리진 않아." 내가 말했다. 나도 선반에서 화병을 집어 들기 시작했다. "몇 개나 필요하지?"

"잠깐만! 큰 걸로 사야 할까, 중간 것으로 사야 할까? 난 중간 것이라고 생각하는데." 벨리는 화병을 들어 가격표를 확인하며 말했다. "응, 중간으로 하자. 몇 개밖에 안 보이네. 여기 직원에게 물어봐 줄래?"

"큰 거." 내가 말했다. 카트에 이미 큰 것을 네 개나 담았기 때문에 그렇게 말했다. "큰 것이 훨씬 좋아. 꽃이나 모래를 더 넣을 수 있잖아."

벨리가 노려봤다. "직원 찾기 싫어서 그러는 거 다 알아."

"응, 맞아. 하지만 솔직히, 큰 것이 더 좋아."

벨리는 어깨를 으쓱이고는 큰 화병을 하나 더 카트에 담았다. "탁자당 중간 것 두 개 말고 큰 것 한 개씩만 놓으면 되겠네."

"이제 뭘 볼까?" 나는 다시 카트를 밀기 시작했고 벨리는 내게서 카트를 가로채 갔다.

"양초."

나는 벨리를 따라 다른 통로, 또 다른 통로로 갔다. "길을 잘 모르는 모양이군." 내가 말했다.

"경치 좋은 길로 가느라 그래." 벨리가 카트를 밀며 말했다. "이 조화랑 화환 좀 봐. 예쁘다."

나는 걸음을 멈췄다. "우리도 좀 살까? 현관에 두면 보기 좋겠어." 나는 해바라기 한 묶음을 들고 흰 장미 몇 송이를 더했다. "멋지지 않아?"

"농담이었어." 벨리가 뺨을 홀쭉하게 빨아들이며 말했다. 웃지 않으려고 애쓰는 것이 분명했다. "하지만 맞아. 보기 좋아. 대단한 건 아니지만 괜찮네."

나는 꽃을 도로 내려놓았다. "좋아, 나는 포기. 지금부터는 무거운 짐만 들도록 할게."

"하지만 시도는 좋았어."

집에 도착하자 제러마이아의 차가 집 앞에 서 있었다. "짐은 나중에 제러마이아랑 옮길게." 내가 시동을 끄며 말했다.

"나도 도울래." 벨리가 차에서 내리며 말했다. "먼저 인사부터 하고."

나는 묵직한 쇼핑백 두 개를 들고 벨리를 뒤따라 계단을 올라 집으로 들어갔다. 제러마이아는 소파에 누워 티브이를 보고 있었다. 그가 우리를 보더니 일어나 앉았다. "어디 갔었어?" 제러마이아가 물었다. 가벼운 말투였지만, 말하는 그의 눈이 나를 향해 씰룩였다.

"마이클스에 갔다 왔어." 벨리가 말했다. "몇 시에 도착했어?"

"조금 전에. 왜 날 안 기다렸어? 시간 맞춰 올 거라고 했잖아." 제러마이아가 일어나서 걸어오더니 벨리를 끌어당겨 안았다.

"말했잖아. 마이클스는 9시에 닫는다고. 제때 못 왔을 거 같은데." 짜증 난 말투였지만, 벨리는 제러마이아의 키스를 받아 주었다.

나는 돌아섰다. "차에서 짐 가져올게."

"잠깐만, 나도 같이 해." 제러마이아가 벨리를 두고 다가와 내 등을 두드렸다. "형, 오늘 대타 뛰어 줘서 고마워."

"뭘."

"8시가 넘었어." 벨리가 말했다. "배고파. 다 같이 지미의 게 요리 식당에 가서 저녁 먹자."

나는 고개를 저었다. "아냐, 난 배 안 고파. 너희끼리 가."

"하지만 아무것도 안 먹었잖아." 벨리가 눈살을 찡그리며 말했다. "그냥 같이 가자."

"괜찮아." 내가 말했다.

벨리가 다시 설득하려 했지만 제러가 말했다. "벨리, 형이 싫다잖아. 우리끼리 가자."

"정말 괜찮아?" 벨리가 물었다.

"난 됐어." 생각보다 날카롭게 말해 버렸다.

하지만 효과가 있었던 모양이다. 그 둘이 저녁을 먹으러 갔으니까.

 지미의 게 요리 식당에서 우리는 게 요리를 주문하지 않았다. 나는 가리비관자튀김과 아이스티를, 제러마이아는 바닷가재 샌드위치와 맥주를 시켰다. 종업원이 제러마이아에게 신분증을 보여 달라고 했다. 그는 신분증을 확인하고는 씩 웃었지만 그래도 맥주를 가져다줬다.
 나는 아이스티에 스틱 설탕을 몇 봉지 털어 넣고 맛을 본 뒤 두 개 더 넣었다.
 "너무 피곤해." 제러마이아가 의자에 기댄 채 눈을 감았다.
 "음, 일어나. 할 일이 있어."
 제러마이아가 눈을 떴다. "무슨 일?"
 "무슨 일이라니, 무슨 소리야? 일이 산더미야. 데이비스 브라이덜에서 질문을 여러 개 보냈어. 우리 색조는 어떻게 할지? 네가 정장을 입을지, 턱시도를 입을지?"
 제러마이아가 콧방귀를 뀌었다. "턱시도? 해변에서? 구두도 안 신을 것 같은데."

"음, 그래, 알아. 하지만 뭘 입을지는 정해야지."

"모르겠어. 네가 알려 줘. 너랑 테일러가 정해 주는 대로 입을게. 너희의 날이잖아, 응?"

"하하." 내가 말했다. "그것참, 재미있다." 솔직히 나는 제러마이아가 입을 옷에 관심이 없었다. 그가 결정해서 알려 주면 할 일 목록에서 지우고 싶을 뿐이었다.

제러마이아가 탁자를 손가락으로 두드리며 말했다. "흰색 셔츠와 카키색 반바지를 생각하고 있었는데. 우리 계획대로 근사하면서도 소박하잖아."

"알았어."

제러마이아가 맥주를 들이켰다. "참, 피로연 때 우리 〈유 네버 캔 텔(You Never Can Tell)〉에 맞춰 춤출까?"

"난 모르는 노래인데." 내가 말했다.

"너도 알아. 내가 가장 좋아하는 영화에 나오는 곡인걸. 힌트를 줄게. 학기 내내 우리 기숙사 미디어실에서 사운드트랙을 반복해서 들려줬어." 내가 여전히 멍하니 쳐다보자, 제러마이아가 노래했다. "10대의 결혼식에 노인들이 축복했지~."

"아, 그거. 〈펄프 픽션(Pulp Fiction)〉."

"알지? 그럼, 우리 그 곡에 맞춰 춤추자."

"진심이야?"

"그러지 말고, 벨리. 좀 들어줘라. 유튜브에 올릴 수도 있어. 조회 수가 엄청날걸? 웃길 거야!"

나는 그를 노려봤다. "웃겨? 우리 결혼식이 웃기면 좋겠어?"

"그러지 말고, 응? 다른 건 네가 다 정하고 내가 원하는 건 이거 딱 하나야." 제러마이아가 입을 비죽이며 말했다. 나는 그가 진심인지 알 수 없었다. 어쨌든 짜증이 났다. 게다가 그가 늦어서 마이클스에 함께 가지 못한 것도 여전히 짜증스러웠다.

종업원이 우리 음식을 가지고 왔고, 제러마이아는 곧바로 바닷가재 샌드위치를 먹기 시작했다.

"내가 무슨 결정을 했는데?" 제러마이아에게 물었다.

"당근케이크로 한다면서?" 그가 턱에 마요네즈를 줄줄 흘리며 말했다. "나는 초콜릿케이크가 좋아."

"난 모든 걸 결정하고 싶지 않아! 내가 뭘 하는지도 모르겠다고."

"그럼 내가 더 도와줄게. 할 일만 알려 줘. 참, 한 가지 아이디어가 떠올랐다. 결혼식 테마를 타란티노 감독 영화로 할까?" 제러마이아가 말했다.

"글쎄." 나는 부루퉁하게 대꾸했다. 그러고는 포크로 관자튀김을 찔렀다.

"너 〈킬 빌(Kill Bill)〉에 나오는 신부를 해라." 제러마이아는 접시에서 고개를 들었다. "농담이야, 농담. 하지만 그래도 결혼식이란 게 꽤 딱딱하겠지? 우리는 격식 차리지 않고 하고 싶다고 했잖아."

"응, 그래도 사람들이 먹기는 해야지."

"음식 같은 건 걱정 안 해도 돼. 아빠가 사람 시켜서 해결할 테니까."

마치 두드러기가 돋을 때처럼 짜증이 살갗 아래를 찌르는 느낌이었다. 나는 짧게 한숨을 내쉬었다. "걱정 말라고 말하기는 쉽지. 우리 결혼식을 계획하는 사람은 네가 아니니까."

제러마이아는 샌드위치를 내려놓고 허리를 세웠다. "돕겠다고 했잖아. 그리고 아빠가 많이 알아서 할 거라니까."

"나는 그러고 싶지 않아." 내가 말했다. "우리 둘이 함께 해 나가고 싶어. 그리고 쿠엔트 타란티노 영화 가지고 농담이나 하는 건 돕는 게 아니야."

"쿠엔'틴'이야." 제러마이아가 정정했다.

나는 그를 노려봤다.

"첫 댄스곡 이야기는 농담 아니었어." 제러마이아가 말했다. "그러면 멋질 것 같다고 생각해. 그리고 벨리, 나도 한 게 있다고. 음악을 어떻게 할지 생각했어. 내 친구 피트가 주말에 디제잉을 해. 스피커를 가져와서 디제잉을 해 준대. 참, 〈펄프 픽션〉 사운드트랙은 이미 갖고 있대."

제러마이아는 우스꽝스럽게 눈썹을 치켜올렸다. 내가 웃거나 적어도 미소 짓기를 기다리는 행동이 틀림없었다. 나는 그저 이 다툼을 끝내고 관자튀김을 먹고 싶어서 져 주려는데, 그가 아무것도 모른다는 듯 이렇게 말했다. "아, 참. 테일러에게 먼저 물어봐야 해? 테일러가 허락할지?"

나는 제러마이아를 노려봤다. 그는 농담을 관두고 고마움을 좀 더 표시해야 했다. 자기와 달리 테일러는 정말 도움을 주고 있었으니까. "이건 테일러에게 물어보지 않아도 돼. 어차피 멍청한 아이디어라서 안 할 테니까."

제러마이아는 휘파람 소리를 냈다. "알겠어, 브라이질라(Bridezilla: 결혼 준비 과정에서 점점 이기적이고 욕심 많고 추한 모습을 보이는 예비 신부를 일컫는 신조어-옮긴이)."

"난 브라이질라가 아냐! 이런 거 하고 싶지도 않아. 네가 해."

제러마이아가 나를 빤히 봤다. "이런 거 하고 싶지도 않다니, 무슨 뜻이야?"

갑자기 심장이 마구 뛰었다. "계획 말이야. 바보 같은 계획 하고 싶지 않아. 결혼 부분 말고. 그건 하고 싶어."

"좋아. 나도." 제러마이아가 손을 뻗어 내 접시에서 관자튀김을 찍더니 자기 입에 넣었다.

나는 그가 마지막 관자를 가져가기 전에 서둘러 입에 넣었다. 그리고 그의 접시에서 감자튀김을 한 움큼 쥐었다. 내게도 감자튀김이 있었지만.

"어?" 제러마이아가 눈살을 찡그리며 말했다. "네 접시에도 감자튀김 있잖아."

"그게 더 바삭해."라고 말했지만, 사실은 기분 나쁘게 하려고 한 짓이었다. 나는 궁금해졌다. 남은 평생 제러마이아는 내 마지막 관자나 마지막 스테이크를 먹으려고 할까? 나는 내 접시의 음식을 다 먹고 싶었다. 나는 체면을 차리느라 음식을 남기는 그런 여자가 아니었다.

감자튀김을 먹는데, 제러마이아가 물었다. "로럴 아줌마한테 전화 안 왔어?"

나는 감자튀김을 삼켰다. 갑자기 더 이상 배가 고프지 않았다. "아니."

"지금쯤이면 청첩장을 받으셨을 텐데."

"응."

"흠, 이번 주에 전화하시기를 기대해 보자." 제러마이아가 남은 바닷가재 샌드위치를 입에 쑤셔 넣으며 말했다. "아니, 꼭 하실 거야."

"그러기를 바라야지." 나는 아이스티를 마시며 덧붙였다. "네가 정말로 원한다면 첫 댄스곡은 〈유 네버 캔 텔〉로 해도 돼."

제러마이아가 팔을 번쩍 들어 올리며 말했다. "봐, 이래서 너랑 결혼하는 거야!"

내 얼굴에 미소가 번졌다. "내가 너그러워서?"

"아주 너그러운 데다 날 이해하니까." 제러마이아가 자기 감자튀김 몇 조각을 도로 가져가면서 말했다.

우리가 집에 돌아왔을 때 콘래드의 차는 보이지 않았다.

콘래드

그 둘이 밤새 소파에서 끌어안고 있는 것을 보느니 누군가 내 머리에 네일 건을 계속 쏴 주면 좋을 것 같았다. 그들이 저녁 먹으러 나간 뒤 나는 차를 몰고 보스턴으로 갔다. 운전을 하며 커즌스에 돌아가지 말까도 생각했다. 젠장. 그게 더 쉬울 것 같았다. 집으로 절반쯤 가다가 그래, 그것이 최선이라고 마음먹었다. 집까지 한 시간쯤 남았을 때, 결정했다. 젠장, 나도 그들처럼 별장에서 지낼 권리가 있다고. 배수로 청소도 해야 했고, 배수 파이프에서 벌집도 봤다. 그곳엔 내가 처리해야 하는 온갖 일이 기다리고 있었다. 그냥 돌아갈 수 없었다.

자정 무렵, 속옷 차림으로 주방 식탁에서 시리얼을 먹고 있는데, 아빠가 주방에 들어왔다. 난 아빠가 집에 있는지도 몰랐다.

아빠는 나를 보고 놀라지도 않았다. "콘래드, 잠시 이야기 좀 할 수 있겠니?" 아빠가 물었다.

"네."

아빠는 버번 잔을 들고 내 맞은편에 앉았다. 주방의 침침한 불빛 아래에서 아빠는 노인처럼 보였다. 정수리 머리숱이 줄었고, 체중도 너무 많이 빠졌다. 아빠가 언제 저렇게 늙었을까? 내 마음속 아버지는 늘 서른일곱 살이었다. 아빠가 목청을 가다듬고 말했다. "제러마이아를 어떻게 해야 할 것 같으냐? 내 말은, 걔가 정말로 결심이 선 거냐?"

"네, 그런 것 같아요."

"로럴은 정말 상심했던데. 온갖 수를 써도 애들이 말을 안 듣는다고. 벨리는 달아나서 둘이 말도 안 한단다. 로럴이 어떤 사람인지 알잖니."

처음 듣는 이야기였다. 벨리와 로럴 아줌마가 말을 안 하는지 몰랐다.

아빠는 잔을 들어 술을 한 모금 마셨다. "내가 할 수 있는 일이 있을까? 그만두게 하려면?"

그때만큼은 나도 아빠와 같은 마음이었다. 벨리에 대한 내 감정은 차치하더라도, 열아홉 살에 결혼이라니 멍청한 짓이라고 생각했다. 대체 왜? 뭘 증명하려고?

"제러에게 주는 용돈을 끊을 수 있죠." 그렇게 말하고서 나는 나쁜 놈이 된 기분이었다. 그래서 덧붙였다. "하지만 아빠가 용돈을 끊어도 제러에겐 엄마가 남긴 돈이 있어요."

"대부분은 신탁에 들어 있지."

"제러는 확고해요. 어쨌든 할 거예요." 나는 망설이다 덧붙였다. "게다가 아빠가 그런 방법을 쓰면, 제러는 아빠를 용서하지 않을 거예요."

아빠는 일어나서 버번을 더 따랐다. 그리고 한 모금 마시더니 말했다.

"널 잃은 것처럼 개도 잃고 싶진 않다."

뭐라고 해야 할지 알 수 없었다. 그래서 우리는 말없이 앉아 있었고, 내가 마침내 "날 잃은 건 아니에요."라고 말하려는데 아빠가 일어섰다.

아빠는 한숨을 푹 쉬면서 잔을 비웠다. "잘 자라, 아들."

"안녕히 주무세요, 아빠."

나는 아빠가 어깨에 세상을 짊어진 아틀라스처럼 점점 더 무거운 발걸음으로 계단을 오르는 모습을 지켜봤다. 예전에 아빠는 이런 일에 신경 쓸 필요가 없었다. 세심한 아빠가 될 필요가 없었다. 늘 어려운 문제는 엄마가 도맡아 줬으니까. 엄마가 돌아가셨으니 우리에겐 아빠뿐이었고, 아빠만으로는 부족했다.

나는 늘 아빠가 가장 아끼는 아들이었다. 나는 아빠의 야곱이고, 제러마이아는 에서였다. 한 번도 질문한 적 없는 일이었다. 늘 내가 첫째이고 아빠의 첫아들이기 때문이라고 여겼다. 그저 그 사실을 받아들였고, 제러마이아도 그랬다. 하지만 나이가 들면서 그런 것이 아님을 알게 됐다. 아빠가 내게서 자신의 모습을 본다는 것을 알게 됐다. 아빠에게 나는 거울에 비친 자신일 뿐이었다. 아빠는 우리가 너무나 닮았다고 생각했다. 제러마이아는 엄마를 닮고, 나는 아빠를 닮았다. 그래서 나는 아빠가 모든 압박을 가하는 대상이었다. 나는 아빠가 모든 에너지와 기대를 거는 아들이었다. 풋볼, 학교, 그리고 전부. 나는 기대에 부응하기 위해, 아빠처럼 되려고 열심히 노력했다.

아빠가 완벽하지 않다는 사실을 처음 깨달은 것은 아빠가 엄마의 생일을 잊었을 때였다. 아빠는 친구들과 온종일 골프를 쳤고 늦게 귀가했다. 제러마이아와 나는 케이크를 만들고 꽃과 카드를 샀다. 우리는 식탁에 모든 것을 차려 놓았다. 아빠는 맥주를 좀 마시고 왔다. 아빠가 포옹할 때 술 냄새가 났다. 아빠가 말했다. "어이쿠, 잊었네. 얘들아, 카드에 내 이름을 써넣어도 되겠니?" 그때 나는 고등학교 1학년이었다. 아빠가 영웅이 아님을 깨닫기에는 늦은 나이임을 나도 안다. 아빠가 한 일에 실망한 것은 그때가 처음이었다. 그 후로 실망할 일이 점점 더 늘어났다.

아빠에게 느꼈던 애정과 자부심이 전부 증오로 바뀌었다. 그리고 아빠가 만든 나 자신도 미워하기 시작했다. 나도 우리가 얼마나 닮았는지 알았으니까. 그래서 두려웠다. 나는 외도하는 남편이 되고 싶지 않았다. 가족보다 일을 우선하는 남자, 식당에서 팁을 아끼는 남자, 가정부의 이름을 기억 못 하는 남자가 되고 싶지 않았다.

거기서부터 나는 아빠가 머릿속에 그리는 내 모습을 부수기 시작했다. 아빠 출근 전 함께 하던 조깅과 낚시 여행, 어쨌든 좋아하지 않던 골프도 그만뒀다. 그리고 좋아하는 축구도 그만뒀다. 아빠는 내 경기마다 와서 녹화한 뒤 나중에 함께 보면서 실수한 곳을 짚어 주곤 했다. 신문에 내 기사가 날 때마다 아빠는 그것을 액자에 넣어 서재에 걸어 두었다. 아빠에 대한 앙심으로 전부 그만뒀다. 아빠가 나를 자랑스러워하던 일은 무엇이든지 빼앗아 버렸다.

깨닫는 데 오래 걸렸다. 아빠를 그 무대에 올린 것은 나였음을. 아빠가 아니라, 내가 한 일이었다. 그리고 나는 아빠가 완벽하지 않다는 이유로 경멸했다. 인간이라는 이유로.

나는 월요일 아침에 커즌스로 돌아갔다.

월요일 오후 콘래드와 나는 바깥 테라스에서 식사했다. 콘래드는 점심으로 닭고기와 옥수수를 구웠다. 먹는 것이 구운 닭고기뿐이라는 말은 농담이 아니었다.

"제러가 결혼식에 입을 옷 알려 줬어?" 내가 물었다.

콘래드는 무슨 말이냐는 표정으로 고개를 저었다. "남자들은 결혼식에 정장 입는 줄 알았는데."

"음, 하지만 신랑 들러리잖아. 그러니까 비슷하게 입어야지. 카키색 반바지에 흰색 리넨 셔츠. 그런 말 못 들었어?"

"리넨 셔츠 이야기는 처음 듣는데. 들러리도."

나는 어이없다는 표정을 지었다. "제러마이아는 정신 좀 차려야 해. 당연히 오빠가 들러리지. 스티븐 오빠랑 둘 다."

"들러리가 어떻게 둘이지?" 콘래드가 옥수수를 한 입 뜯어 먹으며 말했다. "스티븐더러 하라고 해. 난 괜찮아."

"안 돼! 오빠는 제러마이아의 형이잖아. 들러리가 돼 줘야지."

들러리가 해야 하는 일을 설명하는데 휴대전화가 울렸다. 모르는 번호였지만 결혼식 계획을 시작한 후로 그런 전화를 많이 받았다.

"이사벨인가요?" 모르는 목소리였다. 나이가 든, 엄마 또래의 목소리였다. 누구인지 몰라도 보스턴 억양이 강했다.

내가 말했다. "네, 그런데요. 이사벨입니다."

"저는 데니즈 콜레티입니다. 애덤 피셔 사무실입니다."

"아……. 안녕하세요. 반가워요."

"네, 안녕하세요. 결혼식에 대해 몇 가지 확인해 주실 사항이 있어요. 엘리건틀리 유어스라는 케이터링 서비스를 선정했어요. 그곳에서 행사를 하는 업체예요. 예약이 찼지만, 우리를 위해 특별히 맡아 줬어요. 대기 명단이 아주 긴 업체랍니다. 이곳으로 진행해도 될까요?"

내가 힘없이 말했다. "네."

콘래드가 궁금한 표정으로 쳐다봐서 내가 "데니즈 콜레티."라고 입 모양으로 말해 주었다. 콘래드의 눈이 커지더니 전화기를 달라고 손짓했다. 나는 그의 손을 쳐 냈다.

그때 데니즈가 말했다. "그럼, 하객은 몇 명으로 예상하시나요?"

"전부 오면 스무 명이에요."

"애덤은 마흔 명쯤 될 거라고 하던데. 애덤에게 확인할게요." 키보드 두드리는 소리가 들렸다. "그러면 한 명당 애피타이저는 네다섯 가지 정도로 준비하면 되겠죠. 채식주의자용 식사를 원하나요?"

"제러마이아와 저한테 채식주의자 친구는 없는 것 같아요."

"좋아요. 요리 시식하러 갈 건가요? 그래야 할 것 같은데."

"아, 네."

"좋아요. 그럼 다음 주로 예약할게요. 이제 좌석 배치예요. 긴 탁자를 두세 개 놓을까요, 원형 탁자를 다섯 개 놓을까요?"

"음……." 나는 탁자는 생각도 못 했다. 게다가 하객이 마흔 명이라니? 테일러가 옆에서 어떻게 할지 알려 주면 좋겠다는 생각이 들었다. "그건 나중에 알려 드려도 될까요?"

데니즈는 작게 한숨을 쉬었고 나는 잘못된 답을 했음을 깨달았다. "좋아요. 가능하면 빨리 알려 줘야 진행할 수 있어요. 일단은 다 됐네요. 이번 주에 다시 연락할게요. 참, 그리고 축하해요."

"정말 고맙습니다, 데니즈."

옆에서 콘래드가 외쳤다. "안녕하세요, 데니즈!"

데니즈가 말했다. "콘래드인가요? 인사 전해 주세요."

"데니즈가 인사했어." 내가 말했다.

이어서 데니즈가 유대인식 축하 인사를 건네고 우리는 전화를 끊었다.

"무슨 일이야?" 콘래드가 물었다. 턱에 옥수수알이 붙어 있었다. "데니즈가 너랑 통화할 일이 뭐지?"

나는 휴대전화를 내려놓고 말했다. "음, 아마 피셔 씨 비서가 우리 웨딩 플래너가 됐나 봐. 그리고 하객은 스무 명이 아니라 마흔 명이래."

콘래드는 무표정하게 말했다. "좋은 소식이군."

"그게 어떻게 좋은 소식이야?"

"아빠가 너희 결혼이 마음에 든다는 뜻이잖아. 그리고 돈도 대신 내주고." 콘래드는 닭고기를 자르기 시작했다.

"아, 그렇구나." 나는 일어섰다. "제러한테 전화해야겠어. 아, 지금 낮이지. 아직 일하겠네."

나는 다시 앉았다.

누군가가 맡아 해 준다니 마음이 놓여야 했지만, 나는 그보다 당혹감을 느꼈다. 결혼식이 생각보다 훨씬 커지고 있었다. 탁자를 빌린다고? 모든 것이 너무 갑작스럽고, 너무 부담스러웠다.

내 앞에서 콘래드가 또 옥수수에 버터를 바르고 있었다. 나는 접시를 내려다봤다. 배가 고프지 않았다. 속이 울렁거렸다.

"먹어." 콘래드가 말했다.

나는 닭고기를 조금 먹었다.

그날 저녁이 되어서야 제러마이아와 통화할 수 있었다. 하지만 정말 이야기하고 싶은 상대는 엄마였다. 엄마라면 좌석 배치와 모든 사람의 자리를 알 것 같았다. 데니즈가 쳐들어와서 이래라저래라 간섭하는 게 싫었다. 피셔 아저씨도, 심지어 수재나 아줌마라고 해도 말이다. 나는 오직 엄마를 원했다.

콘래드

그 후 테일러와 통화하는 소리를 듣기 전까지, 나는 벨리가 얼마나 힘든 시간을 보냈는지 사실 모르고 있었다. 벨리는 방문을 열어 두었고 나는 복도 욕실에서 이를 닦고 있었다.

벨리가 말했다. "테일러, 네 엄마가 하시려는 일은 정말 고맙지만, 정말이지 괜찮아⋯⋯. 알지, 하지만 이웃 어른들이 내 결혼식 축하 파티에 다 오는데 우리 엄마만 없으면 너무 어색할 거야⋯⋯." 벨리는 한숨을 쉬고 이어서 말했다. "응, 알아. 좋아. 고맙다고 전해 드려."

그리고 벨리가 문을 닫았고 우는 소리가 똑똑히 들렸다.

나는 내 방으로 와서 침대에 누워 천장을 멍하니 보고 있었다.

벨리는 자기 엄마 일로 얼마나 슬픈지 드러내지 않았다. 벨리는 천성적으로 명랑하고 쾌활한 점이 제러와 닮았다. 긍정적인 면이 있다면, 벨리는 반드시 찾아냈다. 그녀의 울음소리에 마음이 심란했다. 거기서 벗어나야 했다. 그것이 현명한 일이었다. 벨리를 내가 돌볼 필요는 없었다. 다 컸으니까. 게다가 내가 그녀에게 무엇을 해 줄 수 있단 말인가?

나는 그 자리를 피하기로 단단히 마음먹었다.

이튿날 아침, 로럴 아줌마를 만나러 가려고 일찍 일어났다. 출발할 때까지도 어두웠다. 가는 길에 로럴 아줌마에게 전화를 걸어 만나서 아침 식사를 같이 할 수 있을지 물었다. 아줌마는 놀랐지만, 아무것도 묻지 않았다. 고속 도로 옆 식당에서 만나자고 했다.

로럴 아줌마는 언제나 내게 특별한 존재였던 것 같다. 어릴 적부터 나는 로럴 아줌마 곁이 좋았다. 아줌마 주위에서, 함께 있을 때, 아무 말도 하지 않을 수 있어서 좋았다. 아줌마는 아이들이라고 특별 대우를 해 주지 않았다. 동등한 상대로 대했다. 엄마가 돌아가시고 스탠퍼드로 옮긴 뒤 나는 한 번씩 아줌마에게 전화를 걸기 시작했다. 아줌마와 나누는 대화는 여전히 좋았다. 마음이 많이 아프지 않게 엄마를 떠올릴 수 있어서 좋았다. 그것이 집과의 연결 고리 같았다.

로럴 아줌마가 먼저 식당에 도착해 자리에 앉아 나를 기다리고 있었다. "콘래드." 아줌마가 일어나서 팔을 벌렸다. 살이 빠진 것 같았다.

"안녕하셨어요, 로럴 아줌마." 나는 맞은편에 앉으며 말했다. 품에 안긴 로럴 아줌마는 수척하게 느껴졌지만, 냄새는 똑같았다. 아줌마에게서는 늘 청결한 계피 향이 났다.

나는 아줌마를 마주 보고 앉았다. 둘 다 팬케이크와 베이컨을 시킨 뒤, 아줌마가 말했다. "그래, 어떻게 지냈니?"

"잘 지냈어요." 내가 주스를 마시며 말했다. 이 이야기를 어떻게 꺼내야 할까? 그런 것은 내 스타일이 아니었다. 제러마이아라면 자연스럽게 이야기를 꺼낼 수 있었겠지만, 나는 그렇지 않다. 나는 내 일이 아닌 문제에 참견하고 있었다. 하지만 해야 했다. 그녀를 위해서.

나는 목청을 가다듬었다. "결혼식 이야기를 하려고 전화드렸어요."

아줌마의 표정이 굳었지만, 내 말을 막지는 않았다.

"로럴 아줌마, 참석하셔야 할 것 같아요. 엄마시잖아요."

아줌마는 커피를 젓더니 나를 보고 말했다. "걔들이 결혼해야 할 것 같니?"

"그런 말은 안 했어요."

"그럼 어떻게 생각하니?"

"서로 사랑하고 모두의 의견과는 상관없이 결혼식을 할 거라고 생각해요. 그리고…… 벨리에게 지금 엄마가 꼭 필요한 것 같아요."

로럴 아줌마가 무표정하게 말했다. "이사벨은 나 없이 잘만 지내는 것 같던데. 어디 있는지 전화해서 알리지도 않았어. 그 얘기를 애덤에게 전해 들어야 했다. ……참, 애덤이 이제 결혼식 비용을 내는 모양이더구나. 참 애덤답지. 게다가 스티븐이 들러리를 선다고 하고, 벨리 아빠는 언제나 그랬듯이 항복하겠지. 나만 버티는 것 같아."

"벨리는 잘 못 지내요. 거의 먹지도 않아요. 그리고…… 어젯밤엔 우는 소리를 들었어요. 테일러네 엄마가 결혼 축하 파티를 열어 준다나 봐요. 근데 벨리는 아줌마가 함께하지 않으면 파티는 못 하겠대요."

로럴 아줌마의 표정이 조금 누그러졌다. "루신다가 파티를 연다고?" 그렇게 묻고서 커피를 저으며 말했다. "제러는 결혼이 어떤 건지 충분히 생각하지 않았어. 진지하지 않아."

"맞아요. 제러마이아는 진지한 성격이 아니에요. 하지만 벨리한테는 진지해요." 나는 숨을 크게 들이쉬고 말했다. "아줌마, 안 가시면 후회할 거예요."

아줌마는 나를 똑바로 봤다. "우리 지금 서로 솔직한 거니?"

"항상 그러지 않나요?"

아줌마는 끄덕이더니 커피를 한 모금 마셨다. "그래, 우린 솔직하지. 그러니까 말해 봐. 이 일에 왜 관심을 가지는 거니?"

그럴 줄 알았다. 결국 아줌마는 그런 사람이었다. 마음에 없는 말은 안 하는 사람. "벨리가 행복하길 바라니까요."

"아." 아줌마가 말했다. "걔만?"

"제러마이아도요."

"그게 다야?" 아줌마가 나를 가만히 봤다.

나도 그저 마주 보기만 했다.

불러낸 사람은 나니까 내가 계산하려고 했지만, 로럴 아줌마가 말렸다. "절대 안 돼." 아줌마가 말했다.

돌아오는 길에 나는 우리 대화를 되새겨 보았다. 로럴 아줌마가 왜 관심을 가지는지 물으면서 다 안다는 표정을 짓던 것이 떠올랐다. 내가 무슨 짓을 하는 걸까? 벨리와 결혼식 화병을 고르고, 부모들과 화해를 시키려고 하고. 갑작스레 내가 그 두 사람의 웨딩 플래너가 되었다. 나는 그들의 결혼에 동의하지도 않았는데. 그 상황에서 벗어나야 했다. 나는 그들이 만든 엉망진창에 얽히고 있었다.

"어디 갔었어?" 문을 열고 들어오는 콘래드를 보고 내가 물었다. 그는 오전 내내 집에 없었다.

콘래드는 바로 대답하지 않았다. 실은 나를 제대로 보지도 않았다. 그러더니 짧게 말했다. "볼일이 좀 있어서."

나는 미심쩍은 표정을 지었지만, 콘래드는 더 이상 정보를 주지 않았다. 그래서 이렇게만 물었다. "플로리스트 만나러 다이어스타운에 가는데, 같이 가 줄래? 결혼식 꽃 골라야 해."

"오늘 제러가 오지 않아? 걔랑 가면 안 되나?" 그가 짜증 섞인 목소리로 대꾸했다.

나는 놀라고 조금 상처받았다. 지난 몇 주 동안 우리가 참 잘 지낸다고 생각했다. "오늘 밤에 올 거야." 내가 말했다. 이어서 장난스레 덧붙였다. "어쨌든 꽃꽂이 전문은 제러가 아니라 오빠잖아, 잊었어?"

콘래드는 나를 등진 채 싱크대 앞에 서 있었다. 물을 틀어 잔을 채웠다.

"걔 열받게 하고 싶지 않아."

그의 목소리에서 상처받은 기색이 느껴졌다. 상처, 그리고 두려움.

"왜 그래? 오늘 아침에 무슨 일 있었어?" 순간 나는 걱정이 됐다. 콘래드는 대답하지 않았다. 내가 그 뒤로 가서 어깨에 손을 얹으려는데 그가 돌아서서 얼른 손을 내렸다. "아무 일도 없었어." 콘래드가 말했다. "가자. 내가 운전할게."

꽃집에서 콘래드는 거의 말이 없었다. 테일러와 나는 카라로 정했지만, 꽃꽂이 카탈로그를 보고 작약을 골랐다. 콘래드에게 그것을 보여 주자, 이렇게 말했다. "엄마가 가장 좋아하시던 꽃이네."

"나도 기억해." 내가 말했다. 데니즈가 말한 대로 탁자 다섯 개마다 한 개씩, 다섯 개의 꽃장식을 주문했다.

"부케는요?" 플로리스트가 물었다.

"그것도 작약으로 할 수 있나요?" 내가 물었다.

"네, 할 수 있죠. 예쁘게 만들어 드릴게요." 콘래드에게 플로리스트가 말했다. "신랑님과 들러리분들은 부토니에 안 하세요?"

콘래드의 얼굴이 빨개졌다. "저는 신랑이 아닙니다." 그가 말했다.

"신랑 형이에요." 내가 피셔 아저씨의 신용카드를 건네며 말했다.

우리는 곧 가게를 나왔다.

집에 돌아오는 길에 과일 가판대를 지나쳤다. 멈추고 싶었지만, 말하지 않았다. 콘래드가 알아차린 모양이었다. "돌아갈래?"라고 물었으니까.

"아냐, 괜찮아. 이미 지나쳤는걸." 내가 말했다.

콘래드는 일방통행 도로에서 유턴을 했다.

과일 가판대는 복숭아 두어 상자와 통에 돈을 넣으라는 안내문이 전부였다. 나는 잔돈이 없어서 1달러를 넣었다.

"하나 먹지 않을래?" 나는 복숭아를 셔츠에 문지르며 물었다.

"아니. 복숭아 알레르기 있어."

"언제부터?" 내가 따졌다. "복숭아 먹는 거, 분명히 봤는데. 아니면 적어도 복숭아 파이 먹는 거."

콘래드가 어깨를 으쓱였다. "늘 있었어. 전에는 먹었지만, 그러면 입 안이 가려워."

나는 복숭아를 베어 물기 전에 눈을 감고 향을 맡았다. "안 먹는 사람만 손해지 뭐."

그런 복숭아는 처음이었다. 너무나 완벽하게 익은 복숭아였다. 만지기만 해도 살짝 눌렸다. 복숭아 과즙을 흘리고 과육을 손에 잔뜩 묻히며 먹어 치웠다. 달콤하고 새콤했다. 향과 맛, 모양을 온몸으로 경험했다.

"완벽한 복숭아야." 내가 말했다. "하나 더 먹기가 좀 꺼려질 만큼. 이렇게 맛있을 리 없을 테니까."

"시험해 보자." 콘래드가 말하더니 복숭아를 하나 더 샀다. 나는 그 복숭아를 네 입 만에 다 먹었다.

"비슷하게 맛있어?" 콘래드가 물었다.

"응, 맛있어."

콘래드가 손을 뻗어 셔츠 소매로 내 턱을 닦아 주었다. 남이 내게 할 수 있는 가장 친밀한 행동이었다.

다리에 힘이 빠지면서 머릿속이 아득해졌다.

바로 그 몇 초 사이, 콘래드가 나를 바라보는 표정 탓이었다. 콘래드는 내 등 뒤 태양이 너무 눈부시기라도 한 것처럼 눈을 내리깔았다.

나는 그에게서 피해 서며 말했다. "좀 더 사서 제러 줘야겠어."

"좋은 생각이다." 콘래드도 물러서며 말했다. "나는 차에서 기다릴게."

복숭아를 비닐봉지에 담으면서 나는 떨고 있었다. 눈길 한 번, 손길 한 번에 떨다니. 미쳤다. 그의 동생과 결혼하면서.

차에 돌아오고서 나는 아무 말도 하지 않았다. 하고 싶어도 할 수 없었다. 할 말이 없었다. 에어컨을 켠 조용한 차 안에서 우리의 침묵은 귀가 따가울 만큼 요란하게 느껴졌다. 그래서 나는 창문을 열고 옆에서 움직이는 모든 사물에 시선을 고정했다.

집에 도착했을 때 제러마이아의 차가 서 있었다. 집에 들어서자마자 콘래드는 사라졌다. 제러마이아는 머리에 선글라스를 올린 채 소파에서 자고 있었다. 나는 키스로 그를 깨웠다.

제러마이아가 눈을 깜빡이며 깨어났다. "안녕."

"안녕. 복숭아 먹을래?" 내가 비닐봉지를 시계추처럼 흔들며 물었다. 나는 갑자기 초조해졌다.

제러마이아가 나를 안더니 말했다. "네가 내 복숭아지."

"콘래드 오빠한테 복숭아 알레르기 있는 것 알았어?"

"당연하지. 복숭아 아이스크림 먹고 입이 부었던 거 잊었어?"

나는 그에게서 떨어져 복숭아를 씻으러 갔다. 아무 일도 없었다고, 죄책감 느낄 것 없다고 스스로에게 말했다. 아무 짓도 안 했다고.

빨간색 플라스틱 채반에 복숭아를 담아 씻고 수재나 아줌마가 하던 것처럼 남은 물기를 털었다. 복숭아에 물이 흐르는데 제러마이아가 등 뒤로 다가와 하나를 집어 들더니 "이제 깨끗할 거야."라고 말했다.

제러마이아는 싱크대 위에 올라앉더니 복숭아를 한 입 깨물었다.

"맛있지?" 내가 물었다. 나는 복숭아 한 개를 집어 얼굴에 대고 숨을 깊이 들이마시며 미친 생각을 전부 떨쳐 내려고 노력했다.

제러마이아가 고개를 끄덕였다. 그는 이미 한 개를 다 먹고 씨를 싱크대에 버렸다. "진짜 맛있다. 딸기는 안 샀어? 지금이라면 딸기 한 상자 다 먹어 치울 수 있는데."

"안 샀어. 복숭아뿐이야."

나는 복숭아를 은제 과일 그릇에 최대한 보기 좋게 담았다. 그때까지도 내 손은 떨리고 있었다.

아파트 바닥 전체에 진청색 카펫이 깔려 있었다. 나는 플립플롭을 신고도 축축한 기운을 느낄 수 있었다. 주방은 사실상 비행기 화장실 크기였고, 침실에는 창문이 없었다. 천장이 높았는데, 그것이 그 아파트의 유일한 장점이었다.

제러마이아와 나는 온종일 학교 근처 아파트를 보러 다녔다. 거기가 세 곳째였다. 그때까지 본 것 중 최악이었다.

"카펫은 마음에 든다." 제러마이아가 인정한다는 듯 말했다. "아침에 일어나서 카펫을 밟으면 기분 좋지."

나는 집주인이 기다리고 있는 문 쪽을 봤다. 그는 우리 아빠 나이였다. 긴 흰머리를 하나로 묶고, 콧수염을 기르고, 팔뚝에 상의를 입지 않은 인어 문신을 한 사람이었다. 그는 내가 문신을 보는 것을 알아차리고는 씩 웃었다. 나는 힘없이 미소를 지어 보였다.

그리고 다시 침실로 가면서 제러마이아에게 따라오라고 손짓했다.

"담배 냄새가 나." 내가 속닥였다. "그게, 카펫에 밴 것 같아."

"섬유 탈취제를 뿌려."

"네가 뿌려. 너 혼자서. 난 여기서 안 살아."

"왜 그래? 여긴 학교 캠퍼스 안이나 다름없잖아. 정말 가까운데. 그리고 야외 공간도 있고. 바비큐도 할 수 있어. 파티를 열 생각을 해 봐. 그러지 말고, 벨리."

"그러지 말긴. 처음 본 곳으로 돌아가자. 거기는 중앙 냉난방이 됐어." 위층에서 누군가의 스테레오가 쿵쿵거리는 것이 귀에 들리기보다 몸으로 느껴졌다.

제러마이아가 주머니에 손을 쑤셔 넣으며 말했다. "거기는 전부 노인이랑 가족들이 살고 있잖아. 여긴 우리 또래가 사는 곳이야. 우리 같은 대학생들."

나는 집주인을 다시 봤다. 그는 우리 대화를 듣지 않는 척, 휴대전화를 보고 있었다.

나는 목소리를 낮추고 말했다. "여긴 기숙사나 다름없어. 기숙사에서 살고 싶으면 기숙사에서 같이 지낼게."

제러마이아는 어이없다는 표정을 지었다. 그리고 크게 말했다. "여긴 안 될 것 같네요." 그는 집주인에게 어쩔 수 없다는 듯 어깨를 으쓱해 보였다. 남자끼리 한편인 것처럼.

"아파트 보여 주셔서 감사합니다." 내가 말했다.

"별말씀을." 남자가 담배에 불을 붙이며 말했다.

아파트에서 나오며 나는 제러마이아를 노려봤다. 그는 어쩔 줄 모르겠다는 듯이 "뭐가?"라고 입 모양으로 말했다. 나는 고개만 저었다.

"늦어지네." 제러마이아가 차에서 말했다. "그냥 아무 데나 하나 고르자. 나는 빨리 끝내고 싶어."

"좋아, 알았어." 내가 에어컨을 켜며 말했다. "처음 본 곳으로 할래."

"좋아." 제러마이아가 말했다.

"좋아." 나도 대답했다.

우리는 첫 아파트로 돌아가 서류를 작성했다. 곧장 관리 사무소로 갔다. 건물 관리인의 이름은 캐럴린이었다. 키가 크고 붉은 머리에 무늬 있는 랩 드레스를 입고 있었다. 수재나 아줌마와 같은 향수를 쓰는 사람이었다. 나는 그것이 틀림없이 좋은 징조라고 여겼다.

"그럼, 부모님의 명의로 빌리는 것이 아닌가요?" 캐럴린이 물었다. "학생들은 대부분 부모님이 임대 계약서에 서명하는데."

내가 말하려고 입을 여는데 제러마이아가 한발 앞섰다.

"아뇨, 우리가 하는 거예요." 제러마이아가 말했다. "약혼했거든요."

캐럴린은 얼굴에 놀라는 표정을 떠올리더니 내 배를 슬며시 훔쳐봤다. "아!" 그녀가 말했다. "음, 축하해요."

"고맙습니다." 제러마이아가 말했다.

나는 아무 말도 하지 않았다. 속으로, 결혼한다고 하면 모두 다 내가 임신한 줄 아는 것이 지겹다고 생각하고 있었다.

"신용 확인을 한 뒤 계약 절차를 시작할 수 있어요." 캐럴린이 말했다. "모두 확인되어야 이 아파트에 살 수 있죠."

"신용카드 대금을 늦게 내면, 신용에 부정적인 영향을 주나요?" 제러마이아가 다가가며 물었다.

나는 눈이 휘둥그레졌다. "무슨 말이야?" 내가 속닥였다. "네 카드 대금은 피셔 아저씨가 내 주시잖아."

"응, 맞아. 하지만 내 카드도 쓰기 시작했거든. 신용을 위해서." 제러마이아는 캐럴린에게 씩 웃어 보이며 덧붙였다.

"괜찮을 거예요." 캐럴린은 그렇게 말했지만, 미소가 옅어졌다. "이사벨의 신용은 어떤가요?"

"음, 좋을 거예요. 아빠가 저한테 가족 신용카드를 주셨는데 쓰지는 않거든요." 내가 말했다.

"흐음. 좋아요. 그럼 백화점 카드는요?" 캐럴린이 물었다.

나는 고개를 저었다.

"첫 달과 마지막 달 집세는 확실히 있어요." 제러마이아가 말했다. "보증금도 있고요. 그러니까 괜찮아요."

"좋아요." 캐럴린이 말하더니 자리에서 일어났다. "오늘 진행해 보고 이틀 안에 연락할게요."

"잘되기를 바랄게요." 나는 명랑한 목소리로 말하려고 노력했다.

제러마이아와 나는 건물에서 나와 주차장으로 갔다. 차 앞에 서서 내가 말했다. "저 아파트를 꼭 구하면 좋겠다."

"못 구하면 다른 집을 구할 수 있겠지. 게리는 우리 신용 확인도 안 할 것 같은데."

"게리가 누구야?"

제러마이아는 운전석 쪽으로 가서 문을 열었다. "마지막에 본 아파트 주인."

나는 어이없다는 표정을 지었다. "게리도 신용 확인은 할 거야."

"글쎄." 제러마이아가 말했다. "게리 멋지잖아."

"게리는 아마 지하실에서 마약을 만들걸." 내 말에 이번에는 제러마이아가 어이없다는 표정을 지었다.

내가 계속했다. "그 아파트에 살면, 한밤중에 신장이 사라진 채 얼음 욕조 안에서 눈을 뜨게 될지 몰라."

"벨리, 그 사람은 학생들에게 아파트를 많이 빌려줘. 축구팀 친구도 작년에 거기서 살았는데, 무사해. 아직 신장이고 뭐고 다 가지고 있다고."

우리는 차의 양쪽에서 서로 마주 봤다. 제러마이아가 말했다. "왜 아직 이런 이야기를 하고 있지? 네가 원하는 대로 했잖아."

제러마이아는 "네가 원하는 대로 했잖아, 언제나 그렇지만."이라고 말하려다 말았다.

"내가 원하는 대로 된 건지 아직 몰라."

나는 "네 신용 때문에."라고 덧붙이려다 말았다.

나는 차 문을 열고 조수석에 탔다.

며칠 뒤 전화를 받았다. 우리는 그 아파트를 빌리지 못했다. 제러마이아의 신용이 불량해서인지, 내가 신용이 없어서인지 모르지만, 무슨 상관인가. 구하지 못했다는 사실이 중요했다.

　테일러가 결혼 축하 파티를 열어 주었다. 테일러와 테일러의 엄마가 여는 파티였으니, 테일러의 파티라고 계속 생각했다. 그들이 보낸 초대장은 내가 쓴 청첩장보다 더 고급스러웠다.
　집 앞에 벌써 차가 여러 대 서 있었다. 마시 유의 은색 아우디와 테일러의 이모 민디가 타고 온 파란 혼다가 보였다. 테일러의 우편함에는 흰 풍선이 묶여 있었다. 테일러가 그동안 열었던 생일 파티가 모두 떠올랐다. 그 애는 늘 진한 분홍색 풍선을 매달았다. 항상.
　나는 흰 원피스에 흰 샌들을 신었다. 마스카라와 블러셔를 하고 핑크 립글로스를 발랐다. 커즌스 별장을 나설 때 콘래드는 보기 좋다고 했다. 복숭아를 산 날 이후 처음 나눈 대화였다. 콘래드는 "보기 좋네."라고 했고 나는 "고마워."라고 했다. 아주 평범한 대화였다.
　나는 초인종을 눌렀다. 테일러의 집에 가면서 초인종을 누르는 일은 없었다. 하지만 파티였으니 왠지 그래야 할 것 같았다.

테일러가 문을 열었다. 치맛자락을 따라 연두색 물고기가 그려진 분홍색 원피스를 입고 머리를 반만 올린 모습이었다. 내가 아니라 테일러가 신부 같았다. "예쁘다." 테일러가 나를 끌어안으며 말했다.

"너도." 나는 안으로 들어서며 말했다.

"거의 다 도착했어." 테일러가 나를 거실로 안내했다.

"먼저 화장실부터 갈래." 내가 말했다.

"어서 다녀와. 네가 주인공이잖아."

나는 화장실을 재빨리 쓰고 손을 씻은 뒤 손가락으로 머리를 매만졌다. 립글로스를 조금 더 발랐다. 어쩐지 긴장됐다.

테일러는 천장에 색종이로 만든 결혼식 종을 매달아 뒀고, 스테레오에서는 〈고잉 투 더 채플(Going to the Chapel)〉이 흘러나왔다.

친구 마시, 블레어, 케이티, 테일러의 이모 민디, 이웃의 에반스 부인, 테일러의 엄마 루신다 아줌마가 있었다. 그리고 루신다 아줌마 옆자리에, 하늘색 정장을 입은 엄마가 있었다.

엄마를 보자 눈물이 차올랐다.

우리는 달려가서 얼싸안지도, 함께 울지도 않았다. 나는 돌아가면서 사람들과 포옹하며 인사했고, 끝으로 엄마 차례가 되자 한참을 꼭 끌어안았다. 아무 말도 할 필요가 없었다. 서로의 마음을 알았으니까.

뷔페 탁자에서 테일러가 내 손을 잡으며 속삭였다. "행복해?"

"너무 행복해." 나는 접시를 들며 대답했다. 엄청난 안도감이 느껴졌다. 모든 것이 제대로 돌아가고 있었다. 엄마를 되찾았다. 결혼한다는 게 실감이 났다.

"다행이다." 테일러가 말했다.

"어떻게 된 거야? 너희 엄마가 우리 엄마한테 말씀하셨어?"

"응." 테일러가 내게 키스를 날리며 말했다. "엄마가 설득하기 어렵지도 않았대."

루신다 아줌마는 유명한 코코넛 케이크를 가운데 놓고 식탁을 차렸다. 스파클링 레모네이드, 소시지 크루아상, 미니 당근, 양파 딥 소스. 전부 내가 가장 좋아하는 음식이었다. 엄마는 레몬 케이크를 구워 왔다.

나는 접시에 음식을 가득 담아 친구들 옆에 앉았다. 소시지 크루아상을 입에 넣으며 내가 말했다. "모두 와 줘서 정말 고마워!"

"네가 결혼한다니 믿기지 않아." 마시가 고개를 저으며 말했다.

"나도." 블레어가 말했다.

"나도." 내가 말했다.

선물 상자 언박싱 시간이 가장 좋았다. 생일 같았다. 마시는 컵케이크 틀, 블레어는 음료 컵, 민디 이모는 핸드타월, 루신다 아줌마는 요리책, 테일러는 유리 주전자, 엄마는 오리털 이불을 선물했다.

테일러가 내 옆에 앉아 선물 목록을 작성하면서 리본을 정리했다. 그런 다음 종이 접시에 구멍을 뚫더니 리본을 끼웠다.

"그건 뭐야?" 내가 물었다.

"결혼식 리허설 부케란다." 루신다 아줌마가 환히 웃으며 말했다. 루신다 아줌마는 그날 아침 태닝을 했다. 안경 자국을 보고 알아차렸다.

"아, 결혼식 리허설 만찬은 없어요." 내가 말했다. 솔직히, 연습할 것도 없었다. 우리는 해변에서 결혼식을 하니까. 우리 둘 다 원하듯이 소박하고 조촐하게 할 생각이었다.

테일러가 내게 접시를 건넸다. "그럼 이걸 모자처럼 써."

루신다 아줌마가 일어나더니 종이 접시를 보닛처럼 내 머리에 씌워 줬다. 모두 웃을 때 마시가 내 사진을 찍었다.

테일러가 수첩을 들더니 일어났다. "좋아요, 벨리가 첫날밤에 할 말을 들어 보세요."

나는 리본 모자로 얼굴을 가렸다. 그런 게임이 있다고 들었다. 예비 신부가 선물을 열어 보며 하는 말을 들러리가 전부 받아 적는 것이다.

"어머, 너무 예쁘다!" 테일러가 외치자 모두 웃어 댔다.

나는 노트를 빼앗으려고 했지만, 테일러가 높이 들고 읽었다. "제러마이아가 이거 좋아할 거야!"

파티가 끝나고 청소를 돕고 모두 돌아간 뒤, 나는 엄마와 차로 걸어갔다. 그리고 수줍게 말했다. "엄마, 와 줘서 고마워. 나한텐 정말 뜻깊은 일이었어."

엄마는 내 눈을 가리는 머리카락을 걷으며 짧게 말했다. "내 딸인걸."

나는 엄마를 끌어안았다. "엄마를 정말, 정말 사랑해."

차에 타자마자 제러마이아에게 전화했다. "이제 정말 시작이야!" 내가 외쳤다. 그 전에도 이미 결혼 준비는 시작되어 있었다. 하지만 이 결혼식을 계획하고, 집을 뛰쳐나오고, 엄마와 싸우는 과정이 너무나 답답했다. 엄마가 함께하자 그제야 다시 숨이 트였다. 염려가 전부 사라졌다. 드디어 마음이 든든했다. 해낼 수 있을 것 같았다.

그날 밤 나는 집에서 잤다. 스티븐 오빠와 엄마와 함께 범죄를 재구성한 티브이 프로그램을 보며 배우들의 서툰 연기에 늑대처럼 울부짖었고, 프리토스와 엄마가 만든 레몬케이크를 마저 먹었다. 정말 좋았다.

콘래드

벨리가 집에 간 날, 내가 전에 아르바이트하던 해산물 식당의 주인 어니 할아버지를 찾아갔다. 커즌스에 한 번이라도 가 본 아이들은 전부 어니 할아버지가 누구인지 알았고, 할아버지도 아이들을 다 알았다. 그는 아무리 나이가 들어도 사람 얼굴을 잊는 법 없었다.

내가 고등학생 시절 거기서 일했을 때, 그는 적어도 일흔 살이었다. 그의 조카 존이 그곳을 운영하고 있었는데, 양아치였다. 처음에는 할아버지를 바텐더로 몰아내더니, 그가 힘들어하자 식탁 차리는 일을 시켰다. 존은 결국 그를 가게에서 완전히 몰아내고 은퇴시켰다. 늙기는 했지만 그는 열심히 일했고 모두 그를 좋아했다. 그가 밖에서 담배를 피우며 쉴 때 나도 함께하곤 했다. 그가 담배를 피우게 두는 것은 잘못된 일이지만, 그는 노인이었다. 누가 노인을 막을 수 있겠는가?

어니 할아버지는 고속 도로 옆 작은 집에서 살았고 나는 적어도 일주일에 한 번은 그를 찾아가려고 했다. 그의 말동무도 되어 주고, 생사도 확인하기 위해서였다. 할아버지 곁에는 약 먹을 시간을 챙길 사람이 없었고, 조카 존이 찾아올 리는 만무했다. 존이 식당에서 자기를 쫓아낸 뒤, 할아버지는 그가 혈육이 아니라고 했다.

그래서 어니 할아버지의 집이 있는 길로 접어들다가 존의 차가 나오는 것을 보고 꽤 놀랐다. 집 앞에 차를 세우고 문을 한 번 두드리고 들어갔다.

"담배 가져왔니?" 할아버지가 소파에 앉아 물었다.

매번 똑같았다. 담배를 피우면 안 되는데도 마찬가지였다. "아뇨." 내가 말했다. "저는 끊었어요."

"그럼 돌아가라."

그리고 그는 똑같은 표정으로 웃었고 나는 소파에 앉았다. 우리는 옛날 경찰 드라마를 보며 말없이 땅콩을 먹었다. 광고가 나올 때 이야기하곤 했다.

"제 동생이 다음 주말에 결혼한다는 소식 들었어요?" 내가 물었다.

할아버지가 코웃음을 쳤다. "나 아직 땅에 안 묻혔다, 녀석아. 들었지. 모두 다 들었어. 귀여운 여자아이지. 어릴 때 나한테 허리 숙여 절을 하곤 했었는데."

나는 씩 웃었다. "할아버지가 이탈리아 왕자였다가 마피아가 됐다고 했거든요. 커즌스의 대부라고."

"잘했네."

드라마가 다시 시작되었고 우리는 편안하게 말없이 시청했다. 그리고 다음 광고가 나오자 그가 말했다. "그래서 넌 바보처럼 울고 있을 게냐, 뭐라도 할 게냐?"

목에 땅콩이 걸릴 뻔했다. 쿨럭거리며 내가 말했다. "그게 무슨 말씀이세요?"

그는 또 코웃음을 쳤다. "나한테 모르는 척 마라. 걜 사랑하잖니? 걔가 바로 그 상대 아니야?"

"할아버지, 오늘 약 먹는 걸 잊은 모양이네요." 내가 말했다. "약상자 어디 있어요?"

그는 앙상한 하얀 손을 내젓더니 다시 티브이로 시선을 돌렸다. "됐다. 다시 시작했다."

다음 광고가 나오기를 기다리며 아무렇지 않게 물었다. "정말 그걸 믿어요? 운명의 상대가 있다는 말을?"

그는 땅콩 껍질을 까며 말했다. "믿고말고. 엘리자베스가 내 상대였지. 엘리자베스가 죽고 다른 상대를 찾을 이유를 모르겠더구나. 내 여자가 떠났으니까. 이제 시간만 죽이고 있다. 맥주 좀 가져다주겠니?"

나는 일어나서 냉장고로 갔다. 맥주와 새 잔을 들고 소파로 갔다. 그는 맥주를 꼭 잔에 따라 마셨다. "존은 여기 뭐 하러 왔어요?" 내가 물었다. "오다가 봤는데."

"잔디 깎으러 왔지."

"그건 내 일인 줄 알았는데." 나는 그의 잔에 맥주를 따르며 말했다.

"네가 가장자리를 하도 못 깎아서."

"존이랑 언제부터 다시 연락하며 지냈어요?"

그는 어깨를 으쓱이더니 땅콩을 입에 넣었다. "아마도 내가 죽으면 유

산을 남기라고 여길 쿵쿵거리는 모양이지." 그는 맥주를 마시고 소파에 다시 기댔다. "걔는 착한 애다. 동생의 외아들이야. 가족이니까. 가족은 가족이다. 그걸 잊으면 안 된다, 콘래드."

"할아버지, 아까는 동생 결혼식을 깨지 않으면 멍청이라면서요!"

그는 이를 쑤시며 말했다. "여자가 운명의 상대라면, 가족이고 뭐고 다 걸어야지."

두 시간쯤 뒤 어니 할아버지의 집을 나설 때 마음이 가벼웠다. 항상 그랬다.

 수요일, 결혼식을 며칠 앞둔 날이었다. 다음 날 테일러와 애니카가 커즌스에 올 예정이었고, 조시와 레드버드, 스티븐 오빠도 마찬가지였다. 남자들은 이른바 총각파티를 할 계획이었고, 테일러와 애니카와 나는 수영장에서 놀 생각이었다. 데니즈 콜레티와 테일러 덕분에 결혼식은 거의 준비가 끝났다. 바닷가재 샌드위치와 새우 칵테일을 주문했다. 테라스와 마당에 크리스마스트리 장식 등을 걸었다. 내가 아빠랑 걸어 나갈 때 콘래드가 기타를 치며 노래를 부를 계획이었다. 나는 수재나 아줌마가 남긴 목걸이를 하고 헤어스타일링과 메이크업은 직접 할 생각이었다.

 거실을 청소하고 있는데 콘래드가 유리문을 밀고 들어왔다. 오전 내내 서핑하고 오는 길이었다. 콘래드는 하얗게 질려 있었고, 머리카락에서 눈으로 물이 뚝뚝 떨어지고 있었다.

 "서핑 보드에서 넘어졌어." 콘래드가 말했다.

 콘래드가 욕실로 가면서 절뚝이는 것을 보고 달려갔다. 콘래드는 욕조 가장자리에 걸터앉아 있었는데, 피가 타월을 적시고 다리로 흘러내렸다. 순간 머리가 핑 돌았다. 콘래드의 얼굴이 대리석 세면대처럼 하얬다. 그가 기절할 것처럼 보였다. "상처가 심해 보이는데 계속 꽉 누르고 있어. 닦을 걸 가져올게." 내가 말했다.

정말 아픈 모양인지, 콘래드는 내 말을 순순히 들었다. 과산화 수소수와 거즈, 백타인을 가지고 돌아오니, 콘래드는 같은 자세로 욕조에 다리를 넣고 있었다.

나도 욕조 가장자리에 걸터앉아 그를 마주 봤다. "이제 손 놔 봐." 내가 말했다.

"괜찮아." 콘래드가 말했다. "내가 할게."

"아니, 괜찮지 않아." 내가 말했다.

그러자 콘래드가 타월을 놓았고 내가 눌렀다. 콘래드가 찡그렸다.

"미안." 나는 몇 분 정도 타월을 잡고 있다가 피 묻은 타월을 다리에서 떼어 냈다. 벤 상처는 10센티미터쯤 됐고 깊게 베이지는 않아 보였다. 출혈이 심하지 않아서 나는 곧바로 상처에 과산화 수소수를 부었다.

"아야!" 콘래드가 외쳤다.

"아기처럼 굴지 마. 긁힌 정도라고." 거짓말이었다. 봉합해야 할지 궁금했다.

상처를 소독하는 동안 콘래드가 내게 다가와 내 어깨에 머리를 살짝 기댔다. 그의 호흡이 느껴졌다. 그는 내가 상처를 건드릴 때마다 숨을 흡 들이마셨다.

상처를 소독하고 나자 한결 나아 보였다. 나는 백타인을 바르고 거즈로 종아리를 감쌌다. 그리고 무릎을 톡톡 두드렸다. "봤지? 훨씬 낫잖아."

콘래드가 고개를 들고 말했다. "고마워."

"그래." 내가 말했다.

그때 우리가 서로 바라보며 서로에게서 시선을 떼지 않은 순간이 있었다. 숨이 가빠졌다. 조금만 다가갔다면 우리는 키스했을 것이다.

"벨리?" 목덜미에 그의 숨결이 느껴졌다.

"응?"

"일어나게 도와줄래? 위층에 가서 잘래."

"피를 많이 흘렸어." 내 목소리가 욕실 타일에 울려 퍼졌다. "자면 안 될 것 같아."

콘래드가 힘없이 웃었다. "그건 뇌진탕이지."

나는 일어나서 그를 부축해 세웠다. "걸을 수 있어?" 내가 물었다.

"있을 거야." 콘래드는 벽을 잡고서 절뚝이며 내게서 멀어졌다.

콘래드가 내 어깨에 머리를 기대는 바람에 티셔츠가 젖었다. 나는 기계적으로 욕실을 치우기 시작했다. 심장이 가슴에서 튀어나올 듯 뛰었다. 방금 무슨 일이 있었지? 나는 무슨 짓을 하려고 했을까? 그날은 복숭아 때와 달랐다. 모두 내 마음이었다.

콘래드는 저녁때까지 잤고, 나는 먹을 것을 가져다줄까 하다가 그만두기로 했다. 대신 사 두었던 냉동 피자를 데워 먹었고 아래층을 청소하며 밤을 보냈다. 다음 날이면 모두 도착한다니 마음이 놓였다. 그러면 그와 단둘이 지내지 않아도 되니까. 제러마이아가 도착하면 모든 것이 정상으로 돌아가리라고 생각했다.

 모든 것이 정상으로 돌아갔다. 나도 평소와 같았고, 콘래드도 평소와 같았다. 아무 일도 없었던 것 같았다. 실제로 아무 일도 없었으니까. 콘래드의 다리에 반창고가 없었다면, 나는 전부 꿈으로 여겼을 것이다.
 남자들은 모두 해변으로 나가고 다리에 물을 묻힐 수 없는 콘래드만 남았다. 그는 주방에서 바비큐용 고기를 준비했다. 여자들은 수영장 옆에 누워 돌아가며 팝콘을 먹었다. 날씨로 말할 것 같으면, 완벽한 커즌스의 하루였다. 해는 높이 떠서 뜨겁게 비췄고 하늘에는 구름 몇 점뿐이었다. 일주일간 비 예보는 없었다. 우리 결혼식은 안전했다.
 "레드버드 좀 귀엽지 않아?" 테일러가 비키니 상의 매무새를 가다듬으며 말했다.
 "으웩." 애니카가 말했다. "별명이 레드버드인 사람은 누구라도 사양할게."
 테일러가 눈살을 찡그렸다. "너무 그렇게 트집 잡지 마. 벨리, 넌 어떻게 생각해?"

"음……, 착하긴 해. 제러마이아가 의리 있는 친구라고 했어."

"들었지?" 테일러는 발가락으로 애니카를 찌르며 말했다.

애니카는 나를 노려봤고 나는 살짝 웃으면서 말했다. "아주, 아주 의리 있대. 그러니, 살짝 크로마뇽인 같으면 또 어때?"

테일러가 팝콘을 한 줌 집어 내게 던졌다. 나는 키득거리며 입으로 팝콘을 받아먹으려고 했다.

"오늘 밤에 남자들이랑 나가는 거야?" 애니카가 물었다.

"아니. 남자들은 남자들끼리 놀 거야. 아이리시 카밤(흑맥주에 아이리시 크림, 위스키를 넣은 칵테일-옮긴이)인가를 50퍼센트 할인하는 바에 간대."

"어머." 테일러가 말했다.

애니카는 주방 쪽을 힐끔거리며 낮은 목소리로 말했다. "콘래드가 얼마나 멋진지 왜 아무도 말 안 했니?"

"그렇게 멋지지는 않아." 테일러가 말했다. "자기가 멋있는 줄 아는 거지."

"아니, 그렇지 않아." 나는 그를 옹호했다. 애니카에게 내가 말했다. "콘래드 오빠가 테일러를 쫓아다닌 적 없어서 저러는 거야."

"네 남자였는데 쟤를 왜 쫓아다니겠어?"

나는 애니카의 입을 막았다. "내 남자인 적 없어." 내가 속닥였다.

"콘래드는 항상 네 남자였잖아." 테일러가 선탠오일을 덧바르며 말했다.

내가 딱 잘라 말했다. "이젠 아니야."

저녁으로 스테이크와 구운 채소를 먹었다. 와인을 마시며 친구들과 식탁에 둘러앉아 있으니 어른이 된 기분이었다. 나는 제러마이아 옆에 앉았고, 콘래드는 내 의자에 팔을 두르고 있었다. 하지만.

저녁 내내 다른 사람들과 이야기했다. 콘래드가 있는 쪽을 보지 않아도 늘 어디 있는지 알 수 있었다. 그를 너무나 심하게 의식했다. 그가 근처에 있으면 나는 온몸이 윙윙거렸다. 그가 멀어지면 둔한 통증이 느껴졌다. 그가 가까이 있으면 모든 것이 느껴졌다.

그는 애니카 옆자리로 옮겨 앉았고, 그가 무슨 말을 하자 애니카가 웃었다. 가슴이 아팠다. 나는 시선을 돌렸다.

톰이 일어나더니 건배를 제안했다. "벨리 콘클린과 제러마이아 피셔를 위해, 정말……." 그리고 트림을 했다. "멋진 커플을 위해. 정말 뒈지게 멋진."

애니카가 '저런 남자가 귀엽다고?'라는 표정으로 테일러를 봤다. 테일러는 어깨만 으쓱였다. 모두 맥주 캔과 와인 잔을 들어 부딪쳤다. 제러마이아는 나를 당기더니 모두가 보는 앞에서 입술에 키스했다. 콘래드의 표정이 보였고, 본 것을 후회했다.

스티븐 오빠가 말했다. "한 번 더 건배하자." 그러고는 주뼛주뼛 일어났다. "제러마이아를 평생 알고 지냈어. 벨리도 평생 알았지, 불행히도."

나는 냅킨을 오빠에게 던졌다.

"너희는 잘 어울려." 스티븐 오빠가 나를 보며 말했다. 그리고 제러마이아를 봤다. "쟤한테 잘해 줘라. 성가신 녀석이지만, 내 하나뿐인 여동생이니까."

나는 눈물이 날 것 같았다. 일어나서 오빠를 안았다. "바보." 나는 눈물을 닦으며 말했다.

내가 옆에 앉으니 제러마이아가 말했다. "나도 한마디 해야겠네. 먼저, 와 줘서 고마워, 친구들. 조시, 레드버드. 그리고 테일러와 애니카. 우리랑 함께해 줘서 정말 고마워." 제러마이아가 나를 쿡 찔렀다. 나는 그가 콘래드 이름도 부르기를 기다리며 올려다봤다. 내가 눈치를 줘도 제러마이아는 알아듣지 못했다. "너도 한마디 해, 벨리."

"와 줘서 고마워." 내가 되풀이해 말했다. "그리고 콘래드 오빠, 이렇게 멋진 식사 고마워. 정말 뒈지게 멋진 식사야."

모두 웃었다.

저녁 식사 후, 나는 제러마이아의 방에 올라가 친구들과 놀러 나갈 준비를 하는 그를 봤다. 여자들은 남았다. 나는 테일러에게 가서 레드버드와 어울려도 된다고 했지만, 테일러는 남겠다고 했다. "스테이크를 손으로 먹더라." 테일러가 메슥거리는 표정으로 말했다.

제러마이아는 데오도란트를 뿌렸고, 나는 흐트러진 침대에 앉아 있었다. "정말 같이 안 갈래?" 제러마이아가 물었다.

"응." 내가 불쑥 말했다. "참, 해변에서 네가 개를 발견했던 거 기억해? 로지라고 이름을 붙였었는데. 알고 보니 수컷이었지만 계속 로지라고 불렀잖아."

제러마이아가 나를 보고 얼굴을 살짝 찡그리며 기억을 더듬었다. "걜 발견한 건 내가 아니라 콘래드 형이었어."

"아냐, 너였어. 개 주인이 와서 데려갈 때 너 울었잖아."

"아냐, 콘래드 형이었어." 갑자기 제러마이아의 목소리가 굳었다.

"아닌 것 같은데." 내가 말했다.

"확실해."

"분명해?" 내가 물었다.

"확실하다니까. 스티븐이랑 내가 형이 울었다고 엄청 놀려 댔거든."

정말 콘래드였나? 나는 그 기억에 자신 있었다.

사흘 동안 신이 나서 로지를 데리고 있었는데, 누군가 주인이라고 나타났다. 로지는 귀여웠다. 털이 노랗고 부드러웠다. 우리는 밤에 누구 침대에서 로지를 데리고 자느냐를 두고 싸웠다. 돌아가며 데리고 자기로 했고, 나는 가장 어려서 마지막 차례였기 때문에 내 침대에서는 데리고 자지 못했다.

또 어떤 기억이 틀렸을까? 나는 머릿속으로 '그때 기억해' 게임을 좋아하는 사람이었다. 하나하나 세세히 기억하는 것을 늘 자랑으로 삼았다. 그런데 내 기억이 아주 조금 틀릴 수 있다고 생각하니 겁이 났다.

남자들이 나간 뒤, 우리는 매니큐어를 바르고 결혼식 메이크업 연습을 하러 내 방으로 올라갔다. "난 아직도 메이크업을 전문가에게 맡겨야 한다고 생각해." 내 침대 위에서 테일러가 말했다. 테일러는 발톱에 딸기우유 색 매니큐어를 바르고 있었다.

"피셔 아저씨 돈을 더 쓰고 싶지 않아. 지금까지도 충분히 쓰셨어." 내가 말했다. "게다가 메이크업을 진하게 하기도 싫고. 그러면 나 같지 않잖아."

"그들은 전문가라고. 제대로 해 줄 거야."

"네가 나를 맥 매장에 데려갔을 때, 나 꼭 여장 남자 같아졌잖아." 내가 말했다.

"그게 그들의 미학이야." 테일러가 말했다. "최소한 인조 속눈썹은 붙이게 해 줘. 나도 붙일 거야. 애니카도."

얼굴에 오이 마스크 팩을 붙이고 바닥에 누운 애니카를 봤다. "네 속눈썹은 이미 길어." 내가 말했다.

"테일러가 붙이래." 애니카는 마스크 팩이 떨어지지 않도록 이를 앙다물고서 말했다.

"음, 난 안 할래." 내가 말했다. "제러는 내 진짜 속눈썹이 어떻게 생겼는지 알지만 상관 안 해. 게다가 속눈썹을 붙이면 눈이 가려워. 잊었니, 테일러? 핼러윈 데이에 네가 속눈썹을 붙여 줬잖아. 그때 나는 네가 등을 돌리자마자 떼어 버렸어."

"15달러를 그냥 버렸지." 테일러가 코를 훌쩍였다. 그리고 침대에서 미끄러져 내려와 내 옆에 앉았다. 나는 테일러가 가져온 립스틱을 이것저것 발라 봤다. 그때는 장밋빛 핑크 립글로스나 살구색 립스틱 중에서 고를 생각이었다.

"어느 게 더 나아?" 내가 물었다. 윗입술에는 립글로스를, 아랫입술에는 립스틱을 바르고 있었다.

"립스틱." 테일러가 말했다. "사진에서 더 또렷하게 보일 거야."

처음에는 조시에게 사진을 찍어 달라고 할 생각이었다. 그는 핀치에서 사진 수업을 두어 번 들었고, 클럽 파티 때마다 공식 사진사 역할을 했다. 하지만 피셔 아저씨와 데니즈가 들어오자, 우리는 데니즈가 아는 진짜 사진작가를 고용했다.

"그래도 난 미용실에서 머리를 할까 봐." 테일러가 말했다.

"그렇게 해." 내가 말했다.

우리는 모두 파자마로 갈아입었고 테일러와 애니카가 내게 결혼 선물을 줬다. 흰색 레이스 드레스 잠옷과 세트인 팬티였다.

"첫날밤에 입어." 테일러가 의미심장한 표정으로 말했다.

"음, 그래. 알겠어." 나는 속옷을 들어 올리며 말했다. 얼굴이 너무 빨개지지 않기를 바랐다. "고마워, 얘들아."

"우리한테 물어볼 것 없니?" 테일러가 침대에 앉으며 말했다.

"테일러! 나도 현실 속에 산다고. 바보가 아니야."

"그냥 해 본 말이야." 테일러는 잠시 말을 멈췄다. "처음 두어 번은 별로 좋지 않을 수도 있어. 그러니까, 난 몸이 작으니까, 거기도 진짜 작거든. 그래서 엄청 아팠어. 넌 그렇게 심하게 아프지 않을 수도 있지. 얘기해 줘, 애니카."

애니카가 어이없다는 표정을 지었다. "난 하나도 안 아팠어, 이사벨."

"음, 넌 질이 큰가 보다." 테일러가 말했다.

애니카가 베개로 테일러 머리를 때렸고 우리 모두 웃기 시작해 멈추지 못했다. 그때 내가 말했다. "잠깐, 정확히 얼마나 아팠어, 테일러? 배를 주먹으로 맞았을 때처럼 아파?"

"누가 네 배를 주먹으로 때린 적 있어?" 애니카가 물었다.

"나한테는 오빠가 있잖아." 내가 대답했다.

"그런 거랑은 종류가 달라." 테일러가 말했다.

"생리통보다 더 아파?"

"응. 하지만 잇몸에 마취 주사 맞을 때랑 더 비슷해."

"멋지네. 이제는 첫 경험을 충치 치료에 비유하는구나." 애니카가 일어나며 말했다. "이사벨, 치과 가는 것보다는 좋을 거야. 둘 다 처음이면 다르겠지만, 제러마이아가 잘 알겠지. 너를 돌봐 줄 거야."

나는 웃으려고 했지만, 얼굴이 얼어붙은 느낌이었다. 제러마이아는 두 명과 자 봤다. 고등학교 때 여자 친구 마라와 레이시 배런. 그러니 그는 분명 방법을 알았다. 하지만 그가 모르는 편이 더 좋을 것 같았다.

우리 셋은 내 침대에 나란히 누웠다. 불을 끄고 이야기를 나누다가 애니카가 먼저 잠들었다. 나는 거듭 고민하고 있었다. 테일러에게 털어놓을지, 말지. 콘래드에 대한 내 복잡한 감정을. 말하고 싶었지만 두렵기도 했다.

"테일러?" 내가 속삭였다. 테일러는 내 옆에 누워 있었고, 나는 침대 가장자리에 있었다. 남자들이 돌아오면 제러마이아의 방에 가서 잘 계획이었으니까.

"응?" 테일러가 졸린 목소리로 물었다.

"이상한 일이 있었어."

"뭔데?" 테일러는 정신을 차리고 물었다.

"어제, 콘래드 오빠가 서핑하다 다리를 다쳐서 도와줬는데, 우리 사이에 이상한 순간이 있었어."

"키스했어?" 테일러가 숨죽여 물었다.

"아냐!" 하지만 그러고 나서 내가 속삭였다. "하지만 키스하고 싶었어. 내가…… 그러고 싶었어."

"헐." 테일러가 작게 한숨 쉬며 말했다. "하지만 아무 일도 없었지?"

"아무 일도 없었어. 그냥…… 당황스러웠어. 무슨 일이 있기를 바랐으니까. 아주 잠시." 나는 한숨을 푹 쉬었다. "이틀 뒤면 결혼하는데, 다른 남자랑 키스할 생각을 하고 있으면 안 되잖아."

테일러가 부드럽게 말했다. "콘래드는 다른 남자가 아니지. 네 첫사랑이잖아. 어마어마한 첫사랑."

"네 말이 맞아!" 마음이 놓였다. 이미 마음이 가벼워졌다. "예전이 그리워서 그래. 그런 것뿐이야."

테일러가 머뭇거리더니 말했다. "너한테 말 안 한 게 있어. 콘래드가 로럴 아줌마를 만나러 왔었대."

숨이 턱 막혔다. "언제?"

"2주 전쯤. 콘래드가 로럴 아줌마를 설득해서 결혼 축하 파티에 오신 거야. 로럴 아줌마가 우리 엄마한테 이야기해서 엄마가 내게 말해 줬어······."

나는 아무 말도 하지 않았다. 그가 날 위해서?

"내가 말 안 한 건, 네가 다시 갈등하는 것을 원하지 않아서였어. 넌 제러마이아를 사랑하니까, 그렇지? 제러마이아와 결혼하고 싶은 거지?"

"응."

"확실해? 아직 늦지 않은 거, 알지? 아직은 전부 취소할 수 있어. 이번 주말에 꼭 결혼하지 않아도 돼. 좀 더 시간을 갖고······."

"시간은 더 필요 없어." 내가 말했다.

"좋아."

나는 몸을 뒤척였다. "잘 자, 테이."

"잘 자."

테일러가 잠들어 고른 숨소리가 들리기까지는 시간이 걸렸고, 나는 옆에 가만히 누워 생각에 잠겼다.

콘래드는 여전히 나를 지켜 주고 있었다. 나는 소리 없이 침대에서 나와 화장대를 더듬어 그것을 찾았다. 유리 유니콘을.

　수재나 아줌마가 우리를 쇼핑몰이나 미니 골프장에 데려다줄 때면, 항상 콘래드에게 모두를 맡겼다. 아줌마는 이렇게 말하곤 했다. "애들을 잘 돌보렴, 콘래드. 너만 믿을게."
　남자들은 게임 아케이드에 가고 싶어 했지만 나는 아니라서 쇼핑몰에서 따로 다닌 적이 있었다. 내가 여덟 살 때였다. 한 시간 뒤 푸드 코트에서 만나기로 했다. 나는 곧바로 유리 세공 가게로 갔다. 남자들은 유리 세공 가게 안에 들어가 보고 싶어 하지 않았지만 나는 좋아했다. 나는 진열장을 하나씩 돌아보곤 했다. 특히 나는 유리 유니콘을 보는 걸 좋아했다. 작은 걸로 하나 사고 싶었지만 12달러였다. 내가 가진 건 10달러뿐이었다. 나는 유니콘에서 눈을 뗄 수 없었다. 그것을 들었다가 내려놓았다가 다시 들었다. 나도 모르는 사이 한 시간 넘게, 두 시간 가까이 지나 버렸다. 나는 최대한 빨리 푸드 코트로 달려갔다. 남자들이 나 없이 가 버렸을까 봐 조마조마했다.

내가 갔을 때, 콘래드는 없었다. 제러마이아와 스티븐 오빠는 타코벨 구역에 앉아 게임 아케이드 쿠폰을 세고 있었다. "어디 갔었어?" 스티븐 오빠가 짜증스러운 표정으로 물었다.

나는 오빠를 무시했다. "콘래드 오빠는 어디 갔어?" 나는 헉헉거리며 제러마이아에게 물었다.

"너 찾으러 갔어." 제러마이아가 말했다. 그러고는 스티븐 오빠에게 말했다. "쿠폰을 지금 뭐 사는 데 쓰고 싶어, 아니면 아껴 뒀다 다음에 쓰고 싶어?"

"기다리자." 스티븐 오빠가 말했다. "다음 주에 상품이 더 나온대."

잠시 후 콘래드가 돌아와 제러마이아와 스티븐 오빠 옆에 앉아 아이스크림을 먹고 있는 나를 보고는 몹시 화를 냈다. "어디 있었어?" 콘래드가 고함을 질렀다. "3시에는 여기 돌아왔어야지!"

나는 목이 메는 것을 느꼈고, 곧 울음이 터질 것 같았다. "유리 세공 가게에." 나는 뚝뚝 녹아내리는 아이스크림을 들고 웅얼거렸다.

"너한테 무슨 일이 생겼으면 우리 엄마가 날 죽였을 거야! 내게 다 맡겼는데."

"유니콘이 있었는데……."

"됐어. 이제 넌 아무 데도 안 데려갈 거야."

"안 돼! 그러지 마." 나는 끈적이는 손으로 눈물을 닦으면서 소리쳤다. "미안해."

콘래드는 고함지른 것이 미안했는지 내 옆에 앉더니 말했다. "다시는 그러지 마, 벨리. 이제부터 꼭 붙어 다니는 거야. 알겠지?"

"응." 나는 훌쩍이며 말했다.

그해 8월 내 생일에 콘래드는 유리 유니콘을 선물했다. 작은 것이 아니라, 20달러짜리 큰 것이었다. 제러마이아와 스티븐 오빠가 레슬링을 하다가 뿔을 부러뜨렸지만, 나는 그 유리 유니콘을 고이 간직했다. 화장대 맨 위 서랍에. 그런 선물을 어떻게 버릴 수 있을까?

콘래드

내가 운전기사를 자원했다. 집을 떠날 무렵, 모두 와인과 맥주로 이미 꽤 취한 상태였다. 우리는 톰인지 레드버드인지 이름 모를 녀석 차를 탔다. 가장 컸기 때문이었다. 허머 트럭이나 다름없는 차였다. 제러마이아가 조수석에 앉았고 다른 친구들은 뒤에 앉았다.

톰이 우리 둘 사이로 손을 뻗어 라디오를 켰다. 음악에 따라 박자도 안 맞고 가사도 틀리는 랩을 시작했다.

나는 제러마이아를 흘깃거리며 말했다. "얘들이 네 친구들이냐?"

제러마이아는 웃으면서 함께 랩을 했다.

바에는 사람이 가득했다. 하이힐을 신고 립스틱을 짙게 바른 여자들이 사방에 있었다. 레드버드는 바에 들어가자마자 지나가는 모든 여자를 향해 춤을 추려고 했다. 하지만 번번이 거절당했다.

나는 술을 사러 바로 갔고 스티븐이 따라와 내 어깨를 두드리며 말했다. "그래서 넌 이 와중에 어떻게 지내?"

"뭐? 결혼식?"

"응."

나는 스티븐에게서 고개를 돌렸다. "그럭저럭."

"실수라고 생각해?"

대답할 필요가 없었다. 바텐더가 드디어 우리 쪽을 봤기 때문이다. "테킬라 더블 샷 다섯 잔이랑 뉴캐슬 한 잔이요." 내가 말했다.

스티븐이 말했다. "우리랑 테킬라 안 마실 거야?"

"너희 얼간이들을 돌봐야지, 잊었어?"

우리는 다른 친구들이 앉아 있는 자리로 잔을 가지고 돌아갔다. 다섯 명이 모두 술을 단숨에 입에 털어 넣었고, 레드버드가 일어나 타잔처럼 가슴을 두드리며 고함을 지르기 시작했다. 모두 웃음을 터뜨리고는 레드버드에게 댄스 플로어에 있는 여자 둘한테 가서 말을 걸어 보라고 시켰다. 스티븐은 붉은 머리 여자와 춤을 추기 시작했고, 레드버드는 풀이 죽어 자리로 돌아왔다.

"한 잔씩 더 사 올게." 내가 말했다. 녀석들을 전부 취하게 만드는 것이 들러리인 내 의무라고 여겼다.

테킬라 다섯 잔을 더 가지고 돌아왔다. 스티븐이 여전히 댄스 플로어에 있어서 제러마이아가 그의 잔을 비웠다.

내가 맥주를 들고 있는데, 조시란 친구가 제러마이아에게 말하는 소리가 들렸다. "야, 너 드디어 벨리랑 가까워지겠다."

나는 고개를 번쩍 들었다. 제러마이아가 조시 어깨에 팔을 두르고 노래했다. "하얀 결혼식을 올리기 좋은 날이야."

아직 섹스를 안 했다고?

그다음에 조시가 말했다. "야, 너도 처음 하는 것 같겠다. 카보에서 레이시랑 자고 나서 아무랑도 못 잤잖아."

카보? 제러마이아는 지난 봄 방학에 카보에 갔었다. 벨리랑 사귀고 있을 때.

제러마이아가 음정이 맞지 않게 노래했다. "처음으로 손이 닿는 처녀처럼." 그러더니 일어났다. "오줌 눌래."

제러마이아가 비틀거리며 화장실로 가는데, 조시가 말했다. "저 녀석은 재수 좋은 놈이야. 레이시 엄청 섹시하잖아."

톰이 조시를 쿡 찌르며 크게 말했다. "젠장, 걔들이 호텔 방에서 문 잠그고 우리를 쫓아냈던 거 기억해?" 그가 내게 말했다. "진짜 웃겼어. 쟤들이 우릴 쫓아내고 문을 잠갔는데, 어찌나 정신이 팔렸던지 우리가 문 두드리는 소리도 못 들었대. 그날 밤에 우린 복도에서 잤다니까."

조시가 웃으며 말했다. "그 여자 되게 시끄러웠어. 오, 제러, 어어, 마, 아아······."

나는 화가 났다. 탁자 밑에서 주먹을 꽉 쥐었다. 뭔가 치고 싶었다. 우선 눈앞에 있는 두 자식을 때려눕히고, 동생을 찾아 두들겨 패고 싶었다.

나는 자리에서 벌떡 일어나서 사람들을 밀치며 화장실까지 갔다.

문을 두드렸다.

"여기 사람 있어." 제러마이아가 안에서 혀 꼬부라진 소리로 말했다. 그리고 변기에 토하는 소리가 들렸다.

나는 거기 몇 초 더 서 있다가 밖으로 나왔다.

한 시간 뒤, 남자들이 술에 잔뜩 취해 돌아왔다. 제러마이아가 취한 건 전에도 본 적 있었지만, 그런 정도는 처음이었다. 너무 정신을 차리지 못해 남자들이 위층으로 들어 올린 셈이었다. 제러마이아는 눈도 뜨지 못했다. "벨리이이이." 그가 외쳤다. "너랑 결혼할 거야."

나는 계단 밑에서 외쳤다. "어서 자!"

콘래드는 함께 오지 않았다. 톰에게 물었다. "콘래드 오빠는 어디 있어? 기사 노릇을 해 주는 줄 알았는데."

톰이 비틀거리며 위층으로 올라갔다. "몰라. 아까는 있었는데."

나는 뒷좌석에서 자고 있나 싶어 차에 가 봤다. 하지만 차에도 없었다. 걱정되기 시작했지만, 바닷가 저 아래 인명 구조 요원 자리에 앉아 있는 그의 모습이 얼핏 보였다. 나는 신발을 벗고 그에게로 갔다.

"내려와." 내가 불렀다. "거기서 잠들면 안 돼."

"올라와." 콘래드가 말했다. "잠깐만."

나는 잠시 생각해 봤다. 콘래드는 취한 것 같지 않았다. 멀쩡한 목소리였다. 의자 쪽으로 올라가 콘래드 옆에 앉았다. "재미있게 놀았어?" 내가 물었다.

콘래드는 대답하지 않았다.

나는 바닷가를 따라 파도가 철썩이는 광경을 지켜봤다. 초승달이 떠 있었다. 내가 말했다. "밤에 여기가 좋아."

그때 콘래드가 불쑥 말했다. "할 이야기가 있어."

그 목소리가 어쩐지 두려웠다. "뭔데?"

콘래드가 바다를 내려다보며 말했다. "제러마이아가 카보에서 딴 여자랑 잤어."

그런 말을 할 것이라고는 예상하지 못했다. 꿈에도 생각하지 못했다. 콘래드는 턱에 힘을 주고 성난 표정을 짓고 있었다. "오늘 클럽에서 멍청한 친구 녀석이 들려준 소리야." 콘래드는 그제야 나를 봤다. "내가 말하게 되어서 미안해. 네가 알아야 할 것 같아서."

나는 뭐라고 대답해야 할지 알 수 없었다. 한참 만에 말했다. "그건 알고 있었어."

콘래드가 머리를 홱 돌렸다. "알고 있다고?"

"응."

"그런데도 결혼을 한다고?"

뺨이 뜨거웠다. "제러마이아가 잘못한 거지." 내가 나직이 말했다. "자기가 한 짓 때문에 자책해서 내가 용서해 줬어. 이제 아무렇지 않아. 다 좋아."

콘래드는 혐오스럽다는 듯 입술을 비틀었다. "장난하냐? 걔가 다른 여자랑 호텔 방에서 잤는데, 걔 편을 든다고?"

"오빠가 뭔데 우리를 비난해? 오빠가 상관할 일이 아니야."

"내가 상관할 일이 아니라고? 그 새끼는 내 동생이고 넌……." 콘래드는 그 문장을 끝맺지 못했다. 대신 이렇게 말했다. "네가 남자한테 그런 짓을 당하고도 참을 줄 몰랐다."

"오빠한테는 그보다 더한 짓을 당하고도 많이 참았어." 입에서 자동으로 튀어나왔다. 생각하지 않고 그냥 말해 버렸다.

콘래드는 눈을 번득이며 말했다. "난 다른 여자랑 잔 적 없어. 우리가 사귈 때 난 다른 여자에게 눈길 한번 안 줬어."

나는 그에게서 떨어져 사다리를 내려오기 시작했다. "그 일은 이야기하고 싶지 않아." 콘래드가 그런 이야기를 왜 꺼내는지 알 수 없었다. 모두 잊고 싶었다.

"널 잘 아는 줄 알았는데." 콘래드가 말했다.

"오빠가 착각한 모양이지." 내가 말했다. 그러고는 남은 높이는 뛰어내렸다.

뒤에서 콘래드도 뛰어내리는 소리가 들렸고, 나는 걷기 시작했다. 눈물이 흐르는 것을 느꼈지만 그에게 보이고 싶지 않았다.

콘래드가 내 뒤로 달려와 팔을 잡았다. 나는 고개를 돌리려고 했지만, 콘래드는 눈물을 보고 표정이 변했다. 그가 날 불쌍해하다니. 속이 더 상할 뿐이었다. "미안해." 콘래드가 말했다. "괜한 소리를 했어. 네 말이 맞아. 내가 상관할 일이 아니야."

나는 그에게서 몸을 홱 돌렸다. 그의 동정은 필요 없었다.

나는 집과 반대 방향으로 걷기 시작했다. 어디로 가는지 알 수 없었다.

콘래드에게서 멀어지고 싶었을 뿐이다.

콘래드가 외쳤다. "아직 널 사랑해."

나는 얼어붙었다. 그리고 천천히, 돌아서서 그를 봤다. "그런 소리 하지 마."

콘래드가 한 걸음 다가왔다. "네게서 벗어날 수 있을지 모르겠어. 완전히 벗어날 수가 없어. 그런…… 느낌이 들어. 네가 늘 그 자리에 있을 거라는. 여기." 콘래드가 가슴을 움켜쥐었다가 손을 내렸다.

"내가 제러마이아와 결혼한다니까 그러는 것뿐이야." 내 목소리가, 떨리는 작은 목소리가 싫었다. 약한 목소리가. "그래서 갑자기 이런 소리를 하는 거야."

"갑자기가 아니야." 콘래드는 내 눈에 시선을 고정하고 말했다. "언제나 그랬어."

"상관없어. 너무 늦었어." 나는 돌아섰다.

"잠깐." 콘래드가 다시 내 팔을 잡았다.

"놔줘." 내 목소리가 너무 차가워서 나조차도 낯설었다. 콘래드도 놀랐다.

콘래드는 흠칫하더니 손을 놓았다. "하나만 말해 줘. 왜 지금 결혼하는 거야?" 콘래드가 말했다. "그냥 함께 살지 않고?"

나도 나 자신에게 그렇게 질문했었다. 좋은 대답은 떠오르지 않았다.

나는 걸어가기 시작했다. 콘래드가 계속 따라왔다. 내 어깨에 팔을 둘렀다.

"놔." 빠져나오려고 했지만, 그가 붙잡았다.

"잠깐, 잠깐만."

심장이 두근거렸다. 누가 우리를 보면 어쩌지? 누가 들으면 어쩌지?
"놔주지 않으면 소리 지를 거야."

"내 말 좀 끝까지 들어 줘. 1분만. 부탁이야." 그가 쉰 목소리로 힘겹게 말했다.

나는 한숨을 쉬었다. 머릿속으로 60부터 거꾸로 세기 시작했다. 딱 60초. 그에게 60초를 주고 떠나서 돌아보지 않을 생각이었다. 2년 전에 그에게서 그 말만을 듣기 원했다. 하지만 지금은 너무 늦었다.

콘래드가 조용히 말했다. "2년 전에는 내가 잘못했어. 하지만 네가 모르는 게 있어. 그날 밤…… 그날 밤 기억해? 학교에서 돌아가는데 비가 너무 많이 와서 모텔에서 잔 날. 기억나?"

나는 물론 그날 밤을 기억했다.

"그날 밤, 나는 한숨도 못 잤어. 어떻게 해야 할지 생각했지. 어떻게 해야 옳은지. 널 사랑했으니까. 하지만 사랑하면 안 된다고 생각했으니까. 그때 난 아무도 사랑할 자격이 없었어. 엄마가 돌아가시고 너무 화가 났어. 마음속에 늘 화가 차 있었어. 언제라도 터질 것 같았지."

콘래드가 숨을 들이쉬었다. "너를 제대로 사랑할 여유가 없었어. 하지만 널 제대로 사랑할 수 있는 게 누군지 알았지. 제러마이아. 제러마이아는 너를 사랑했어. 내가 너를 계속 곁에 두면 어떻게든 상처를 줬을 거야. 그건 분명했지. 그럴 수는 없었어. 그래서 널 놓아준 거야."

나는 이미 세기를 멈추고 있었다. 호흡에 집중하고 있었다. 숨을 들이쉬고, 내쉬고.

"하지만 올여름에……. 젠장, 올여름에. 네가 다시 곁에 있고, 예전처럼 이야기하고. 예전처럼 네가 날 보니까."

나는 눈을 감았다. 그가 무슨 말을 하든지 상관없었다. 그렇게 나 자신에게 다짐하고 있었다.

"널 다시 보니까 내 계획은 전부 쓰레기가 됐어. 도저히……. 나는 제러마이아를 누구보다 사랑해. 내 동생, 내 가족이니까. 이런 짓을 하는 내가 싫다. 하지만 너희가 함께 있는 것을 보니까 걔도 싫어." 콘래드의 목소리가 갈라졌다. "걔랑 결혼하지 마. 걔랑 함께하지 마. 나랑 있어 줘."

콘래드의 어깨가 떨렸다. 울고 있었다. 그가 그렇게 애원하는 소리를 들으니, 그가 여린 모습으로 속마음을 드러내는 것을 보니, 마음이 찢어지는 것 같았다. 하고 싶은 말이 너무 많았다. 하지만 할 수 없었다. 콘래드에게는 한번 시작하면 멈출 수 없었다.

나는 거칠게 몸을 떼어 냈다. "오빠……."

콘래드가 나를 잡았다. "말해 봐. 아직 내게 감정이 남아 있어?"

나는 그를 밀었다. "아니! 모르겠어? 오빠는 내게 제러마이아 같은 사람이 되어 줄 수 없어. 제러마이아는 나랑 가장 친한 친구야. 무슨 일이 있어도 나를 사랑해. 걔는 내키는 대로 나를 밀어 내지 않아. 걔처럼 나를 대해 준 사람은 아무도 없었어. 아무도. 특히 오빠는. 오빠랑 나는……." 나는 그렇게 말하다가 멈췄다. 그 상황을 바로잡아야 했다. 콘래드가 나를 영영 놓아 버리게 만들어야 했다. "오빠랑 나 사이는 아무것도 아니었어."

콘래드의 얼굴에서 힘이 빠졌다. 눈에서 빛이 사라졌다. 더 이상 그를 볼 수 없었다.

나는 다시 걷기 시작했고 그는 따라오지 않았다. 돌아보지 않았다. 돌아볼 수 없었다. 그의 얼굴을 다시 본다면, 걸을 수 없을 것 같았다.

나는 걸어가며 나 자신에게 말했다. 참아, 참아, 조금만 더. 그가 나를 보지 못한다는 확신이 들었을 때, 집이 다시 보였을 때, 그제야 나는 울었다. 모래사장에 주저앉아 콘래드를 생각하며, 그리고 나를 생각하며 울었다. 이루어질 수 없는 일을 생각하며 울었다.

살면서 모든 것을 가질 수 없다는 것은 누구나 아는 사실이다. 나는 그들 두 사람을 다 사랑했다. 동시에 두 사람을 사랑할 수 있는 만큼 사랑했다. 콘래드와 나는 연결되어 있었다. 언제까지고 끊을 수 없는 사이였다. 그것은 내가 버릴 수 없는 사실이었다. 그제야 알 수 있었다. 그 사랑은 아무리 노력해도 지울 수 없었다.

나는 일어나 몸에서 모래를 털어 내고 집으로 돌아갔다. 제러마이아의 침대에 올라가 옆에 누웠다. 제러마이아는 기절하듯 잠들어 있었다. 술을 많이 마시면 늘 그러듯이 요란하게 코를 골면서.

"사랑해." 그의 등에 대고 내가 말했다.

이튿날 오전, 테일러와 애니카는 필요한 물건을 구하러 시내로 갔다. 나는 그날 늦게 부모님이 도착하기로 해서 욕실 청소를 했다. 남자들은 아직 자고 있었고, 그래서 다행이었다. 제러마이아에게 무슨 말을 하고 무슨 말을 하지 않을지 알 수 없었다. 염려가 마음을 갉아먹고 있었다. 아무 말도 하지 않는 것이 이기적인 행동일까, 너그러운 행동일까?

샤워하고 나오다가 콘래드와 마주쳤지만, 눈도 쳐다보지 않았다. 곧 그의 차가 나가는 소리가 들렸다. 어디로 가는지 몰랐지만, 내게서 멀리 떨어져 있기를 바랐다. 아직은 간밤의 일이 아물지 않았다. 나는 나갈 수 없었다. 내 결혼이었으니까. 하지만 콘래드는 나가 있었으면 싶었다. 그러면 더 편할 것 같았다. 이기적인 생각이었다. 따지고 보면, 별장 절반은 콘래드의 것이었으니까.

침대를 정리하고 손님용 욕실을 청소한 뒤 샌드위치를 만들려고 아래층 주방으로 갔다. 안전한 줄, 그가 계속 외출 중인 줄 알았다. 하지만 콘래드는 거기서 샌드위치를 먹고 있었다.

나를 보자마자 콘래드는 샌드위치를 내려놓았다. 로스트비프 샌드위치 같았다. "잠깐만 얘기할 수 있을까?"

"할 일이 있어서 시내에 나가야 해." 나는 그의 어깨 근처를 보며, 그에게 시선을 주지 않고 말했다. "결혼식 준비 때문에."

걸어가는데 콘래드가 현관으로 따라 나왔다.

"저기, 어젯밤 일은 미안해."

나는 아무 말도 하지 않았다.

"부탁 하나 들어줄래? 내가 한 말 전부 잊어 주겠니?" 콘래드는 살짝 비꼬듯 웃었다. 나는 웃는 얼굴을 주먹으로 치고 싶었다. "어젯밤에 취해서 정신이 나갔었어. 여기 다시 돌아오니까 옛날 일들이 이것저것 떠올라서. 하지만 다 지나간 일이지. 솔직히 내가 뭐라고 했는지 기억도 안 나지만, 무슨 말을 했든 선을 넘었어. 정말 미안해."

순간 나는 너무 분해서 할 말을 잊었다. 숨을 쉴 수 없었다. 물에서 건져 올린 금붕어처럼 입만 뻐끔거리면서 공기를 빨아들였다. 그날 밤, 나는 한숨도 못 잤다. 그가 했던 말 한마디 한마디를 곱씹으며 괴로워했다. 정말 바보가 된 기분이었다. 한순간, 아주 잠시나마 흔들렸다고 생각하니. 그런 생각까지 했다. 만약 제러마이아가 아니라 그와 결혼하면 어떨지. 그래서 콘래드가 미웠다.

"안 취했잖아." 내가 말했다.

"아냐, 진짜 취했어." 콘래드는 미안하다는 듯 미소를 지었다.

나는 무시했다. "내 결혼식 직전에 그런 소리를 하더니 이젠 그냥 잊어버리라고? 그런 식으로 남의 마음 가지고 장난치면 안 되는 걸 몰라?"

콘래드의 얼굴에서 미소가 사라졌다. "잠깐만, 벨리."

"내 이름 부르지 마." 나는 그에게서 뒷걸음질 쳤다. "내 이름을 머릿속에 떠올리지도 마. 아니, 다시는 나한테 말도 걸지 마."

콘래드는 다시 비꼬는 미소를 반쯤 지으며 말했다. "음, 그건 좀 어려울 것 같은데. 넌 내 동생이랑 결혼하니까. 그러지 마, 벨리."

좀 전보다 더 화가 날 수 없을 줄 알았는데, 더 화가 났다. 너무 화가 나서 내뱉듯이 이렇게 말했다. "가 주면 좋겠어. 엉터리 변명 하나 지어내고 가 버려. 보스턴이나 캘리포니아로 돌아가라고. 어딜 가든 상관없어. 그냥 가 버려."

콘래드의 눈이 움찔거렸다. "안 가."

"가." 나는 그를 세게 밀쳤다. "가 버려."

그때 그가 친 철벽에 처음 금이 가는 것이 보였다.

콘래드는 갈라지는 목소리로 말했다. "내가 뭐라고 하길 바란 거냐, 벨리?"

"내 이름 부르지 말라고!" 내가 외쳤다.

"나한테서 바라는 게 뭐야?" 콘래드가 고함을 질렀다. "어젯밤 내가 벌거벗고 말했잖아! 속마음을 다 털어놨는데, 네가 차단했지. 당연해. 그런 소릴 너한테 했던 게 잘못인 걸 알겠어. 그래서 자존심을 조금만 다치고 어제 한 짓을 무마해 보려는 거잖아. 이 일이 다 끝나고서 네 얼굴을 제대로 보려고. 그런데 넌 그것도 못 하게 해. 그래, 어젯밤에 너한테 상처받았다. 그런 소릴 듣고 싶은 거야?"

나는 다시 할 말을 잃었다. 그리고 찾았다. "오빠는 정말 마음이라곤 없구나."

"아니, 매정한 건 너라고 생각해."

콘래드는 이미 걸어가고 있었다. 내가 외쳤다. "그건 무슨 소리야?" 나는 콘래드를 뒤따라가서 팔을 잡아당겼다. "지금 한 말 무슨 뜻인지 말해 봐."

"무슨 뜻인지 알잖아." 콘래드가 팔을 잡아 뺐다. "난 아직 널 사랑해. 계속 사랑했어. 너도 알 거야. 너도 내내 알고 있었어."

나는 입을 꾹 다물고 고개를 저었다. "그렇지 않아."

"거짓말하지 마."

나는 다시 고개를 저었다.

"마음대로 해. 하지만 이제 더 이상 널 위해 연기하지 않을 거야." 콘래드는 그렇게 말하고서 계단을 내려가 차로 갔다.

나는 테라스에 주저앉았다. 심장이 분당 백만 번, 천만번 뛰었다. 온몸이 살아 날뛰는 것 같았다. 분노, 슬픔, 기쁨. 그가 그 모든 감정을 느끼게 했다. 그 누구도 내게 그런 영향을 주지 못했다. 그 누구도.

문득 그런 느낌이 들었다. 그를 결코 놓을 수 없으리라는 절대적인 확신이 들었다. 도저히 바꿀 수 없는 사실이었다. 나는 그동안 내내 따개비처럼 콘래드에게 붙어 있었고, 떨어져 나올 수 없었다. 사실, 모두 내 탓이었다. 콘래드를 떼어 낼 수도, 제러마이아에게서 멀어질 수도 없었다.

그러면 나는 어떻게 될까?

다음 날이 결혼식인데.

그렇게 한다면, 콘래드를 택한다면, 다시는 예전으로 돌아갈 수 없었다. 제러마이아의 목덜미를 쓰다듬으며 폭신한 느낌을 즐길 수 없을 것이다. 솜털 같은 보드라움을. 제러마이아는 이전 같은 눈빛으로 나를 보지 않을 것이다. 자기 여자라는 눈빛으로 나를 봤는데. 사실 나는 그의 여자였고 늘 그랬던 것 같았다. 그 모든 것을 잃게 될 것이다. 다 끝날 것이다. 돌이킬 수 없는 일이니까. 그 모든 것에 어떻게 작별을 고할 수 있을까? 그럴 수 없었다. 그리고 우리 가족은? 내 엄마, 그의 아빠에게 무슨 짓이 될까? 우리를 파멸시킬 짓이었다. 그럴 수는 없었다. 특히, 특히 수재나 아줌마가 떠난 후 모든 것이 아슬아슬한 상황에. 우리는 수재나 아줌마 없이 함께할 방법을, 여전히 여름에 가족처럼 모일 방법을 찾고 있었다.

겨우 그것을 위해 이 모든 것을 포기할 수 없었다. 겨우 콘래드를 얻으려고. 나를 사랑한다는 콘래드. 드디어 그가 그렇게 말했다 하더라도.

콘래드가 여자에게 사랑한다고 하면, 그것은 진심이었다. 믿을 수 있는 말이었다. 인생을 모조리 거기 걸어도 될 것 같았다.

내가 할 행동이 그것이었다. 내 인생을 그에게 거는 셈이었다. 하지만 그럴 수 없었다. 그러지 않을 생각이었다.

콘래드

차를 몰고 떠났다. 아드레날린이 솟구쳤다.

드디어 말해 버렸다. 실제로 소리 내어, 그녀를 똑바로 보면서 말했다. 더 이상 가슴에 묻어 두지 않아도 되니 시원했고, 그녀에게 말해 버려서 후련했다. 취한 것처럼 마음이 달뜨고 정신이 멍했다. 그녀는 나를 사랑한다. 직접 말하는 것을 들을 필요도 없이, 그때 내게 향하는 눈빛만 보고도 직관적으로 알 수 있었다.

하지만 이제 어떻게 해야 할까? 그녀는 나를 사랑하고 나는 그녀를 사랑하지만, 우리 사이에 그토록 많은 사람이 가로막고 있는데 어떻게 하면 좋을까? 나는 그녀에게 어떻게 다가갈 수 있을까? 그녀 손을 잡고 달아날 용기가 있을까? 그녀는 나를 따라올 것이라고 믿었다. 내가 청하면, 그녀는 정말 올 것이라고 믿었다. 하지만 대체 어디로 갈까? 그들이 우리를 용서할까? 제러마이아, 로럴 아줌마, 우리 아빠가. 정말 내가 그녀를 데리고 간다면, 그녀는 어떻게 될까?

그런 질문과 의심 말고, 내 마음속 깊은 곳에는 온갖 후회가 자리 잡고 있었다. 1년 전, 한 달 전, 일주일 전에 말했다면 상황이 달라졌을까? 그날은 그녀 결혼식 전날이었다. 스물네 시간이 지나면 그녀는 내 동생과 결혼할 예정이었다. 난 왜 그렇게 오래 기다렸을까?

나는 한참 동안 시내로 바닷가로 차를 몰고 다니다가 집으로 돌아갔다. 테라스에 테일러가 앉아 있었다.

"모두 어디 갔지?" 내가 물었다.

"안녕." 테일러는 선글라스를 머리 위로 올리며 말했다. "배 타러 갔어."

"너는 왜 안 갔어?"

"뱃멀미를 하거든." 테일러가 나를 봤다. "할 이야기가 있어."

나는 조심스레 마주 봤다. "무슨 이야기?"

테일러가 자기 옆 의자를 가리켰다. "일단 와서 앉아 봐."

"어젯밤에 벨리한테 뭐라고 했어?"

나는 눈길을 피하며 말했다. "걔가 뭐라고 했는데?"

"아무 말도 안 했어. 하지만 무슨 일이 있었던 건 알겠네. 어젯밤에 벨리가 울었거든. 오늘 아침에 보니까 눈이 퉁퉁 부었어. 그 애가 너 때문에 울었다는 데 돈이라도 걸겠어. 또 말이야. 참 잘한다, 콘래드."

가슴이 답답했다. "네가 참견할 일이 아니야."

테일러가 나를 노려봤다. "벨리는 내 가장 오랜 친구야. 당연히 내가 참견할 일이지. 콘래드, 경고하는데, 벨리를 건드리지 마. 벨리가 혼란스러워하잖아. 또다시 말이야."

나는 일어서며 말했다. "다 했냐?"

"아니. 다시 앉아 봐."

나는 다시 앉았다.

"벨리가 너 때문에 얼마나 상처받는지 알아? 넌 벨리를 내킬 때만 가지고 노는 장난감 취급해. 어린애처럼. 네 물건을 다른 사람이 가져가는 게 짜증 나서 달려들어서는 전부 뒤엎어 놓는 거잖아."

나는 한숨을 푹 쉬었다. "그러려는 거 아니야."

테일러가 입술을 깨물었다. "벨리는 마음 한구석으로는 너를 언제나 사랑할 거래. 그런데도 상관없다고 할 거야?"

그런 말을 했다고? "상관없다고는 안 했어."

"벨리가 이 결혼을 해 버리는 걸 막을 사람은 너뿐일 거야. 하지만 벨리를 원하는 마음이 진짜 확실해야 해. 그런 게 아니라면 쟤들 인생을 쓸데없이 망치는 셈이니까." 테일러는 다시 선글라스를 썼다. "가장 친한 내 친구의 인생을 망치지 마. 평소처럼 자기밖에 모르는 나쁜 놈이 되지 말라고. 벨리 말대로 좋은 사람이 되어 봐. 걜 놓아줘."

'벨리 말대로 좋은 사람이 되어 봐.'

할 수 있을 것 같았다. 끝까지 벨리를 위해 싸울 수 있을 것 같았다. 다른 사람은 생각하지 않고서. 벨리 손을 잡고 달아날 수 있을 것 같았다. 하지만 내가 그렇게 하면, 벨리가 틀렸다는 것을 증명하는 셈이 아닐까? 나는 좋은 사람이 아니었다. 나는 테일러 말대로 자기밖에 모르는 나쁜 놈이었다. 하지만 벨리가 내 곁에 있을 것이다.

그날 밤, 우리는 모두 시내에 새로 생긴 식당에 갔다. 우리 부모님, 피셔 아저씨, 그리고 아이들 모두. 배가 고프지 않았지만, 바닷가재 샌드위치를 시켜서 다 먹었다. 아빠가 돈을 냈으니까. 아빠가 꼭 내겠다고 했다. '고급스러운' 행사가 있을 때마다, 항상 똑같은 회색 줄무늬 흰색 셔츠를 입는 아빠가. 아빠는 그날도 그 셔츠를 입고 진청색 셔츠 드레스를 입은 엄마 옆에 앉았다. 나는 아빠와 엄마를 볼 때마다 가슴이 뭉클할 정도로 애정을 느꼈다.

그리고 아빠가 계속 바닷가재의 신경계 이야기를 할 때마다 흥미로운 척 연기하는 테일러도 함께였다. 그 옆에 앉은 애니카는 정말로 흥미로운 표정이었다. 애니카 옆에는 어이없다는 표정을 짓고 있는 스티븐 오빠가 있었다.

콘래드는 탁자 맨 끝에 제러마이아의 친구들과 함께 앉았다. 나는 그가 있는 쪽에 시선을 주지 않으려고 의식적으로 노력하면서 내 접시와 옆에 앉은 제러마이아에게만 집중했다. 신경 쓸 필요도 없었다. 콘래드도 나를 보지 않았으니까. 그는 남자들, 스티븐 오빠, 엄마와 대화했다. 나만 빼고 모두와. 나는 '네가 원한 거잖아.'라고 나 자신을 일깨웠다. 날 건드리지 말라고 했잖아. 네가 청한 일이야.

둘 다 가질 순 없어.

"괜찮아?" 제러마이아가 속삭였다.

나는 고개를 들고 미소를 지었다. "응! 당연하지. 배가 불러서 그래."

제러마이아는 내 감자튀김을 하나 집으면서 말했다. "디저트 들어갈 자리 남겨야지."

나는 끄덕였다. 제러마이아가 다가와 내게 키스했고, 나도 키스했다. 그러고 나서 제러마이아의 눈길이 탁자 끝 쪽을 살짝 스쳤다. 너무 짧은 순간이라 내 착각일 수도 있었다.

콘래드

그날 밤, 미쳐 버리는 줄 알았다. 모두와 함께 탁자에 둘러앉아서 우리 아빠가 건배사를 할 때 환호하고, 제러마이아가 우리 모두 보는 앞에서 그녀에게 키스할 때 보지 않으려고 애쓰면서.

저녁 식사가 끝난 뒤 제러마이아와 벨리와 친구들은 모두 아이스크림을 먹으러 보드워크로 갔다. 아빠와 벨리의 아빠는 호텔로 갔다. 로럴 아줌마와 나만 집에 남았다. 내 방으로 가려는데 아줌마가 나를 붙잡더니 말했다. "얘, 콘래드, 맥주 한잔하자. 우리 그래도 되지 않을까?"

우리는 맥주를 가지고 식탁 앞에 앉았다. 아줌마가 내 맥주병에 병을 부딪치며 말했다. "건배……. 무엇에 건배해야 할까?"

"뭐긴요. 행복한 부부를 위해서죠."

아줌마는 나를 보지 않고 말했다. "어떻게 지내니?"

"잘 지내요." 내가 말했다. "아주."

"관둬라. 나 너의 로럴 아줌마야. 말해 봐. 기분이 어때?"

"솔직히요?" 나는 맥주를 들이켰다. "아주 죽겠어요."

아줌마가 안쓰러운 얼굴로 나를 봤다. "미안하다. 네가 그 애를 많이 사랑하는 거 알아. 네게 참 힘든 일일 거야."

목이 메어 왔다. 헛기침을 해 봐도 소용없었다. 울음이 가슴속에서, 눈 뒤로 올라오는 것이 느껴졌다. 로럴 아줌마 앞에서 울다니. 아줌마가 엄마처럼, 말 안 해도 다 안다는 듯이 말했기 때문이다.

아줌마가 내 손을 꼭 잡았다. 나는 손을 빼려고 했지만, 아줌마가 더 세게 붙잡았다. "내일은 지나갈 거야, 약속해. 너랑 나랑 함께 내일을 견디자." 아줌마가 손에 힘을 주며 말했다. "아, 너희 엄마 보고 싶다."

"저도요."

"지금 우리한테 네 엄마가 꼭 필요한데, 그렇지?"

나는 고개를 떨구고 울기 시작했다.

그날 밤, 나는 제러마이아 방에서 자고 싶었다. 하지만 그를 따라 위층으로 올라갔을 때 테일러가 손가락질하며 말했다. "어허, 안 되지. 불운을 가져와."

그래서 나는 내 방으로, 그는 자기 방으로 갔다.

너무 더웠다. 잠이 오지 않았다. 더위를 식히려고 이불을 걷어차고 베개를 뒤집었지만, 효과가 없었다. 알람 시계를 자꾸 확인했다. 1시, 2시.

더 이상 견딜 수 없어서 이불을 걷고 수영복으로 갈아입었다. 전등도 켜지 않고 더듬거리며 아래층으로 내려갔다. 달빛이면 충분했다. 다들 자고 있었다.

나는 밖으로 나가 수영장으로 내려갔다. 다이빙한 뒤 최대한 숨을 참았다. 벌써 온몸이 이완되는 것을 느꼈다. 숨을 쉬러 수면 위로 올라온 뒤, 누워서 떠다니며 하늘을 올려다봤다. 별이 떠 있었다. 참 조용하고 고요해서 좋았다. 들리는 것은 모래사장을 철썩이는 파도 소리뿐이었다.

다음 날이면 나는 이사벨 피셔가 된다. 늘 바라던 바였다. 소녀 시절 꿈이 천 번 만 번 이뤄지는 것이었다. 그런데 내가 그것을 망쳐 놓았다. 아니, 망쳐 놓을 참이었다. 사실대로 말해야 했다. 그런 식으로는 제러마이아와 결혼할 수 없었다. 그렇게 큰 비밀이 우리 사이를 가로막고 있어서는.

나는 수영장에서 나와 몸에 타월을 감고서 안으로 들어간 다음 제러마이아의 방으로 올라갔다. 그는 잠들어 있었지만, 내가 흔들어 깨웠다. "할 이야기가 있어." 내가 말했다. 내 머리카락에서 그의 베개로, 얼굴로 물이 떨어졌다.

제러마이아는 잠에 취한 채 말했다. "이러면 불운이 닥친다며?"

"상관없어."

제러마이아는 뺨을 닦으며 일어나 앉았다. "무슨 일인데?"

"밖에 나가서 이야기하자." 내가 말했다.

우리는 테라스로 나가서 라운지체어에 앉았다.

나는 서론은 생략하고 나직이 말했다. "어젯밤에 콘래드가 아직 내게 감정이 남아 있다고 말했어."

옆에 앉은 제러마이아의 몸이 굳는 것이 느껴졌다. 나는 그가 말하기를 기다렸다가, 아무 말 없기에 계속했다. "물론 나는 그렇지 않다고 말했어. 더 일찍 말하고 싶었지만, 그러면 안 될 것 같아서 나 혼자만 알고 있으려고 했어."

"형을 죽여 버릴 거야." 제러마이아가 말했다. 그가 그렇게 말하는 것을 들으니 충격이었다. 제러마이아가 일어섰다.

나는 그를 다시 앉히려고 했지만, 듣지 않았다. 내가 애원했다. "제러마이아, 안 돼. 그러지 마. 제발 여기 앉아서 나랑 이야기해."

"왜 형을 감싸는 거야?"

"아니, 감싸는 거 아니야."

제러마이아가 나를 내려다봤다. "형을 지우려고 나랑 결혼하는 거야?"

"아니." 내 대답에 놀란 숨소리가 섞여 나왔다. "아니야."

"문제는 말이야, 네 말을 못 믿는다는 거야." 제러마이아의 목소리는 이상하게 침착했다. "네가 형을 보는 눈빛을 봤어. 너는 나를 그렇게 본 적이 없었어. 단 한 번도."

나는 벌떡 일어나 그의 손을 간절히 붙잡았지만, 그는 내 손을 떨쳤다. 나는 숨을 몰아쉬며 말했다. "그렇지 않아, 제러마이아. 전혀 그렇지 않아. 콘래드에 대한 감정은 전부 추억일 뿐이야. 그것뿐이야. 우리 사이와는 상관없어. 다 옛날 일이지. 과거는 잊고 우리끼리 미래를 만들면 안 돼? 우리 둘만?"

제러마이아는 높낮이 없는 말투로 말했다. "과거라고? 크리스마스에 형을 만난 거 알고 있어. 둘이 여기서 지낸 거 알고 있다고."

나는 입을 열었지만 아무 말도 나오지 않았다.

"뭐라고 말해 봐. 어서, 아니라고 해 봐."

"우리 사이에 아무 일도 없었어, 제러마이아. 맹세해. 콘래드가 여기 오는 것도 몰랐어. 너한테 말하지 않은 이유는 단지……." 이유가 무엇이었을까? 왜 말하지 않았을까? 왜 이유를 생각할 수 없을까? "네가 아무것도 아닌 일에 속상해하는 것이 싫었어."

"아무 일도 아니라면 내게 말했을 거야. 대신 넌 비밀로 삼았지. 내게는 신뢰에 대해 그렇게 설교하면서 너는 그 일을 비밀로 간직했어. 난 레이시랑 한 짓 때문에 나쁜 새끼가 된 기분이었는데, 심지어 그때 우리는 사귀는 사이도 아니었잖아."

속이 메스꺼웠다. "언제부터 안 거야?"

"그게 중요해?" 제러마이아가 쏘아붙였다.

"응, 내겐 중요해."

제러마이아는 내게서 떨어져 걷기 시작했다. "처음부터 알았어. 내가 이미 아는 줄 알고 형이 널 봤다고 말했어. 그래서 당연히 아는 척했지. 내가 얼마나 바보가 된 기분이었는지 알아?"

"알겠어." 내가 중얼거렸다. "왜 아무 말도 안 했어?" 우리 둘의 거리는 대여섯 발짝 정도였지만, 아주 멀게 느껴졌다. 그의 눈빛 때문이었다. 멍하니 딴생각을 하는 눈빛.

"네가 말하기를 기다렸어. 그런데 넌 말하지 않았어."

"미안해. 정말 미안해. 말해야 했는데. 내가 잘못했어." 어리석었다. 심장이 너무 빨리 뛰었다. "널 사랑해. 우린 내일 결혼하잖아. 너랑 나랑. 그렇지?"

제러마이아가 대답하지 않자, 나는 다시 물었다. "그렇지?"

"여기서 나갈래." 제러마이아가 한참 만에 대답했다. "생각 좀 해야겠어."

"같이 가도 돼?"

그 질문에 대한 대답은 빨리 나왔고 참담했다. "아니."

제러마이아는 가 버렸다. 나는 따라가려고 하지 않았다. 계단에 주저앉았다. 다리에 감각이 없었다. 온몸에 감각이 없었다. 꿈인가? 현실인가? 실감이 나지 않았다.

어딘가 밖에서 황금방울새가 노래했다. 아니, 멧종다리인지도 모르겠다. 아빠는 내게 새 노랫소리를 가르쳐 주려고 했었지만, 나는 잘 기억하지 못했다.

하늘은 잿빛이었다. 아직 비가 오지는 않았다. 하지만 언제라도 쏟아질 것 같았다. 커즌스 해변의 여느 아침과 다를 바 없는 날이었다. 다만, 차이가 있다면 내가 결혼하는 것이었다.

내 결혼식 날이 거의 확실했다. 문제는 제러마이아가 어디 갔는지, 돌아오기는 할지 모른다는 점이었다.

나는 분홍색 목욕 가운을 입고서 화장대 앞에 앉아 머리를 말고 있었다. 테일러가 미용실에 가면서 함께 가자고 설득했지만 거절했다. 미용실에서 딱 한 번 머리를 해 봤는데, 마음에 들지 않았다. 미인 대회 참가자처럼 뻣뻣하고 높다랗게 부풀린 머리가 됐었다. 나처럼 보이지 않았다. 다른 날도 아닌 그날만큼은 나는 나다워야 했다.

문 두드리는 소리가 들렸다.

"들어와도 돼." 벌써 풀리는 머리를 고정하려고 하면서 내가 말했다.

문이 열렸다. 엄마였다. 엄마는 이미 옷을 입고 있었다. 정장 재킷과 리넨 바지를 입고 노란 봉투를 들고 있었다. 그것이 무엇인지 곧바로 알 수 있었다. 수재나 아줌마가 쓰던 맞춤 봉투였다. 너무나 아줌마다웠다. 내가 그것에 어울리는 사람이길 바랐다. 아줌마에게 이런 식으로 실망을 안겨 주다니 마음이 아팠다. 아줌마가 안다면 뭐라고 할까?

엄마가 문을 닫았다. "내가 도와줄까?" 엄마가 물었다.

나는 엄마에게 고데기를 넘겼다. 엄마는 화장대에 편지를 내려놓았다. 엄마가 내 뒤에 서서 머리카락을 셋으로 나눴다. "테일러가 메이크업을 해 줬니? 보기 좋구나."

"응, 테일러 솜씨야. 고마워. 엄마도 정말 멋지다."

"나는 마음의 준비가 안 됐단다." 엄마가 말했다.

고개를 숙이고 내 머리를 마는 엄마 모습을 거울로 봤다. 엄마는 그 순간 아름다웠다.

엄마는 내 어깨에 손을 얹더니 거울 속의 나를 봤다. "네가 이렇게 되는 걸 원하지 않았어. 하지만 나도 왔다. 오늘은 네 결혼식 날이니까. 하나뿐인 내 딸의."

나는 어깨에 손을 뻗어 엄마 손을 잡았다. 엄마는 내 손을 아플 만큼 꼭 쥐었다. 엄마에게 모두 털어놓고 싶었다. 상황은 엉망이 됐고, 제러마이아가 어디 있는지, 결혼을 하기는 할지 알 수 없다고 고백하고 싶었다. 하지만 엄마가 그곳에 오기까지 그렇게 오래 걸렸는데, 내가 조금이라도 의심을 드러낸다면 엄마는 끝장을 내고도 남았다. 엄마가 나를 어깨에 걸

머지고서라도 결혼식에서 달아나 버릴 것 같았다.

그래서 나는 이렇게 말했다. "고마워, 엄마."

"천만에." 엄마가 말했다. 엄마는 창문을 내다봤다. "날씨가 버틸 것 같니?"

"글쎄, 그러길 바라야지."

"음, 최악의 경우에는 실내에서 하면 되지. 뭐 대수라고." 그리고 엄마는 내게 편지를 건넸다. "수재나가 네 결혼식 날 이걸 전해 주랬어."

엄마는 내 머리에 키스하고 나갔다.

나는 편지를 들어 수재나 아줌마가 매끄러운 필기체로 쓴 내 이름을 쓰다듬었다. 그리고 화장대에 도로 내려놓았다. 아직은 아니었으니까.

노크 소리가 들렸다. "누구야?" 내가 물었다.

"오빠다."

"들어와."

문이 열렸고 스티븐 오빠가 들어와 문을 닫았다. 들러리들이 전부 입는 흰색 리넨 셔츠에 카키색 반바지 차림이었다. "야아." 오빠가 침대에 앉으며 말했다. "머리 잘했다."

"제러마이아는 왔어?"

오빠가 머뭇거렸다.

"말해 줘, 오빠."

"아니, 안 왔어. 콘래드가 찾으러 갔어. 제러마이아가 어디 있는지 알 것 같다고."

나는 한숨을 쉬었다. 마음이 놓였지만 동시에 제러마이아가 콘래드를 보고 어떻게 할지 염려스러웠다. 상황이 더 나빠지면 어떡하지?

"제러마이아를 찾으면 바로 전화한대."

나는 고개를 끄덕이고 다시 고데기를 들었다. 손이 떨려서 뺨을 데지 않으려면 손에 힘을 줘야 했다.

"엄마한테 말했어?" 오빠가 물었다.

"아니, 아무에게도 말 안 했어. 지금까지는 할 이야기도 없고. 올 거야. 분명히 올 거야." 그리고 대체로 내 말을 믿었다.

"그래." 오빠가 말했다. "나도 그렇게 믿어. 함께 있어 줄까?"

나는 고개를 저었다. "준비해야 해."

"정말?"

"응. 소식 오면 바로 알려 줘."

오빠가 일어났다. "그럴게." 그리고 오빠가 다가와 내 어깨를 어색하게 두드렸다. "다 잘될 거야, 벨리."

"응, 나도 그렇게 생각해. 내 걱정은 하지 마. 제러마이아만 찾아."

오빠가 나가자마자 나는 고데기를 다시 내려놓았다. 손이 떨렸다. 그만두지 않으면 델 것 같았다. 어쨌든 머리도 충분히 했다.

그는 돌아올 것이다. 그는 돌아올 것이다. 나는 믿었다.

그리고 달리 더 할 일도 없어서 웨딩드레스를 입었다.

창가에 앉아 아빠가 뒤쪽 테라스에 크리스마스트리 장식 등을 거는 모습을 지켜보고 있는데 테일러가 문을 벌컥 열었다.

테일러는 머리를 올렸는데, 이마 주위가 팽팽하게 당겨진 것 같았다. 테일러는 갈색 종이봉투와 아이스커피를 들고 있었다. "자, 나는 점심을 가져왔고, 애니카는 로럴 아줌마를 도와서 식탁을 차리고 있고, 날씨는 내 머리에 도움을 안 주네." 테일러가 단숨에 말했다. "그리고 이 이야기를 어떻게 해야 할지 모르겠지만, 들어오다가 빗방울을 맞았어." 이어서 테일러가 말했다. "왜 벌써 드레스를 입었어? 결혼식까지 아직 시간이 많이 남았는데. 벗어. 주름 잡혀."

내가 대답하지 않자 테일러가 물었다. "왜 그래?"

"제러마이아가 없어." 내가 말했다.

"음, 당연히 여기 없지, 바보야. 결혼식 전에 신부를 보면 불운이 온다고."

"집에 없다고. 어젯밤에 나가서 안 들어왔어." 내 목소리가 놀랍도록 차분했다. "내가 다 말했거든."

테일러의 눈이 튀어나왔다. "다라니, 무슨 소리야?"

"엊그제 콘래드가 아직 나한테 감정이 남아 있다고 했어. 그리고 어젯밤에 내가 제러마이아에게 말했고." 나는 신음 같은 한숨을 내쉬었다. 지난 이틀이 몇 주는 되는 것 같았다. 그 모든 일이 언제, 어떻게 일어났는지도 알 수 없었다. 어떻게 모든 것이 뒤죽박죽되었는지. 내 머리, 내 마음속에서 다 뒤얽혀 버렸다.

"세상에." 테일러가 손으로 입을 막으며 말했다. 그리고 침대에 털썩 앉았다. "이제 어쩜 좋지?"

"콘래드가 찾으러 갔어." 나는 다시 창밖을 내다봤다. 아빠는 테라스에 전등 장식을 마치고 관목으로 옮겨 갔다. 나는 창문에서 떨어져 드레스 지퍼를 내렸다.

테일러가 놀란 목소리로 말했다. "뭐 해?"

"주름 잡힌다고 벗으라면서?" 몸을 빼내자, 드레스는 바닥으로 미끄러지며 하얀 실크 웅덩이가 됐다. 드레스를 집어 옷걸이에 걸었다.

테일러가 가운을 내 어깨에 걸쳐 주더니 나를 돌려 앉히고 어린아이에게 하듯이 끈을 묶어 줬다. "괜찮을 거야, 벨리."

문을 두드리는 소리에 우리 둘은 동시에 홱 돌아봤다. "나야." 스티븐 오빠가 문을 열며 말했다. 오빠가 들어오더니 문을 닫았다. "콘래드가 데려왔어."

나는 바닥에 주저앉아 크게 한숨을 내쉬었다. "돌아왔구나." 내가 다시 말했다.

오빠가 말했다. "샤워하고 있으니까, 옷 입고 갈 준비를 할 거야. 결혼할 준비 말이야. 다시 가 버리는 게 아니라."

테일러가 내 옆에 무릎을 꿇었다. 테일러는 내 손을 잡고 손깍지를 꼈다. "손이 차다." 테일러가 다른 쪽 손으로 내 손을 문질렀다. 그리고 말했다. "아직도 결혼하고 싶어? 원하지 않으면 안 해도 돼."

나는 눈을 꼭 감았다. 그가 돌아오지 않을까 봐 너무 두려웠다. 그가 왔다고 하니, 억눌렀던 두려움과 당혹감이 모두 위로 떠올랐다.

스티븐 오빠가 나와 테일러 옆에 앉았다. 오빠가 내게 팔을 두르고 말했다. "벨리, 네가 받아들이고 싶은 대로 받아들여, 응? 너한테 해 줄 말은 이것뿐이야. 준비됐어?"

나는 눈을 뜨고 고개를 끄덕였다.

오빠는 아주 진지하게 말했다. "제대로 하든가, 그만두는 거야."

"그게 대체 무슨 소리야, 스티븐?" 테일러가 쏘아붙였다.

내 가슴속 깊은 곳에서 웃음이 튀어나왔다. "제대로 하든가, 그만두라고? 제대로 하든가, 그만두라고." 너무 크게 웃어서 뺨에 눈물이 흘렀다.

테일러가 벌떡 일어났다. "메이크업!"

테일러가 화장대에서 티슈 상자를 집어 들고 내 얼굴을 조심스레 닦았다. 나는 계속 웃었다. "그만해, 콘클린." 테일러가 걱정스러운 표정으로 오빠를 보며 말했다. 테일러 머리의 꽃이 비뚤어졌다. 그 애 말이 옳았다. 습기는 머리에 도움이 되지 않았다.

오빠가 말했다. "아냐, 벨리는 괜찮아. 그냥 웃는 거야. 그렇지, 벨리?"

"제대로 하든지, 그만두든지." 나는 키득거리며 다시 말했다.

"정신 나갔나 봐. 뺨이라도 때려야 할까?" 테일러가 오빠에게 물었다.

"아니, 내가 할게." 오빠가 다가오며 말했다.

나는 웃음을 멈췄다. 정신 나간 것이 아니었다. 아니, 조금 그런 것 같기도 했다. "나 멀쩡해! 뺨을 때릴 필요는 없어." 내가 일어났다. "지금 몇 시야?"

스티븐 오빠가 주머니에서 휴대전화를 꺼냈다. "2시. 아직 두 시간 더 있어야 사람들이 올 거야."

나는 심호흡을 하고 말했다. "좋아. 오빠, 엄마한테 결혼식을 실내로 옮겨야 할 것 같다고 말해 줄래? 소파를 한쪽으로 옮기면 거실에 탁자를 두 개 놓을 수 있을 거야."

"남자애들을 불러서 시킬게." 오빠가 말했다.

"고마워, 오빠. 그리고 테일러 너는……."

테일러가 기대하는 눈빛으로 말했다. "여기서 네 메이크업을 고칠까?"

"아니. 너도 나가 달라고 부탁하려고. 생각 좀 해야겠어."

둘은 서로 눈짓하며 방에서 나갔고, 나는 문을 닫았다.

나는 그를 보자마자, 모든 게 다시 타당하게 느껴졌다. 그래야만 했다.

콘래드

그날 아침, 스티븐이 침대를 흔들어서 깼다. "제러 봤어?" 스티븐이 따져 물었다.

"나, 3초 전까지 자고 있었거든." 나는 눈을 감은 채로 중얼거렸다. "걔를 어떻게 봐?"

스티븐은 침대 흔들던 손을 멈추고 가장자리에 걸터앉았다. "없어졌어. 아무 데도 없고 휴대전화는 두고 갔어. 어젯밤에 무슨 일 있었어?"

내가 일어나 앉았다. 벨리가 제러마이아에게 말한 것이 틀림없었다. 젠장. "나도 몰라." 나는 눈을 비볐다.

"이제 어떡하지?"

다 내 탓이었다. 나는 침대에서 일어나며 말했다. "가서 옷 입어. 내가 찾아볼게. 벨리한테는 아무 말 하지 마."

스티븐이 안도한 표정으로 말했다. "좋아. 하지만 벨리가 알아야 하지 않을까? 결혼식까지 시간이 많지도 않은데. 제러마이아가 안 온다면 벨리도 준비할 필요가 없잖아."

"내가 한 시간 안에 오지 않으면 그때 말해도 돼." 나는 티셔츠를 벗어 던지고 제러마이아가 사라고 한 흰색 리넨 셔츠를 입었다.

"어디로 가는데?" 스티븐이 물었다. "나도 같이 갈까?"

"아니. 넌 여기서 벨리를 돌봐 줘. 내가 찾으러 갈게."

"어디 갔는지 알아?"

"응, 알 것 같아." 그 자식이 어디 갔는지 짐작도 가지 않았다. 다만 내가 해결해야 한다고 생각했을 뿐이다.

밖으로 나가는데 로럴 아줌마가 나를 부르더니 말했다. "제러마이아 못 봤니? 줄 게 있는데."

"결혼식에 필요한 걸 사러 갔어요. 제가 만나러 가니까 전해 줄게요."

아줌마가 내게 봉투를 건넸다. 그 봉투를 곧바로 알아볼 수 있었다. 엄마가 쓰던 문구였다. 봉투 앞에 제러마이아의 이름이 엄마 글씨로 적혀 있었다. 아줌마가 미소 지으며 말했다. "있잖아, 이게 더 좋겠다. 네가 주는 게. 수재나도 좋아할 것 같지 않니?"

나는 끄덕였다. "네, 그럴 것 같아요." 제러마이아 없이는 돌아올 수 없었다.

밖으로 나가자마자 차로 달려가서 집을 빠져나갔다.

먼저 보드워크로, 그다음에는 어릴 때 놀러 가던 스케이트장, 그다음에는 헬스장, 그리고 시내로 들어가다가 종종 들르던 식당에 갔다. 제러마이아는 늘 그곳의 딸기 밀크셰이크를 좋아했다. 하지만 거기 없었다. 쇼핑몰 주차장을 돌아봤다. 차도 없었고, 제러마이아도 없었다. 아무 데서도 그를 찾을 수 없었다. 시간만 흘러갔다. 망했다. 스티븐이 벨리에게 말할 것이고, 그러면 내가 또 한 번 그 애 인생을 거하게 망치는 사건이 될 터였다. 제러마이아가 커즌스를 떠나 버렸으면 어쩌지? 보스턴으로 가 버렸을 수도 있었다.

갑자기 계시가 내려 그 애가 어디 있는지 깨닫는다면 좋을 것 같았다. 우리는 형제니까. 하지만 내가 할 수 있는 일은 고작 우리가 가 본 곳을 하나씩 훑는 것뿐이었다. 제러마이아는 속이 상하면 어디로 갈까? 엄마에게 갔을 것이다. 하지만 엄마 묘지는 그곳이 아니라 보스턴에 있었다.

커즌스 곳곳에 엄마가 있었다. 그때 떠올랐다. 정원. 여성 쉼터 정원에 간 것 같았다. 거기로 가 봐야겠다. 나는 가는 길에 스티븐에게 전화를 걸었다. "어디 있는지 알 것 같아. 벨리에게 아직은 아무 말도 하지 마."

"알았어. 하지만 30분 안에 아무 소식이 없으면 말할게. 어쨌든 그 자식 가만 안 둘 거야."

여성 쉼터 주차장에 들어서면서 전화를 끊었다. 그 녀석 차가 바로 보였다. 깊은 안도감과 두려움이 동시에 느껴졌다. 내가 무슨 말을 할 수 있을까? 엉망이 된 그 상황은 전부 내 책임이었다.

제러마이아는 정원 옆 벤치에 앉아 머리를 감싸 쥐고 있었다. 전날 밤에 입었던 옷차림 그대로였다. 내가 다가가는 소리에 그가 고개를 번쩍 들었다. "경고하는데, 지금은 가까이 오지 마."

나는 계속 걸어갔다. 제러마이아 바로 앞에 멈춰 서서 내가 말했다. "나랑 돌아가자."

제러마이아가 노려봤다. "꺼져."

"두 시간 뒤에 넌 결혼해야 해. 지금은 이럴 시간이 없어. 그냥 날 한 대 쳐. 그러면 후련할 거야." 내가 제러마이아의 팔을 잡으려 하자 그가 뿌리쳤다.

"아니, 형 기분이 나아지겠지. 형은 기분이 나아질 자격이 없어. 하지만 형이 이따위 짓을 저질렀으니까, 나한테 죽도록 맞아야 해."

"그럼 때려." 내가 말했다. "그리고 가자. 벨리가 기다려. 결혼식 날 기다리게 하지 말고."

"닥쳐!" 제러마이아가 내게 달려들며 소리쳤다. "형은 나한테 그 애 이야기하지 말라고."

"가자. 부탁이야. 사정할게."

"왜? 벨리를 아직 사랑하니까, 그렇지?" 제러마이아는 내 대답을 기다리지 않았다. "내가 궁금한 건, 그 애한테 아직 감정이 있으면서 어째서 나한테 사귀라고 했냐고, 응? 내가 대놓고 물어봤잖아. 그 애를 잊었다면서?"

"네가 차에서 그 애한테 키스했을 때, 네가 허락을 구한 건 아니지. 그래, 그래도 그 애를 사귀어도 된다고 했어. 네가 그 애를 잘 돌보고 잘 대해 줄 거라고 믿었으니까. 그런데 넌 봄 방학 때 카보에 가서 바람을 피웠지. 그러니까 내가 너한테 그 애를 사랑하는지 물어봐야겠어." 내가 그렇게 말하자마자, 제러마이아의 주먹이 얼굴을 세게 쳤다. 3미터 높이의 파도에 두들겨 맞는 느낌이었다. 귀가 윙윙 울렸다. 나는 뒤로 휘청거렸다. "좋아." 나는 헉헉 숨을 몰아쉬며 말했다. "이제 가도 되겠냐?"

제러마이아가 나를 또 때렸다. 이번에는 바닥에 쓰러졌다.

"닥쳐!" 제러마이아가 외쳤다. "누가 벨리를 더 사랑하는지 말하지 마. 나는 항상 그 애를 사랑했어. 형은 걔를 수도 없이 버렸잖아. 형은 비겁해. 지금도 그걸 내 앞에서 인정하지 못하잖아."

나는 헉헉거리며 피를 뱉고 말했다. "그래, 그 애를 사랑해. 인정한다고. 가끔, 가끔은 그 애 말고는 그 누구와도 사귈 수 없을 것 같아. 하지만 제러마이아, 그 앤 널 선택했어. 그 애가 결혼하고 싶어 하는 건 너라고. 내가 아니라." 나는 휘청거리며 일어나서 주머니에서 봉투를 꺼내 그 애 가슴에 바짝 밀어붙였다. "이거 읽어. 엄마가 네게 남긴 거야. 네 결혼식 날 보라고."

제러마이아는 침을 삼키며 봉투를 열었다. 그가 편지를 읽는 모습을 지켜보면서 엄마라면 꼭 필요한 말을 남겼으리라 바라고, 확신했다. 엄마는 제러마이아에게 필요한 말을 항상 알았다.

제러마이아는 읽으면서 울기 시작했고 나는 고개를 돌렸다.

"돌아갈래." 제러마이아가 드디어 말했다. "하지만 형이랑 같이 안 가. 형은 이제 내 형이 아니야. 내 형은 죽었어. 내 결혼식에 오지 마. 내 인생에서 사라져. 형이 없어지면 좋겠어."

"제러마이아."

"형이 그 애한테 할 말 다 했길 바라겠어. 이 시간부터 형은 그 애를 만나지 않을 거니까. 나도. 다 끝났어. 형이랑 난 끝이야." 제러마이아는 편지를 내게 건넸다. "이건 형 편지야. 내 편지가 아니라."

그리고 제러마이아는 떠났다.

나는 벤치에 앉아 종이를 펼쳤다. '콘래드에게'라고 적혀 있었다.

그리고 나도 울기 시작했다.

창밖, 저 아래 해변에서 어린아이들이 플라스틱 양동이와 삽을 가지고 모래게를 파내는 모습이 보였다.

제러마이아와 나도 그렇게 놀곤 했다. 내가 여덟 살 때, 그러니까 제러마이아는 아홉 살 때였을 것이다. 우리는 오후 내내 모래게를 찾았고 콘래드와 스티븐 오빠가 찾으러 왔는데도 제러마이아는 가지 않겠다고 했다. 그들이 말했다. "시내에 자전거를 타고 가서 비디오 게임을 빌려 올 거야. 우리랑 같이 안 가면 너는 오늘 밤에 게임 못 해."

"가고 싶으면 가." 제러마이아는 틀림없이 그들을 따라갈 테니 비참한 심정으로 내가 말했다. 새 비디오 게임을 버리고 흔해 빠진 모래게를 선택할 리가 있는가?

제러마이아는 망설이더니 말했다. "관심 없어." 그리고 남았다.

나는 내심 켕기면서도 의기양양했다. 제러마이아가 나를 선택했으니까. 나는 다른 사람을 버리고 선택할 가치가 있는 사람이었으니까.

우리는 어두워질 때까지 밖에서 놀았다. 플라스틱 컵에 모래게를 모았다가 놓아줬다. 우리는 녀석들이 모래 속으로 돌아가는 모습을 지켜봤다. 모래게들은 모두 길을 아는 것 같았다. 확실한 목적지가 마음속에 있는 것 같았다. 집으로.

그날 밤, 콘래드와 스티븐 오빠는 새 게임을 했다. 제러마이아는 구경만 했다. 함께 해도 되냐고 묻지 않았지만, 얼마나 하고 싶어 하는지 알 수 있었다.

내 기억 속 제러마이아는 언제나 소중했다.

누가 문을 두드렸다. "테일러, 잠시 혼자 있고 싶어." 내가 돌아보며 말했다.

테일러가 아니었다. 콘래드였다. 콘래드는 기진맥진한 모습이었다. 흰 리넨 셔츠가 구겨졌다. 반바지도 마찬가지였다. 자세히 보니 눈이 충혈되어 있었고 뺨에는 멍이 들고 있었다.

내가 달려갔다. "어떻게 된 거야? 싸웠어?"

콘래드가 고개를 저었다.

"여기 들어오면 안 돼." 내가 물러서며 말했다. "제러마이아가 당장이라도 올 거야."

"알아. 그래도 네게 할 말이 있어."

나는 그에게서 등을 돌려 창가로 다가갔다. "들을 만큼 들었어. 그만 돌아가."

문손잡이를 돌리고 문을 여닫는 소리가 들렸다. 그가 돌아갔다고 생각했는데, 목소리가 들려왔다. "무한대 기억해?"

나는 천천히 돌아섰다. "그게 뭐?"

콘래드가 내게 뭔가를 던지며 말했다. "받아."

나는 손을 뻗어 공중에서 그것을 잡았다. 은목걸이였다. 손에 쥐고 살폈다. 무한대 목걸이였다. 전처럼 반짝이지 않았다. 조금 누렇게 보였다. 하지만 나는 알아봤다. 당연히 알아봤다.

"이게 뭐야?" 내가 물었다.

"뭔지 알잖아." 콘래드가 말했다.

나는 어깨를 으쓱였다. "모르겠는데. 미안."

콘래드는 상처받고 화났다. "좋아, 그럼. 기억하지 못하니까 내가 알려 줄게. 네 생일 선물로 내가 산 목걸이였어."

내 생일 선물로.

열여섯 살 생일이었다. 그가 내게 줄 생일 선물을 잊은 단 한 번의 생일이었다. 우리가 해변 별장에서 모인 마지막 여름, 수재나 아줌마가 아직 살아 있던 때였다. 이듬해, 콘래드가 떠나고 제러마이아와 내가 그를 찾으러 갔을 때, 나는 그의 책상 서랍에서 그 목걸이를 발견했다. 그리고 내가 가졌다. 내 것임을 알았으니까. 콘래드가 이후에 그 목걸이를 도로 가져갔다. 나는 그가 그 목걸이를 언제, 왜 샀는지 알지 못했지만 내 것이라는 사실은 알았다. 그제야 콘래드가 그 목걸이가 내 생일 선물이었다고 말하자, 나는 가장 원하지 않는 곳에 그의 손길을 느꼈다. 내 마음에.

나는 그의 손을 잡고서 목걸이를 손바닥에 놓았다. "미안해."

콘래드는 그 목걸이를 내게 내밀었다. 그리고 나직이 말했다. "이건 네 거야. 언제나 네 거였어. 그때는 두려워서 주지 못했어. 이른 생일 선물이라고 쳐. 아니면 늦은 선물이거나. 어떻게 하든지 네 마음이야. 난 그저,

이제는 그걸 갖고 있을 수 없어."

나는 끄덕였다. 그리고 목걸이를 받았다.

"모든 걸 망쳐서 미안해. 또 너한테 상처를 줬고, 미안해. 정말 미안해. 더 이상 그러고 싶지 않아. 그래서…… 결혼식에 참석하지 않겠어. 이제 그만 떠날게. 널 다시 만나지 않겠어. 아주 오랫동안. 아마 그게 최선일 거야. 이런 식으로 네 곁에 있는 건, 마음이 아파. 그리고 제러마이아가……." 콘래드는 목청을 가다듬더니 뒤로 물러서서 우리 사이에 거리를 뒀다. "널 필요로 하는 건 그 애야."

나는 울지 않으려고 입술을 깨물었다.

콘래드는 쉰 목소리로 말했다. "무슨 일이 있어도 나는 후회하지 않는다는 걸 알아줘. 너랑 함께하고 너를 사랑한 것이, 다 가치 있는 일이었어." 계속해서 콘래드가 말했다. "너희 둘의 행복을 바랄게. 서로 잘 돌보며 살아."

손을 뻗어 그의 왼쪽 광대뼈에 번지는 멍 자국을 만지지 않으려고 나는 내 모든 본능을 억눌러야 했다. 내가 손을 뻗어 만지는 것을 콘래드도 원하지 않았을 것이다. 그에 대해 그 정도는 나도 알고 있었다.

콘래드는 다가와 내 이마에 키스했고, 나는 눈을 감고 그 순간을 기억해 두려고 애썼다. 그 순간의 그를 기억하고 싶었다. 흰색 셔츠를 입은 팔이 갈색이고, 앞머리가 짧은 모습을. 나 때문에 생긴 멍 자국까지도.

그리고 콘래드는 떠났다.

그 순간, 그를 다시는 못 보리라고 생각하니 죽음보다 괴로웠다. 나는 그를 따라 달려가고 싶었다. 무슨 말이라도, 어떤 말이라도 하고 싶었다. 가지 말라고. 절대 가지 말라고. 늘 내 곁에 있어 달라고. 보기만이라도 할 수 있도록.

　마지막처럼 느껴졌기 때문이다. 나는 늘 우리가 서로를 찾을 수 있다고 믿었다. 무슨 일이 있어도 우리는 이어질 것이라고. 우리의 과거와 여름 별장이 우리를 이어 줄 것이라고. 하지만 그때 헤어지면 끝일 것 같았다. 그를 다시 보지 못하거나 다시 보면 모든 것이 달라져서 우리 사이를 거대한 산이 가로막을 것 같았다.

　본능적으로 알 수 있었다. 그것이 마지막임을. 나는 마침내 선택을 했고, 그도 마찬가지라고. 그가 나를 놓았다고. 나는 마음이 놓였고, 그것은 예상한 바였다. 예상하지 못한 것은, 그토록 깊은 슬픔이었다.

　'안녕. 안녕, 내 사랑.'

밸런타인데이였다. 나는 열여섯, 그는 열여덟이었다. 그해 밸런타인데이는 목요일이었고, 콘래드는 7시까지 수업이 있어서 데이트는커녕 아무것도 할 수 없었다. 우리는 토요일에 만나서 영화를 보자고 이야기했었고, 밸런타인데이는 아무도 입에 올리지 않았다. 콘래드는 꽃이나 하트 모양의 사탕 같은 걸 보내는 남자가 아니었다. 상관없었다. 나도 그런 여자가 아니었으니까. 나는 테일러와 달랐다.

학교 연극부에서는 4교시에 장미를 배달했다. 사람들이 주중 내내 점심시간에 장미를 샀다. 원하는 사람에게 보낼 수도 있었다. 1학년 때는 아무도 남자 친구가 없었고 테일러와 나는 몰래 서로에게 장미를 보냈다. 그해, 테일러의 남자 친구 데이비스가 테일러에게 분홍색 장미 열두 송이를 보냈고, 테일러가 쇼핑몰에서 눈여겨보던 붉은 헤어밴드를 선물했다. 테일러는 온종일 그 헤어밴드를 하고 다녔다.

그날 밤, 나는 방에서 숙제를 하다가 콘래드가 보내온 메시지를 받았다. "창밖을 내다봐." 그날 밤에 유성우가 있나 보다 생각하며 내다봤다. 콘래드는 그런 것을 잘 알았으니까.

하지만 창밖에 보인 것은, 우리 집 앞마당, 체크무늬 담요에서 손을 흔드는 콘래드였다. 나는 손으로 입을 막고 비명을 질렀다. 믿을 수가 없었다. 나는 운동화를 신고 플란넬 잠옷 위에 두툼한 외투를 입고서 계단을 너무 빨리 내려가다가 발을 헛디딜 뻔했다. 앞쪽 테라스를 그대로 내달려 그의 품으로 달려갔다.

"여기 오다니 믿을 수 없어!" 나는 그를 끌어안고 떨어지지 않았다.

"수업 끝나자마자 왔어. 놀랐지?"

"너무 놀랐어! 밸런타인데이인 걸 모를 줄 알았는데!"

콘래드가 웃었다. "이리 와." 콘래드가 나를 담요 위로 당기며 말했다. 보온병과 트윙키 케이크 한 상자가 있었다.

"누워." 콘래드가 담요 위로 발을 뻗으며 말했다. "보름달이 떴어."

나는 그의 옆에 누워 새카만 하늘과 빛나는 흰 달을 올려다봤고 몸을 떨었다. 추워서가 아니라 행복해서였다.

콘래드가 담요 자락을 내게 덮어 주었다. "너무 추워?" 그가 염려스러운 표정으로 물었다.

나는 고개를 저었다.

콘래드는 보온병을 열어 뚜껑에 따랐다. 그것을 내게 건네며 말했다. "이제 뜨겁지는 않지만 그래도 도움이 될지 몰라."

나는 몸을 일으켜 그걸 마셨다. 코코아였다. 미지근했다.

"차가워?" 콘래드가 물었다.

"아니, 맛있어." 내가 말했다.

그리고 우리는 함께 드러누워 하늘을 봤다. 별이 참 많았다. 굉장히 추웠지만 상관없었다. 콘래드는 내 손을 잡았고 내 손으로 별자리를 가리키며 점을 이었다. 오리온자리와 카시오페이아자리 이야기를 들려줬다. 이미 안다고 말할 수 없었다. 어릴 때 아빠가 별자리 이야기를 들려줬었다. 콘래드의 이야기를 듣는 것이 그저 좋았다. 그는 늘 목소리에 경외심과 찬탄을 담아 자연과 과학을 이야기했다.

"다시 들어갈래?" 좀 있다가 콘래드가 말했다. 그는 자기 손으로 내 손을 데워 주었다.

"별똥별 보기 전에는 안 들어갈래." 내가 대답했다.

"못 볼지도 몰라." 콘래드가 말했다.

나는 행복한 마음으로 그 옆에 꼭 붙었다. "못 봐도 좋아. 그래도 기다려 볼래."

콘래드가 미소 지으며 말했다. "천문학자들이 별똥별을 행성 간 먼지라고 부르는 거 알아?"

"행성 간 먼지." 나는 그 단어를 발음하는 느낌을 즐기며 따라 말했다. "밴드 이름 같아."

콘래드는 내 손을 호호 불어 외투 주머니에 넣었다. "응, 그러네."

"오늘 밤, 하늘은 마치······." 나는 그 느낌을, 그 아름다움을 담아낼 적당한 단어를 찾았다. "여기 누워서 이런 별을 보니까 행성 위에 누워 있는 느낌이야. 정말 넓다. 너무나 무한해."

"네가 이해할 줄 알았어." 콘래드가 말했다.

나는 미소를 지었다. 그의 얼굴이 내게 너무나 가까이 있었고 그의 체온을 느낄 수 있었다. 고개만 돌리면 키스할 수 있었다. 하지만 돌리지 않앉다. 그와 가까이 있는 것만으로도 충분했다.

"다른 여자를 너만큼 사랑하지 못할 거라는 생각이 가끔 들어." 그때 콘래드가 말했다.

나는 놀라서 콘래드를 봤다. 그는 나를 보지 않고 여전히 하늘에 집중하고 있었다.

우리는 별똥별을 보지 못했지만, 전혀 상관없었다. 그날 밤이 지나기 전에 내가 말했다. "지금이 내 평생 최고의 순간이야."

콘래드가 말했다. "나도."

그때는 우리 앞에 어떤 일이 닥칠지 몰랐다. 우리는 그저 추운 2월의 어느 날 밤, 하늘을 올려다보는 십 대였다. 그렇다. 콘래드는 내게 꽃도 사탕도 주지 않았다. 대신 달과 별을 줬다. 무한을 선사했다.

그는 한 번 노크했다. "나야." 그가 말했다.

"들어와." 나는 침대 위에 앉아 있었다. 다시 드레스로 갈아입고 있었다. 사람들이 곧 도착할 시각이었다.

제러마이아가 문을 열었다. 리넨 셔츠와 카키색 반바지를 입고 있었다. 아직 면도는 하지 않았다. 하지만 옷을 입고 있었고, 얼굴에는 아무 자국도, 멍도 없었다. 좋은 징조로 받아들였다.

그는 내 옆에 앉았다. "결혼식 전에 서로 얼굴 보면 불운이 오지 않아?" 그가 물었다.

안도감이 몰려왔다. "결혼식을 하긴 하는 거야?"

"음, 나도 옷을 입었고 너도 입었네." 제러마이아는 내 뺨에 키스했다. "참 멋지다."

"어디 갔었어?"

제러마이아는 몸을 움직이며 말했다. "생각할 시간이 필요했어. 이제 준비됐어." 그리고 내게 다가와 다시, 이번에는 입술에 키스했다.

나는 뒤로 물러났다. "왜 이러는 거야?"

"말했잖아. 다 잘됐다고. 우리 결혼하잖아? 아직 결혼하고 싶은 거 맞지?" 가벼운 말투였지만, 처음 듣는 날 선 목소리였다.

"적어도 무슨 일이 있었는지 이야기해 줄 수 없을까?"

"그 이야기는 하고 싶지 않아." 제러마이아가 쏘아붙였다. "다시 생각하고 싶지도 않아."

"음, 나는 이야기하고 싶어. 해야만 해. 제러마이아, 겁이 난다고. 그냥 가 버렸잖아. 네가 돌아오는지도 알 수 없었어."

"이렇게 왔잖아, 응? 난 항상 네 곁에 있어." 제러마이아가 다시 키스하려고 해서 내가 밀어 냈다.

제러마이아가 턱을 벅벅 긁었다. 그리고 일어나더니 방 안을 서성이기 시작했다. "난 너를 전부 원해. 하나도 빠짐없이. 하지만 넌 아직도 내게 다 안 주고 있어."

"무슨 소리를 하는 거야?" 나는 쇳소리로 물었다. "섹스?"

"그것도 포함이야. 하지만 그것만은 아니야. 네 온 마음을 다 갖지 못했어. 솔직하게 말해 봐. 내 말이 맞지, 그렇지?"

"아니야!"

"내가 차선책이라는 걸 알고 있으면 기분이 어떻겠어? 너랑 형이 맺어져야 했다고 늘 생각하면?"

"넌 내 차선책이 아니야. 첫 번째 선택이라고!"

제러마이아는 고개를 저었다. "아니, 난 절대 첫 번째가 될 수 없어. 첫 번째는 언제나 콘래드 형일 거야." 제러마이아는 손바닥으로 벽을 쳤다.

"할 수 있을 줄 알았는데, 못 하겠다."

"뭘 못 해? 나랑 결혼할 수 없다고?" 머리가 팽이처럼 빙빙 돌았고, 나는 빠르게 말하기 시작했다. "좋아, 네 말이 옳을지도 모르겠어. 지금은 모든 게 다 너무 이상해. 오늘 결혼하지 않을 거야. 그냥 그 아파트에 들어가자. 네가 원하던, 게리의 아파트로. 난 괜찮아. 2학기에 이사하면 돼. 알았지?"

제러마이아가 아무 말도 하지 않아서 내가 다시, 더욱 당황해서 말했다. "알았지, 제러마이아?"

"못 하겠어. 네가 지금 날 보면서, 내 눈을 보면서 콘래드 형을 사랑하지 않는다고 말하지 않는다면 못 하겠어."

"제러마이아, 널 사랑해."

"그걸 묻는 게 아니야. 네가 날 사랑하는 건 알아. 내가 궁금한 건, 형도 사랑하냐는 거야."

나는 아니라고 말하고 싶었다. 입을 열었다. 그런데 왜 그 말이 나오지 않았을까? 왜 그가 듣기 원하는 말을 하지 못했을까? 쉽게 말해 버릴 수 있었는데. 한마디면 모든 것이 끝났을 텐데. 제러마이아는 용서하고 잊고 싶어 했다. 그의 표정을 보면 알 수 있었다. 그에게 필요한 건 아니라는 내 대답뿐이었다. 그러면 나와 결혼했을 것이다. 내가 그 말만 했다면. 그 한마디만.

"응."

제러마이아가 숨을 쓱 들이마셨다. 우리는 아주 오래 서로를 응시했고, 제러마이아는 고개를 숙였다.

나는 그에게 다가가서 우리 사이의 거리를 좁혔다. "난, 콘래드를 언제나 조금은 사랑할 것 같아. 언제나 내 마음속에 그가 있을 것 같아. 하지만 난 그를 선택하지 않아. 널 선택하지, 제러마이아."

나는 평생 콘래드에 대해서는 선택의 여지가 없다고 느꼈다. 그제야 그렇지 않다는 것을 알게 됐다. 내게는 선택권이 있었다. 그때나 지금이나 내가 떠나기로 선택했다. 나는 제러마이아를 선택했다. 내게서 떠나지 않을 그를 선택했다.

제러마이아는 여전히 고개를 숙이고 있었다. 나는 그에게 나를 보라고, 나를 한 번만 더 믿으라고 했다. 그러자 제러마이아는 고개를 들고 말했다. "그걸로는 부족해. 난 네 일부만을 원하지 않아. 네 전부를 원해."

내 눈에 눈물이 차올랐다.

제러마이아는 내 화장대로 가더니 수재나 아줌마의 편지를 들었다. "아직 안 읽었네."

"네가 돌아오는지 알 수 없었으니까!"

제러마이아는 봉투 가장자리를 쓰다듬으며 편지를 빤히 내려다봤다. "나도 받았어. 그런데 내 편지가 아니었어. 형 것이었어. 엄마가 봉투를 헷갈렸나 봐. 편지에서 엄마가 말했어. 엄마는 형이 사랑하는 모습을 딱 한 번 봤다고. 그건 너랑 있을 때였다고." 그리고 제러마이아는 나를 봤다. "나는 너랑 형 사이를 막지 않겠어. 내가 네 변명거리가 되지 않겠어. 네가 직접 결정해야 해. 안 그러면 넌 형을 절대 놓을 수 없을 거야."

"난 이미 놓았어." 내가 중얼거렸다.

제러마이아는 고개를 저었다. "아니, 아니야. 가장 지독한 건, 네가 못 놓은 것을 알면서도 내가 청혼한 거였어. 그러니까 내 잘못도 있어, 그렇지?"

"아냐."

제러마이아는 내 말을 못 들은 것처럼 굴었다. "형은 널 실망시킬 거야. 항상 그랬던 인간이니까. 형은 그런 인간이야."

나는 남은 평생 그 말을 기억할 것 같았다. 그날, 우리 결혼식 날 제러마이아가 내게 한 모든 말을 기억할 것이었다. 나는 제러마이아가 한 말과 그 말을 하면서 나를 보던 그의 표정을 기억할 것이었다. 동정과 억울함이 담긴 표정을. 그에게 억울함을 느끼게 한 나 자신이 싫었다. 그는 결코 억울해한 적 없는 사람이었으니까.

나는 손을 뻗어 그의 뺨에 댔다. 제러마이아는 내 손을 떨칠 수 있었고, 내 손길에 움츠릴 수 있었다. 하지만 그러지 않았다. 그 작은 것만으로도 나는 궁금한 것을 알 수 있었다. 제러마이아는 여전히 제러마이아이고, 그 무엇도 그 사실을 바꿀 수 없음을.

"아직도 널 사랑해." 제러마이아의 말투에, 내가 원한다면 그는 여전히 나와 결혼할 것임을 알 수 있었다. 그 모든 일이 있었음에도.

모든 삶 속에는 당시에 느낀 것보다 더 중대한 순간이 있다. 돌이켜 보며 "그때가 바로 인생이 바뀌는 두 갈래 길 앞에 선 순간이었는데, 전혀 몰랐네."라고 말하게 된다. 나도 알지 못했다. 하지만 중대하다는 것을 아는 순간도 있다. 다음에 무슨 행동을 하든지 큰 영향을 끼치는 순간이. 인생이 두 가지 갈래 중 하나로 향하게 되는 순간이. 죽기 살기로 덤벼야 하는 순간이.

그때가 바로 그런 순간이었다. 중대한 순간. 그때보다 더 중대한 순간은 없었다.

그날은 결국 비가 오지 않았다. 제러마이아의 클럽 친구들과 스티븐 오빠는 괜히 탁자와 의자와 허리케인 화병을 옮겼다.

그날 일어나지 않은 일이 하나 더 있었다. 제러마이아와 나는 결혼하지 않았다. 결혼을 하는 것이 옳지 않았다. 우리 두 사람 모두에게 마찬가지였다. 가끔, 우리가 결혼을 서둘렀던 것은 우리 둘 다 서로에게, 그리고 심지어 자신에게 뭔가 증명하려는 시도가 아니었나 싶었다. 하지만 나는 우리가 진정 서로를 사랑했다고 생각한다. 우리는 진정 최선의 의도를 가지고 있었다. 다만, 우리가 부부가 될 인연이 아니었던 것뿐이다.

2년 뒤

> 벨리에게
>
>   지금 나는 네 결혼식 날 네 모습을 상상하고 있단다. 환하게 빛나며 사랑스러운, 가장 예쁜 신부겠지. 서른 살 정도의, 아주 많은 모험과 로맨스를 겪은 여성의 모습을 떠올린다. 네가 든든하고 믿음직하고 강한 남자, 상냥한 눈을 가진 남자와 결혼하는 모습을 떠올려. 네 신랑은 너무나 멋질 거야. 성이 피셔가 아니라 하더라도! 하하.
>
>   네가 내 친딸이라도 널 더 사랑할 수는 없을 거란다. 내 벨리, 내 특별한 아이. 네가 자라는 모습을 지켜본 것은 내 평생 아주 큰 기쁨이었단다.
>
>   너무나 많은 것을 간절히 소망한 아이……. 마거릿이라는 이름을 지어 줄 고양이, 무지갯빛 롤러스케이트, 먹을 수 있는 거품 목욕! 레트가 스칼렛(영화 〈바람과 함께 사라지다〉의 남녀 주인공 - 옮긴이)에게 하듯이 너에게 키스해 줄 남자 친구. 그를 만났기를 바란다, 아가.
>
>   행복하렴. 서로에게 잘해 주고.
>
>   언제나 내 모든 사랑을 전하며, 수재나

    오, 수재나 아줌마. 아줌마가 지금 우리 모습을 볼 수 있다면 얼마나 좋을까요.

    몇 가지는 아줌마 짐작이 틀렸어요. 전 아직 서른 살이 안 됐어요. 스물셋, 곧 스물넷이 될 거예요. 저랑 헤어진 뒤, 제러마이아는 다시 클럽 기숙사로 돌아가고 저는 결국 애니카랑 함께 살게 됐어요. 3학년 때는 교환

학생으로 해외에서 공부했어요. 에스파냐에 가서 모험을 아주 많이 했죠.

에스파냐에서 처음 편지를 받았어요. 이메일이 아니라, 그가 손으로 쓴 진짜 편지요. 저는 처음에는 답장하지 않았지만, 편지가 한 달에 한 번씩, 매달 왔어요. 처음 그를 다시 만난 것은 다음 해, 대학교 졸업식 때였어요. 그때 알았어요.

제 남자는 아줌마 말씀대로 든든하고 믿음직하고 강해요. 하지만 레트가 스칼렛에게 키스한 것처럼 키스하지는 않아요. 훨씬 더 잘하죠. 그리고 아줌마가 맞힌 것이 또 하나 있어요. 그의 성은 피셔랍니다.

저는 엄마랑 함께 고른 드레스를 입고 있어요. 레이스 캡 소매에 등이 파인 크림색 드레스예요. 한 시간 동안 핀을 꽂아 올린 제 머리는 한쪽이 흘러내리고 쏟아지는 빗속을 달려 차로 갈 때는 젖은 머리카락이 얼굴에 들러붙었어요. 사방을 풍선으로 장식했어요. 구두를 벗고 맨발이었고, 머리 위에 그의 회색 정장 재킷을 펼쳐서 비를 가리고 있었죠. 그는 양손에 그렇게 높지 않은 하이힐을 들고 있었어요. 그가 앞서 달려가 차 문을 열었어요.

우린 방금 결혼했답니다.

"확실해?" 그가 물었어요.

"아니." 제가 차에 타면서 말했어요. 모두가 피로연장에서 우리를 기다리고 있었어요. 그들을 기다리게 할 수 없었어요. 하지만 우리가 도착하지 않았는데 파티를 시작할 리도 없었죠. 우리가 첫 댄스를 시작해야 하니까요. 모리스 윌리엄스와 조디악의 〈스테이(Stay)〉에 맞춰서요.

창밖을 내다보니 제러마이아가 잔디밭에 있었어요. 여자 친구 어깨에 팔을 두르고 있었고, 우리는 눈이 마주쳤어요. 제러마이아가 작게 손을 흔들었어요. 저도 손을 흔들고 키스를 날려 줬어요. 그는 미소 짓더니 여자 친구에게 시선을 돌렸어요.

콘래드가 차 문을 열고 운전석에 탔어요. 흰 셔츠가 흠뻑 젖었어요. 속살이 다 비쳤어요. 그가 떨고 있었어요. 제 손을 잡더니 손깍지를 끼고 입술에 댔어요. "그럼 가자. 우리 둘 다 이미 젖었어."

콘래드는 시동을 걸고 출발했어요. 우리는 바다로 향했어요. 내내 손을 잡고 있었죠. 도착하자 해변에 아무도 없어서 모래사장에 차를 세웠어요. 밖에는 아직 비가 왔어요.

나는 차에서 뛰어내려 치마를 쥐고 외쳤어요. "준비됐어?"

콘래드는 바지 자락을 걷어 올리고 제 손을 잡았어요. "준비됐어."

우리는 바다를 향해 달리다가 모래에 발을 헛디뎌 비틀거리고, 어린아이들처럼 비명을 지르면서 웃었어요. 마지막 순간 콘래드는 문지방을 건너듯 저를 들어 올렸어요. "지금 벨리 풍당을 하려고 들면 나랑 같이 빠지는 거야." 저는 콘래드의 목에 팔을 단단히 감고 경고했어요.

"네가 가는 곳이면 어디든지 함께 갈 거야." 콘래드가 바다로 뛰어들며 말했어요.

이것이 우리의 시작이에요. 꿈이 현실이 되는 순간. 우리는 결혼했어요. 우리는 무한해요. 저랑 콘래드는. 제가 처음으로 함께 슬로 댄스를 춘 소년, 저를 처음으로 울린 소년, 줄곧 사랑한 소년.

콘래드가 벨리에게 보낸 편지를 보시려면 다음 페이지로!

세월이 이렇게 지난 지금도 나는 그 편지를 읽는다. 내가 에스파냐에서 공부할 때 콘래드가 보낸 편지를. 아주 가끔, 나는 그 편지를 모두 꺼내 놓고 앉아 하나씩 읽는다. 전부 외고 있지만, 그래도 여전히 감동받고, 그때의 감정을 모두 다시 느끼게 된다. 우리 둘 다 아주 젊고 아주 멀리 떨어져 있었는데도, 서로를 다시 찾아냈다니.

벨리에게

우선, 너에게 편지를 써도 되는지, 이래도 되는지 잘 모르겠어. 되는 것이기를 바란다. 상자를 열지도 않고 편지를 버리지 않기를 바라. 만약 그런다면 아주 중요한 것을 놓치게 될 테니까. 좋아. 맞아. 한때는 아주 중요했던 것을 놓치게 될 테니까. 네게 말이야.

로럴 아줌마 컴퓨터를 고치러 너희 집에 갔어. 프린터를 쓰러 네 방에 들어갔다가 주니어 민트가 책장에 몹시 처량한 꼴로 앉아 있는 것을 봤어. 걔 기억해? 안경을 쓰고 아주 멋진 목도리를 한 북극곰 말이야. 링 던지기 게임에서 내가 따 준 건데? 네가 그 링 던지기 게임장에 가서 그 곰이 너무 갖고 싶어서 빤히 쳐다보던 것 기억해? 아마 네게 그 곰을 따 주려고 30, 40달러는 썼을 거야.

주니어 민트는 네가 두고 갔는데도 너를 그리워하나 봐. 너를 잃은 느낌이래. 진짜야. 걔가 그렇게 말했어. 불쌍하지 않아?

그래서 걔를 보낸다. 잘 대해 줘, 응?

콘래드

벨리에게

　이렇게 편지를 쓰니까 어색하다. 마지막으로 누군가에게 진짜 편지를 쓴 건 할머니께 보낸 감사 카드였던 것 같아. 졸업 축하 용돈을 보내 주셔서. 엄마는 감사 카드를 아주 중요하게 여기셨어. 참, 주니어 민트를 보낸 것 고맙지? 로럴 아줌마가 네가 고마워했다고 전해 주셨어. 뭐, 감사 카드를 기다렸지만, 모두가 나처럼 예의 바를 순 없지. 하하.

　생화학 공부를 해야 하는데 그보다 너와 이야기하고 싶어. 로럴 아줌마는 네 에스파냐어가 늘고 있다고 하시더라. 로럴 아줌마가 네가 며칠 전에 사워 패치 사탕을 찾으러 나섰다가 길을 잃었다고 알려 주셨어. 사워 패치 사탕? 진심이야? 다 커서 주니어 민트는 두고 가면서, 사워 패치 사탕은 먹나 보지, 응?

　여기 내가 구할 수 있는 것 중 가장 대용량으로 보낼게. 다음에 널 보면 분명 치아가 없겠구나. 하지만 행복하겠지. 네가 행복하기를 진심으로 바라고 있어.

　　　　　　　　　　　　　　　　　　　　　　　　　　　　　콘래드

벨리에게

　지금까지 편지를 두 통 썼는데, 너는, 한 통도 안 썼네. 그래도 괜찮아. 내게 답장 쓰지 마. 진심이야. 부담 갖지 마. 내가 손 글씨 편지 두 통과 선물 두 개를 보냈지만. 그래도 진심이야, 답장 쓰지 마. 이러는 편이 정말 더 나아. 네 소식은 간접적으로 듣는 게 좋아. 로럴 아줌마를 통해서.

　소식이라고 하니, 네가 베니토라는 에스파냐 남자를 만났는데, 그 남자가 스쿠터를 타고 다닌다더라. 정말이니, 벨리? 스쿠터를 타는 베니토란 남자라니? 가죽 바지를 입고 긴 머리를 하나로 묶고 다니겠지. 알고 싶지도 않다. 말하지 말아 줘. 아마 모델처럼 생기고 체중은 45킬로그램에 네게 에스파냐어로 시를 써 주겠지. 그런 남자가 뭐가 좋은지 모르겠지만, 네게서도 뭐가 좋았는지 모르겠으니, 취향은 설명할 수 없는 거겠지, 응?

잊지 마, 답장 쓰지 않는 거.

콘래드

벨리에게

답장을 안 썼구나. 꼭 쓸 줄 알았는데. 전에는 말을 그렇게 안 듣더니, 지금 네 모습을 보렴…… 농담이야. 사실 네가 감자그라탱을 만들다가 치즈 넣는 걸 잊었던 일 기억하니?

감자그라탱 이야기가 나왔으니, 로럴 아줌마가 추수 감사절에 감자그라탱을 만드셨다. 로럴 아줌마가 우리, 그러니까 아빠와 제러마이아와 나를 저녁 식사에 초대하셨어. 제러마이아가 올지 몰랐는데, 왔어. 완전히 어색했지. 하지만 스티븐이 축구 경기를 틀어서 우리는 모두 앉아서 그 경기를 봤고 좀 나았어. 휴식 시간에 제러마이아가 네 소식 들었는지 물어서 나는 못 들었다고 했어. 제러마이아는 너희가 온라인으로 채팅을 했다고 하더라. 네가 머리카락을 더 짧게 잘랐고, 그러니 나이 들어 보인다고 했어. 성숙해 보인다고. 그러니까 로럴 아줌마가 널 만나러 가서 찍은 사진을 보여 주셨어. 나도 언젠가 거기 가고 싶다. 네가 베니토란 남자와 사귀지 않는다고 들었어. 내가 경고했잖아.

참, 머리 보기 좋더라. 나이 들어 보이는 것이 아니라 더 어려 보여.

여기서 솔직히 말해야 할 것 같아. 네가 이 편지를 읽는지 알 수도 없으니까. 열지도 않고 버렸을지도 모르니까. 넌 그럴 수 있지. 하지만 나는 말해 버릴 거야. 제러마이아가 널 만나고, 너랑 이야기했다니 난 좀 죽을 것 같아.

    하지만 제러마이아가 나를 이제 미워하지 않는 것 같아. 그것이 중요하지.

    또, 혹시 내가 분명히 밝히지 않았다면 말인데, 네 생각을 많이 해. 내가 생각하는 것은 거의 너뿐이야. 확실히 해 두는 거야.

콘래드

벨리에게

    여긴 크리스마스야. 네가 있는 곳도 크리스마스겠지. 며칠 동안 여름 별장에 갔었어. 돌아서면 네가 초콜릿프레첼을 얼굴에 붙이거나 끔찍한 겨우살이 파자마 바지를 입고 아래층 거실에 있을 것 같아. 엄마가 사 주신 거지. 엄마는 제러마이아와 내게 크리스마스 스웨터 세트를 사 주신 적이 있었어. 우리 모두 빨간 셔츠에 루돌프 나비넥타이를 맨 가족사진도 있어. 인류에게 검은 그림자를 드리우는 짓이지. 나는 그것을 어느 날 밤 다락방에 감췄고, 그 후로 아무도 보지 못했어. 올해 네가 정말 착하게 살았으면, 돌아왔을 때 그 옷을 보여 줄게. 내 선물이야.

    넌 내게 뭘 줄 수 있는지 알아? 답장이야. 젠장, 엽서도 받을게. 아니면 이메일이나. 네게서 소식을 듣고 싶을 뿐이야. 네가 어떻게 지내는지 알고 싶어. 이 편지를 받을 무렵이면 크리스마스가 지났겠지. 즐거운 크리스마스였길 바랄게.

    메리 크리스마스, 벨리. 작년 기억해? 너랑 나랑 별장에서 만난 것? 내 평생 최고의 크리스마스였어.

사랑을 담아

콘래드

> 콘래드에게
>
> 　내년 봄에 내가 돌아가면 그 가족사진 꼭 보여 줘. 빠져나갈 생각도 하지 마. 참, 그리고 내가 그 사진을 가질 거야. 내가 준 선물이었으니까.
>
> 　그리고 응. 기억해. 물론 기억하지. 내게도 최고의 크리스마스였어.
>
> 　곧 답장해.
>
> 벨리

　그가 이 편지를 오랫동안 지갑에 넣어 다녀서, 종이가 부드러워지고 백만 개의 주름이 잡혀 있었다. 그는 그 편지가 계속 나아가게, 희망을 잃지 않게 해 줬다고 말했다. 그는 그 편지를 늘 가지고 다니고 싶다고 했지만, 나는 편지를 다른 편지들과 함께 모아 잘 간직해야 한다고 했다. 그리고 그는 정말로 가족사진을 보여 줬다. 그 사진은 우리 집 거실 벽에 높이 걸려 있다.

내가 예뻐진 그 여름 3
우리에게 여름은 언제나 찾아올 거야

지은이 제니 한
옮긴이 이나경

1판 1쇄 인쇄 2025년 7월 14일
1판 1쇄 발행 2025년 7월 21일

펴낸이 김영곤
영업팀 정지은 장철용 강경남 황성진 김도연 이민재
편집 이영애
디자인 임민지
해외기획팀 최연순 홍희정 소은선
제작팀 이영민 권경민

펴낸곳 ㈜북이십일 아르테
출판등록 2000년 5월 6일 제406-2003-061호
주소 (10881) 경기도 파주시 회동길 201(문발동)
대표전화 031-955-2100 팩스 031-955-2177
이메일 book21@book21.co.kr

(주)북이십일 경계를 허무는 콘텐츠 리더
북이십일 채널에서 도서 정보와 다양한 영상자료, 이벤트를 만나세요!

인스타그램 instagram.com/21_arte
　　　　　instagram.com/jiinpill21
페이스북　facebook.com/21arte
　　　　　facebook.com/jiinpill21
홈페이지　arte.book21.com
　　　　　book21.com

ISBN 978-89-509-4415-5 04840
ISBN 978-89-509-3747-8 04840(세트)

* 책값은 뒤표지에 있습니다.
* 이 책의 내용의 일부 또는 전부를 재사용하려면 반드시 (주)북이십일의 동의를 얻어야 합니다.
* 잘못 만들어진 책은 구입하신 서점에서 교환해 드립니다.